KB191224

여행을 대신해 드립니다

BIG OCEAN E&M

여행을 대신해 드립니다

여행을 대신해 드립니다

하라다 마하 지음

송현정 옮김

일러두기

1. 모든 각주는 옮긴이 주입니다.
2. 내용 특성상 일본어 표현을 일부 살렸습니다.

차 례

no. 1

그러고 보니 오늘도 나는 여행 중이다.

여행이 좋다. 정확히 말하면 '이동'하는 걸 좋아한다. 이동할 때면 왠지 모르게 마음이 편안해진다. 뻥 뚫린 머릿속과 가슴속으로 상쾌한 바람이 스쳐 지나간다.

십 대 때부터 '여행하는 게 좋아요'라고 여기저기 말하고 다닌 덕분인지 정신을 차려보니 여행하는 게 일이 되어 있었다.

지금까지 어마어마하게 많은 곳을 다녔다. 아마 일본 내 거의 대부분의 지역을 제패하지 않았으려나. 현청 소재지는 두말할 것 없이 모두 가봤고 지금은 한참 더 구석진 곳에 있는 작은 마을이나 동네를 중점적으로 돌고 있다.

이렇게 말하면 내가 저널리스트나 여행 가이드인 줄 아는 사람도 있다. 하지만 그건 아니다.

내 직업은 연예인. 여행하는 연예인이다.

각지를 돌아다니며 현지 먹거리를 소개하는 여행 프로그램에 고정 출연하고 있다. 출연 중인 프로그램은 딱 하나뿐. 그래도 진심으로 좋아하는 여행을 일로 삼고 있다는 사실을 떠올릴 때마다 어딘가 계실 신에게 고맙다고 절이라도 하고 싶다.

요즘은 아예 자기소개란에 '직업 = 여행자'라고 써야 하나 하는 생각까지 든다.

처음에는 사람들이 나를 '연예인'이라고 부르는 게 싫었다. 내심 '아티스트'라거나 '여배우'로 불리고픈 바람이 있었지만 난 처음부터 그냥 '연예인'이었다. 아, '아이돌'이었던 적도 있기는 했다. 막 데뷔했을 무렵 정말 잠깐이었지만 말이다.

이래 봬도 노래방에 가면 팝송도 트로트도 가수 뺨칠 만큼 잘 불러서 친구들의 환호를 받았고, 학생 때 학교 축제에서 연극을 할 때면 여주인공 역할은 언제나 내 차지였다. 할머니는 '우리 손녀가 동네에서 제일 끼가 넘치지'라며 언제나 칭찬을 아끼지 않았다. 돌이켜보면 아티스트든 여배우든 뭐라도 될 소질이 있었던 것만큼은 분명하다. 그런데 어찌 된 영문인지 처음부터 '연예인' 신세. 그나마 7, 8년 전에는 '아이돌 출신 연예인'이었던 게 2, 3년 전부터는 '안 팔리는 연예인'이 되어버렸다.

이럴 바에는 차라리 '여행자'가 되는 편이 훨씬 나을지도 모르겠다.

그래서 혼자 마음대로 카메라 리허설 때 한번 이렇게 말해봤다.

"안녕하세요. '여행자 오카에리'* 오카 에리카입니다. 오늘 안내할 곳은…."

"커어어어엇!"

말이 끝나기도 전에 이치카와 감독이 소리쳤다.

"그만, 그만! 방금 그거 뭐야? '여행자 오카에리'라니. 그런 대사는 대본에 없잖아."

내 오른쪽 옆으로 헤어스타일과 메이크업을 담당하는 밋짱, 왼쪽 옆으로는 스타일리스트 미미짱이 부리나케 달려왔다. 이 믿음직한 친구들은 잠깐이라도 틈이 나면 바로 달려와 화장을 고쳐주고 비뚤어진 옷매무새를 바로잡아 준다. 밋짱과 미미짱의 손길을 느끼고 있으면 이 업계 사람

* '오카에리'는 외출했다가 돌아오는 사람에게 하는 인사말로 '잘 다녀오셨어요', '어서 오세요'라는 뜻.

이라 정말 다행이라는 생각이 들 때도 있다. 텔레비전에 나온다는 건 몰라볼 정도로 아름답게 '만들어지는' 일이기도 하다. 두꺼운 화장이나 화려한 옷으로 꾸미지 않아도 자신감이 넘쳤던 십 대나 이십 대 때와 달리 삼십 하고도 두 살이나 더 나이를 먹은 지금은 이렇게 정성 들여 만지고 꾸며 주는 사람이 있다는 것만으로도 기쁘다.

"죄송합니다. 재미있을까 해서 한번 해봤는데."

마침 파운데이션으로 콧방울의 모공을 열심히 가리던 참이라 인중을 아래로 길게 늘이며 대답했더니 풋 하고 웃는 소리가 들렸다. 카메라맨 안도 씨가 뷰파인더를 보면서 웃음을 터트린 것이다.

"오카짱, 지금 그 얼굴 아주 좋은데. 이대로 나가면 숫자 좀 나오겠어."

숫자가 나온다는 말은 업계 용어로 '시청률이 잘 나온다'는 뜻이다. 방송업계에서 '숫자'는 엄청난 힘이 있다. 모든 프로그램에는 스폰서 회사가 붙어 있는데, 시청률이 잘 나오면 안정적으로 스폰서를 확보하고 스폰서료도 비싸게 받을 수 있다. 그만큼 출연하는 연예인의 출연료도 올라갈 뿐만 아니라 스태프 인원도 늘어나고 쓸 수 있는 경비도 훨씬 많아진다. 다시 말해 숫자가 나오기만 하면 모두가 행복해진다는 말이다. 하지만 아무리 그래도 그렇지

인중을 길게 늘어트린 얼굴이 클로즈업되어 화면에 나오는 건 사양하고 싶다.

"오, 그거 좋은데요?"

조감독 오쿠무라 씨가 안도 씨 말에 맞장구를 쳤다.

"실없는 소리 하지 말고 조용히 좀 해봐. 지금 몇 분 남았지? 기차 언제 온다고 했어?"

이치카와 감독이 다급하게 외쳤다.

"그게 말이죠, 이제 30초… 아니, 으악 큰일 났어요. 20초 남았어요!"

"뭐?"

감독의 목소리가 한층 더 다급해졌다. 그리고 엉거주춤한 자세로 모니터를 보며 소리쳤다.

"빨리 모두 스탠바이해! 타! 기차부터 찍다가 오카에리 샷 들어가! 오카짱은 여기 보고 서고. 자자, 이제 고난철도 들어온다. 좋아, 아주 좋아. 현지 느낌 물씬 난다. 마니아들이 보면 난리 나겠어. 셋, 둘, 하나…."

안녕하세요. 오카에리 오카 에리카입니다.

오늘은 바로 여기 히로사키역에서 고난철도를 타고 아오모리현 구로이시시를 '소소 여행' 해볼까 합니다.

여러분은 구로이시시에 대해 들어본 적 있으신가요? 요즘

아주 핫한 음식인 야키소바! 구로이시가 바로 이 야키소바로 무척 유명하다고 하는데요, 게다가 평범한 야키소바가 아니라 아주아주 특별한 야키소바가 있다고 해요. 바로바로 국물 야키소바입니다!

세상에, 상상이 되시나요? 소바 국물 안에 야키소바가 들어 있대요. 도대체 어떤 맛일까요? 이런 걸 또 제가 안 먹어볼 수 없죠! 오카에리가 먹어보고 올게요!

자, 지금부터 기차에 탈 거예요. 어떤 음식이 저를 기다릴까요? 가슴이 콩닥콩닥 뛰네요. 오늘도 소소하게 소소 여행! 다녀오겠습니다.

지하철 지요다선을 타고 아카사카역에서 내려 지상으로 올라가 노기자카 방면으로 대로변을 따라 걸어간다. 얼마 전부터 인기가 많아진 서양식 웰빙 도시락집이 1층에 있는 빌딩으로 들어가 엘리베이터를 타고 3층 버튼을 누른다. 이 엘리베이터는 멈출 때 꼭 한 번씩 쿵 하는 소리를 내면서 위아래로 덜컹거린다.

정면에 보이는 검은색 철문에 '요로즈야 엔터테인먼트'라고 작게 쓰인 간판이 붙어 있다. 팬들이 보고 멋대로 들어오면 안 되니까 일부러 이렇게 눈에 안 띄게 해놓은 거라고 사장님은 말했다. 그래 놓고서 문은 왜 항상 안 잠가두는 건지.

힘차게 문을 열고 들어가며 인사했다.

"안녕하세요!"

"어머, 에리카! 어제 아오모리에서 자고 오는 거 아니었어? 벌써 돌아온 거야?"

요로즈야 엔터테인먼트에서 사무와 경리를 담당하는 부사장 스미카와 논노 씨가 슬리퍼를 찍찍 끌며 현관으로 나왔다. 나는 다리에서 부츠를 벗겨내려고 낑낑대며 대답했다.

"어젯밤 마지막 비행기로 돌아왔어요. 경비를 절감하는 당일치기 촬영이라나."

"아이고 고생했네."

말이랑 달리 논노 씨는 왠지 기분 좋은 표정이다. 섹시 아이돌 출신인 논노 씨는 쉰여덟 살인 지금도 섹시한 수준을 넘어 풍만한 육체를 자랑한다. 그리고 요로즈야 엔터테인먼트의 유일한 소속 연예인인 내게 넘치는 애정과 구박을 언제나 아끼지 않는다.

"사장님은 오셨어요?"

"그 부츠 예쁜데? 진짜 가죽이야? 악어가죽? 설마 에르메스는 아니지?"

내 말에는 대답도 안 하고 딴소리였다. 작게 한숨을 쉬고 대답했다.

“인조가죽이죠, 무늬만 악어가죽이고요. 신주쿠 루미네에서 9,800엔.”

“어머머, 정말 싸다. 9,800엔으로는 절대 안 보여. 역시 아이돌이 신으면 다르긴 다른가 봐. 어디 잠깐 이리 줘봐, 나 좀 신어보게.”

논노 씨가 오동통한 종아리를 부츠에 구겨 넣으려 고군분투하는 동안 나는 사장실로 향했다. 가볍게 노크했지만 항상 그랬듯이 대답이 없길래 “저 들어가요~”라고 크게 외치고 문을 열었다.

네모난 대머리의 정수리가 이쪽을 향해 있었다. 문과 마주한 커다란 ‘임원용’ 책상 위에 몇 부는 되어 보이는 신문들이 아무렇게나 펼쳐져 있었다. 그 신문 위를 덮어버릴 것처럼 앉아 있는 사람이 바로 요로즈야 엔터테인먼트의 사장 요로즈 텟페키이다. 사장님의 매일 아침 일과는 모든 스포츠 신문을 정독하는 것으로 시작된다.

진짜인지 거짓말인지 모르겠지만 사장님은 원래 프로복서였단다. 세계 챔피언에게 도전장을 던졌다가 엉망진창으로 얻어터지는 바람에 그 충격으로 머리가 네모나게 되었다나. 그렇게 대단한 선수였던 사람이 대체 왜 복싱장은 안 차렸는지 모르겠지만.

"사장님, 잠시 괜찮으세요?"

대머리의 정수리를 향해 말을 걸었지만 이번에도 당연히 대답은 없었다. 아랑곳하지 않고 계속 말을 이어 나갔다.

"어제 '소소 여행' 촬영 말인데요. 당일치기라는 말은 못 들었는데, 이치카와 감독님이 '텟페키 사장님에게는 말해뒀어'라고 하셔서요."

'소소 여행'은 내가 출연하는 유일한 방송 프로그램이다. 감독 이치카와 씨, 카메라맨 안도 씨, 조감독 오쿠무라 씨, 헤어메이크업을 담당하는 밋짱, 스타일리스트 미미짱 그리고 나. 이렇게 6명이 마치 한 가족처럼 팀을 이뤄 전국 이곳저곳을 누비며 촬영하고 있다.

방송은 '아케보노TV' 채널에서 매주 토요일 아침 전국의 안방에 소소한 여행을 전달한다. 저예산 방송이기는 해도 기적적으로 5년 동안이나 이어지고 있다.

"…."

"이시카와에서도 촬영 일정이 너무 빡빡해서 결국 국물 야키소바 가게들을 다 못 가봤단 말이에요. 심지어 5분 만에 다 먹어야 한다고 해서 입천장 다 데는 줄 알았어요. 물론 다 먹긴 했죠, 국물도 남김없이 다 마시고요."

"…."

"시간이 하도 없어서 원래 가려던 히로사키에 있는 레스토랑은 가지도 못했어요. '기적의 사과 과자'만 겨우 사서 왔다고요. 그런데 이게 정말 맛있더라고요."

사장님은 아무 말 없이 '임원용' 인조가죽 의자에 털썩 앉더니 퉁명스럽게 물었다.

"그래서 네가 하고 싶은 말이 뭐야? 불평불만을 늘어놓고 싶은 거야, 아니면 여행 감상을 말하고 싶은 거야. 어느 쪽이야?"

"양쪽 다요."

나는 솔직하게 대답했다.

"결국 '가길 잘했다'는 말처럼 들리는데."

"그것도 맞는 말이긴 해요."

"그러면 불평이나 감상을 얘기할 게 아니라 감사 인사를 해야지."

나도 모르게 끄덕이려던 고개를 간신히 멈춰 세웠다.

"아니, 그게 아니라요. 이제 정말 더 못 하겠어요, 한계예요. 이 나이에 '오카에리' 같은 아이돌 시절에 썼던 오그라드는 별명을 아직도 쓰는 게 말이 되나요. '오카에리가 먹어보고 올게요!'처럼 귀여운 말투도 이제 안 어울리잖아요."

"그럼 이제라도 본명으로 활동할 테냐? 너 본명이 뭐였지?"

"오카바야시 에리코요."

"거봐, 역시 오카에리 맞구먼."

그 말에 나도 모르게 순간 피식 웃음이 터져 나왔다.

사장님은 책상 서랍에서 찌그러진 담뱃갑을 꺼내 담배 한 개비를 입에 물고 불을 붙였다.

"간접흡연 조심 좀 해주실래요."

얄미워서 일부러 툴툴거렸다. 사장님은 의자를 돌리더니 벽을 향해 한참 연기를 내뿜다가 등을 돌린 채 "에리카" 하고 이름을 불렀다.

"네."

"너 알고 있지? 아케보노TV에서 일이 끊기면 우리는 이제 끝이다."

"…."

"네가 연예인으로 잘나가던 시절은 이미 오래전에 끝났어. 열여덟, 열아홉일 때 그럭저럭 팔리는가 싶더니 그 후에는 영 신통치 않았지. 너만 그랬으면 그나마 다행인데 어찌 된 게 우리 회사 연예인들이 죄다 망해버렸잖냐. 뭐, 너 말고는 모두 진작에 고향으로 돌아가서 '전직 아이돌'이라는 간판을 내세워 시집들은 다 잘 간 것 같더구나. 그런데 대체 넌 왜 고향에도 안 간 거냐. 내가 겨우겨우 아케보노TV가 기획한 여행 프로그램에 꽂아줬으니 망정이지."

"…."

"그 덕분에 나도 업계에서 겨우 연명하고 있긴 하다만. 이거라도 없었으면 애당초 고향으로 강제송환되었겠지. '소소 여행' 하나로 우리 직원 세 명 어떻게든 밥은 먹으니 대단한 일이긴 하다만."

"저기, 사장님."

벽을 향해 쉬지 않고 떠들어대는 사장님의 말을 잘랐다.

"그래서 무슨 말이 하고 싶으신 거예요. 저 지금 혼나는 건지 칭찬받는 건지 모르겠는데요."

"양쪽 다다."

사장님이 여전히 벽을 보며 대답했다.

"결론적으로 '역시 에리카는 대단해'라고 말하는 것처럼 들리네요."

의자가 이쪽으로 크게 회전하는가 싶더니 갑자기 불호령이 떨어졌다.

"이 바보야! 네가 그런 말 할 때가 아니야! 고작 하나 있는 방송을 좀 더 소중하게 생각해야 할 것 아니냐! 당일치기든 뭐든 구시렁대지 말고 감사하는 마음으로 열심히 해야지! 안 그러면 너도 곧 고향으로 강제송환이야!"

나는 거북이처럼 한껏 목을 움츠린 채 불호령을 받았다. 사장님은 유리 재떨이에 담배를 비벼 끄고 천장을 향해 눈을 감더니 후 하고 길게 한숨을 내쉬었다. 나는 그제야 조금씩 목을 빼고 최대한 가냘픈 목소리로 말했다.

"죄송해요. 할게요. 당일치기든 뭐든."

천장을 바라보던 사장님이 흠 하고 중얼거렸다.

"방금 왔어. 뭔가 굉장한 게 번쩍하고 떠올랐다고."

"네? 뭐가요?"

사장님은 종종 이렇게 생뚱맞은 타이밍에 꽤 쓸 만한 아이디어를 떠올릴 때가 있었다. 회사가 지금까지 살아남을 수 있던 것도 사장님의 기발한 아이디어가 그때마다 절묘하게 맞아떨어진 덕분이었다.

작년에는 무릎베개를 하고 귀를 청소해주는 살롱에 아이돌 출신 연예인을 파견하자는 아이디어가 히트했다. 하지만 우리 회사 소속 연예인은 나밖에 없어서 내가 파견을 나가면 아케보노TV에서 싫어할 게 뻔했기에 다른 회사에 소속된 전직 아이돌을 소개하고 중간에서 수수료를 받았다. 물론 이런 꼼수가 오래가지는 못했지만.

"너의 새로운 예명이 떠올랐다."

으악, 엄청난 폭탄 예감! 나는 나도 모르게 사장님이 가끔 하는 파이팅 포즈를 취한 채 폭탄에 대비했다. 사장님이 눈을 부릅뜨며 장난기 없는 목소리로 말했다.

"히가 에리카. 줄여서 '히가에리'*다."

나는 하마터면 대머리를 향해 펀치를 날릴 뻔했다.

내 고향은 홋카이도의 섬 중에서도 최북단에 있는 작은 섬인 레분섬이다.

그리고 우리 집은 섬의 가장 북쪽 끝에 있는 스콘톤곶 근처 '이름 없는 언덕' 위에 돌풍을 견디며 서 있는 작은 집이다. 어부인 아빠, 다시마 가공공장에서 아르바이트하는 할머니와 엄마, 두 살 아래 남동생인 케이타까지 다섯 명이 작은 집에서 서로 어깨를 부대끼며 살았다.

레분섬은 성게 산지로 유명하다. 하지만 우리 남매가 입에서 살살 녹는 달콤한 성게알을 먹을 수 있는 건 1년에 두 번 각자 생일뿐이었다. 그 정도로 우리 가족은 여유로운 형편이 아니었다.

언제부터였을까, 내게는 꿈이 있었다. 그건 바로 이 작은 섬에서 가능한 한 멀리 나가는 것. 바닷새처럼 바다표범처럼.

섬 안에서는 이동이라고 해봤자 손바닥 보듯 뻔했고 속

* 당일치기라는 뜻.

도도 하품이 나올 정도로 느릿느릿했다. 기차도 고속도로도 없는 섬이었으니까 말이다.

어린 시절 나는 바닷새를 바라보며 얼마나 먼 거리를 날아왔을지 상상하고 바다표범을 발견하면 얼마나 먼 곳에서부터 조류를 헤치고 이곳까지 왔을지 생각했다. 그럴 때면 바닷새도 바다표범도 아닌 나 자신이 무척이나 초라하게 느껴졌다.

섬 주민 모두가 서로 안다고 해도 지나친 말이 아닐 정도로 작은 마을에서 보내는 단조로운 생활. 그것이 얼마나 평온한 일인지 섬을 나가본 적이 없는 나는 알 턱이 없었다.

얼마만큼 넓은 세상이 섬 밖에 펼쳐져 있을까. 나는 곶이나 항구에 서서 매일 상상의 나래를 펼쳤다.

"아빠, 바다는 얼마나 넓어요?"

바다에서 돌아온 아빠 등에 서로 매달리겠다고 남동생과 싸우다시피 하다가 겨우 아빠 등을 차지하고 물었다. 성격이 활달한 어부들 사이에서 아빠는 드물게 조용하고 차분한 사람이었다. 아빠의 등은 넓고 바닷물 냄새가 났다. 그 등에 매달리면 마치 내가 바위에 딱 달라붙은 불가사리가 된 기분이었다. 아빠는 거칠고 두꺼운 손으로 내 머리를 쓰다듬으며 답했다.

"바다는 말이지, 말도 안 되게 넓단다. 아빠는 십 년 넘게 어부 일을 했는데 아직도 바다를 전부 다 보지 못했는걸."

"바다 너머로 가는 건 어려워? 아빠는 가본 적 있어?"

"그게 말이지." 아빠는 콧방울 옆을 긁적이며 말했다.

"아무리 가도 바다 너머로는 갈 수 없더라고. 그래서 아빠는 가는 걸 포기했어."

"왜?"

"여기가 더 좋으니까. 여기에는 할머니도 있고 엄마도 있고 너희도 있으니까."

그래도 너는 언젠가 바다 너머를 향해 나아가려무나. 이 드넓은 바다 너머로 가게 될 날이 꼭 올 거야.

이렇게 말하며 아빠는 미소 지었다.

아빠 말을 들으면 어린 내 가슴은 조금 무서우면서도 두근거리는 이상한 기분으로 벅차올랐다.

'바다 너머'의 세계. 그곳은 대체 어떤 세계일까.

어떻게 해서든 꼭 가보고 싶으면서도 한번 가면 두 번 다시 돌아오지 못할 것만 같았다.

열다섯 살이 되던 해 봄, 나는 섬에서 유일한 고등학교인 하나레이고등학교에 진학했다. 패션잡지를 보며 멋을 부리고 텔레비전에서 본 도쿄 디즈니랜드나 하라주쿠를 동경하는 아주 평범한 여고생이다.

아빠가 말했던 '바다 너머'에 가는 날. 그날이 조금씩 다가왔다. 고등학교 2학년 가을에 떠나는 수학여행의 목적지가 도쿄였기 때문이다.

섬에서 가장 가까운 본토 마을인 왓카나이까지 페리로 약 두 시간. 왓카나이에서 삿포로까지 기차로 약 다섯 시간. 북쪽 끝 섬마을에서 한 발짝도 밖으로 나가본 적 없는 고등학생들에게 도쿄는 외국이나 다름없었다. 나뿐만 아니라 하나레이고등학교 학생들 대부분에게 도쿄는 분명 그런 곳이었으리라고 생각한다. 태어나서 처음으로 멀리 떠나는 여행에 마음이 춤추는 것도 당연했다.

게다가 수학여행에는 작은 이벤트가 포함되어 있었는데, 바로 도쿄의 고등학생들과 교류하는 것이었다. 그래서 수학여행을 가기 전에 2학년 학생 중 한 명을 '레분섬 메신저'로 선발한다. 레분섬 메신저가 된 학생은 공개수업에서 섬을 소개하는 프레젠테이션을 하게 된다. 전해지는 소문으로는 이 메신저가 된 여학생은 도쿄 남학생의 눈에 들어 편지를 주고받게 되고(이때만 해도 아직 핸드폰이 없었다), 졸업한 후에는 도쿄에 있는 대학에 가서 그 남학생과 연애하고 결혼까지 하게 된다나.

나는 아무런 근거도 없는 이 소문을 믿어 의심치 않았다. 그래서 2학년이 되자마자 내심 섬 메신저가 되기만을 빌고 또 빌었다. 풋풋한 첫사랑은 어차피 이어지지 않을 것이 뻔했고, 그때까지 제대로 된 연애도 한 번 해보지 못했다. 진짜 도쿄의 멋진 남학생과 연락할 수만 있다면 얼마나 멋질까.

그래서 내가 정말 섬 메신저로 뽑혔을 때는 마치 오디션 프로그램에서 우승이라도 한 것처럼 기뻤다. 잡초만 무성하게 솟아 있던 대지 위로 쭉 뻗은 탄탄대로가 뚫린 기분이었다. 그 길은 끝이 보이지 않게 이어져 있었다. 아직 가보지 않은 곳, 도쿄를 향해서.

다른 꿍꿍이가 있는 줄 모르는 가족은 내가 '섬의 대표'가 되었다고 좋아했다.

"에리코는 우리 섬에서 제일 예쁘니까 분명히 도쿄에서도 눈에 띌 거야."

할머니가 흐뭇해하며 말했다.

"또 그러시네. 어머님 눈에는 에리코가 세상에서 제일 예쁘죠?"

그렇게 말하는 엄마도 웃는 얼굴이었다.

"누나, 설마 도쿄에 가서 안 돌아오는 건 아니지?"

케이타는 걱정스러운 눈으로 물었지만, 눈빛에는 약간의 부러움이 담겨 있었다.

"당연히 돌아오지. 여기가 누나가 돌아올 곳인데."

아빠는 이렇게 말하며 웃었다. 아빠는 수학여행을 떠나기 전날 '이걸로 맛있는 거라도 사 먹으렴' 하며 내 손에 봉투를 쥐여주었다. 그 안에는 정성스레 고이 접은 만 엔짜리 새 지폐가 들어 있었다.

다음 날 아침에는 가족이 모두 나와 배웅해주었다. 다녀오겠습니다! 하고 손을 흔들었더니 할머니가 갑자기 그 손을 잡고 말했다.

"우리 섬이 얼마나 좋은 곳인지 잘 전하고 오렴. 레분섬은 작지만 우리 모두의 고향 같은 곳이란다. 도쿄 사람들이 여기 오면 우리 모두 '잘 다녀왔니?'라고 인사하며 맞이할 거라고 말해주려무나."

"그게 뭐예요. 누가 처음 오는 사람한테 '잘 다녀왔니'라고 인사해요? 이상하잖아요."

그렇게 말하며 웃는 나를 보며 할머니는 살짝 미소를 보였지만, 더는 아무 말씀도 하지 않으셨다. 그저 따스하게 내 손을 꼭 잡아주셨다.

'이름 없는 언덕' 위에서 가족 모두가 손을 흔들어주었다. 할머니, 엄마, 남동생. 이른 아침부터 바다로 일하러 나간 아빠만 없었다. 끝없이 펼쳐진 투명한 가을 하늘을 배경으로 모두 언제까지고 손을 흔들었다.

그렇게 드디어 도쿄에 도착했다.

도쿄 디즈니랜드도 하라주쿠도 강력한 빛을 내뿜었다. 나는 왠지 모르게 주눅이 들었다. 그리고 놀랍게도 하라주쿠에서도 시부야에서도 하나레이고등학교 여학생, 아니 정확하게 말하면 나를 향해 수많은 남자가 말을 걸었다. 귀엽게 생겼네, 어디에서 왔어? 연예인 해볼 생각 없어? 너라면 금방 데뷔할 수 있어. 스타일 너무 좋은데 모델 일 해보지 않을래? 10분 만이라도 괜찮으니까 시간 좀 내줘….

이대로라면 당장이라도 남자친구가 생길 것 같았다. 남자친구만 생기는 게 아니라 연예계 데뷔도 할 수 있을 것 같았다. 그런데 이상하게 조금도 기쁘지 않았다. 그저 무섭기만 했다. 본능적으로.

도쿄에 오면 매일매일 이런 말만 들으며 살 수 있을까.

그렇게 생각하니 더욱더 불안해졌다.

수학여행 마지막 날. 미나토구의 초중고가 함께 있는 사립학교를 방문해서 '섬 메신저' 자격으로 프레젠테이션을 하게 되었다.

많은 학생과 견학 온 지역 주민들의 쏟아지는 시선 속에서 머나먼 북쪽 '바다 너머'에 있는 레분섬을 소개하는 일이 무척 어려울 줄 알았다. 그런데 막상 시작하자 의외로 술술 이야기가 터져 나왔다. 내 고향 레분섬이 얼마나 멋진 곳인지.

겨울이 지나가고 생명이 일제히 눈뜨는 봄이 되었을 때의 그 숨 막히게 아름다운 광경. 꽃들이 활짝 피는 짧은 여름. 꽃을 좇아 전국에서 섬을 찾아오는 사람들과의 정겨운 교류. 마치 디저트처럼 달콤하고 폭신폭신한 성게. 풍부하고 신선한 해산물. 하늘을 수놓는 괭이갈매기와 갈매기. 저 멀리 북쪽에서 헤엄쳐 오는 바다표범과 바다사자들.

"어느 날 길 한가운데에 쓰러져 있는 사람을 발견했습니다"라며 나는 비장의 에피소드를 풀어놓기 시작했다.

"깜짝 놀라서 '아저씨, 괜찮으세요? 정신 좀 차려보세요!'라고 소리치며 가까이 다가갔는데요. 가서 보니… 글쎄 그건 바다사자였습니다."

교실에 와 하는 탄성이 터졌다. 나는 마음속으로(해냈어!) 승리를 외치고 정해진 시간보다 10분이나 더 섬 이야기를 했다. 그토록 오고 싶던 도쿄에서 고향 이야기를 하는 것이 즐거워 견딜 수 없었다.

프레젠테이션을 마무리할 즈음 자꾸만 눈물이 차올랐다. 고작 닷새 동안 떨어져 있었을 뿐인데 아빠, 엄마, 할머니, 케이타의 얼굴이 눈앞에 아른거렸다. 섬이 너무나 그리웠다.

"우리 고향은…"

마지막 멘트를 입 밖에 내는 순간 목소리가 떨리기 시작했다. 울컥하는 가슴을 간신히 누르고 말을 이었다.

"우리 고향인 레분섬은 정말 아름다운 섬입니다. 한번 와 보면 아실 거예요. 마치 고향에 온 것 같은 느낌이 드시리라 생각합니다. 우리 섬 주민들은 언제나 섬에 처음 온 분들에게도 '잘 다녀왔니?'라고 인사할 거랍니다."

어서 오세요, 레분섬에. 잘 다녀오셨어요.

이렇게 말하고 마지막 인사를 하는 순간 참았던 눈물이 또르르 뺨을 타고 흘러내렸다. 교실은 박수 소리로 가득 찼다. 나는 눈물을 닦고 웃는 얼굴로 고맙다고 인사했다.

그때 제일 앞줄에 앉아 있던 갈색 머리 여학생들이 키득대며 웃는 소리가 들렸다.

"구려, 완전 시골뜨기잖아."

반사적으로 화가 치밀어 올랐지만 되받아칠 용기가 나지 않았다.

"화났나 봐. 어쩔 거야, 바보."

"빨리 시골로 꺼져. 못생긴 게."

"가서 바다사자랑 놀라고."

마치 일부러 들으라는 듯이 쏟아내는 말에 나는 주먹을 꽉 쥐었다. 섬에서는 이렇게 화가 날 일도 별로 없다. 그런데 이곳에 더 있다가는 살면서 처음으로 화를 낼지도 몰랐다.

"저, 질문 있는데요."

교실 뒤편 견학을 온 사람들이 몰려 있던 곳에서 누군가 번쩍 손을 들었다. 묘하게 울퉁불퉁 근육질인 팔이었다. 이내 사람들 사이에서 한 아저씨가 나타났다. 나는 네모난 대머리를 보고 눈을 동그랗게 떴다.

"자네 학교 학생들은 모두 카드 게임을 잘하나?"

뜬금없는 질문에 "네?"라고 되묻는 내 목소리가 갈라졌다.

"카드 게임이란 게… 트럼프를 말씀하시는 건가요?"

네모난 대머리 아저씨는 퍽 즐거워 보이는 표정으로 대답했다.

"아니, 아니. 그거 말고. 전통적인 카드 게임 있잖나. 화투."

"화투…."

"자네 학교 이름이랑 똑같잖아. 그래서 난 다들 화투를 잘하나보다 싶었지."

아무래도 '하나레이花札'를 '하나후다花札'*로 잘못 읽은 모양이었다. 다시 한번 교실에 큰 웃음소리가 울려 퍼졌다. 나도 모르게 안도의 한숨을 내쉬었다.

* 화투라는 뜻의 한자어.

하마터면 심술 맞은 여학생들과 싸움이 날 뻔한 상황에서 이상한 아저씨가 도움을 준 셈이었다. 도쿄에도 좋은 사람이 있구나.

프레젠테이션이 끝난 뒤 열린 교류회에서 그 '이상한 아저씨'가 "어이, 아까는 미안했네"라며 다가왔다. 그리고 활짝 웃는 얼굴로 말했다.

"학생, 아주 좋았어. 특히 눈물이 말이야. 그리고 다음에 보여준 미소가 꼭 무지개 같았어."

나는 영문을 모르겠다는 얼굴로 아저씨를 쳐다보았다. 그리고 물었다.

"아저씨는 이 학교 학부모님이세요?"

"나? 나는 말이지, 아주 옛날에 딸이 여기 초등학교에…."

아저씨는 말하다 말고 말을 돌렸다.

"난 이 근처에서 살아. 이 학교에 기부한 적이 있어서 초대받아 온 거란다. 원래 올 생각은 없었는데 오길 잘했지 뭐야. 생각지도 못한 수확을 한 것 같아."

아저씨가 씩 웃었다. 벌린 입술 사이로 앞니 하나가 빠져 있는 게 언뜻 보였다. 그러더니 어리둥절해 있는 내 손에 슬그머니 명함 하나를 건넸다. '연예기획사 요로즈야 엔터테인먼트 요로즈 텟페키(전 프로복서, 현 사장)'라고 적혀 있었다. 우락부락한 이름에 이상한 직책을 보고 나도 모르게 웃음이 터졌다.

그 모습을 본 텟페키 사장은 "그래, 바로 그거야"라고 중얼거리더니 내 눈을 똑바로 바라보며 말했다.

"학생, 도쿄에 올 생각은 없나?"

갑작스러운 말에 놀란 나머지 엇 하고 입이 벌어졌다. 내 표정을 보며 텟페키 사장은 말을 계속했다.

"도쿄로 올 거면 나한테 연락해. 네 소질은 내가 키워주지. 학생에게는 사람을 즐겁게 하고 기쁘게 하는 소질이 있어. 그게 내 눈에는 아주 잘 보여."

나는 눈을 끔벅이며 사장님을 보았다.

"소질이라면… 복서로 키워주신다는 말인가요?"

말이 끝나기가 무섭게 우하하하 하고 호탕한 웃음이 터졌다.

"역시 좋아. 아주 좋아. 바로 이거라고."

즐거워 보이는 웃음소리에 무심코 나도 따라 웃었다.

"학생의 웃는 얼굴이 정말 마음에 들어. 울고 난 후 당황하다가 미소 짓는 그 얼굴이."

그리고 가볍게 내 어깨를 두드리며 말했다.

"모든 사람이 분명히 듣고 싶어질 거야. 학생이 웃는 얼굴로 '다녀오셨어요?'라고 하는 걸 말이지."

지금 돌이켜보면 그때 그 한마디가 내 인생을 바꾸었다.

물론 당시에는 이 이상한 아저씨에게 내 운명을 맡기게 될 거라고는 생각지도 못했지만.

'소소 여행 〈아오모리·구로이시 편〉' 방송이 나간 다음 주. 텟페키 사장님과 나는 나란히 아케보노TV에 불려 갔다.

지금은 매니저도 없어서 한 달에 몇 번 있는 방송 회의에도 항상 혼자서 갔다. 뭔가 특별한 일이 있을 때만 사장님과 함께 가곤 했다. 예산을 줄여야 한다든가, 스폰서가 줄어서 출연료가 깎인다든가, 시청자로부터 항의가 왔다든가. 호출하는 이유는 언제나 나쁜 일뿐이었다. 그러다보니 조감독 오쿠무라 씨로부터 '내일 회의에는 텟페키 사장님도 꼭 함께 와주세요'라는 말을 들은 순간부터 위가 쪼그라드는 기분이었다.

"너 아까부터 몸이 C자 모양으로 휘어 있는데, 어디 아픈 거 아냐?"

신바시역에서 만나 유리카모메를 타고 오다이바로 향하는 길에 내가 영 기운이 없는 걸 사장님도 눈치챈 것 같았다.

"아픈 건 아닌데 그냥 배가 좀…."

"너무 많이 먹어서 그렇겠지. '소소 여행'을 하면서도 여기저기 다니면서 맛있는 것만 잔뜩 먹으니. 아이고, 부러워라."

사장님은 평소와 다를 바 없었다. 무언가 나쁜 일이 있을 거라는 사실을 사장님이 모를 리 없는데. 여하튼 저 배짱 하나는 알아줘야 했다.

흡사 요새를 연상시키는 아케보노TV 빌딩에 도착해 안내데스크에서 출입증을 받아 엘리베이터로 향했다. 엘리베이터 문이 열린 순간 남자 두 명이 불쑥 튀어나오는 바람에 사장님과 어깨가 부딪쳤다. 사과도 없이 가려는 걸 "어이, 거기 서"라며 사장님이 불러세웠다.

핑크색 선글라스를 낀 사람이 돌아보았다. 나는 앗 하고 작게 소리를 냈다. 예전에 요로즈야 엔터테인먼트에 소속되어 있던 배우 게다모리 겐 씨였다.

"겐짱."

아무 생각 없이 다정하게 이름을 부르다 말고 당황해서 입을 막았다. 사장님이 겐짱을 노려보고 있었다.

"먼저 부딪쳐 놓고 사과도 없이 가버리다니 너무한 거 아니냐, 겐."

"이런 텟페키 사장님이셨군요. 죄송합니다. 좀 급하게 가는 길이라서요."

겐짱은 돌변해서 공손하게 머리를 숙였다. 사장님은 흠 하고 콧바람을 내뿜으며 겐짱의 호리호리한 몸을 위아래로 훑어보았다.

"요즘 잘나가나보지? 아주 루이비통으로 휘감았네?"

"아닌데요, 이거 구찌인데요."

상쾌한 미소와 함께 겐짱이 대답했다.

"보아하니 조반센이 머리끝부터 발끝까지 싹 다 맞춰준 거구먼. 훌륭하네."

조반센은 현재 겐짱이 소속되어 있는 대형 연예기획사 '도미넌트'의 사장 도키와 센이치常盤千一를 부르는 말이었다. 사장님은 그를 부를 때 항상 악감정을 담아 '조반센常盤千'*이라고 했다. 고도 경제성장기에 업계에서 가장 큰 회사였던 '요네자와 프로덕션'에서 매니저 연수를 함께 받고 각자 회사를 차려 독립했다고 한다. 지금은 우리 사장님이 일방적으로 라이벌 의식을 불태우고 있지만, 저쪽은 누구도 부정할 수 없는 업계 최고 회사인 반면 이쪽은 소속 연예인이라고는 고작 한 명뿐인 영세사업자에 불과했다.

겐짱은 오키나와의 하테루마섬 출신으로 사장님이 직접 발굴해서 온갖 정성을 들여 키워낸 요로즈야 엔터테인먼트의 기대주였다. '보자마자 첫눈에 반했다니까'라며 사장님이 칭찬을 아끼지 않았던 겐짱에게 나도 마음을 완전

* 이름의 한자를 다르게 읽은 말로 같은 이름의 지하철 노선이 있다.

히 빼앗기고 말았다. 나는 최북단, 그는 최남단. 끝과 끝에서 왔다는 공통점 덕분인지 우리는 마음이 아주 잘 맞았고, 사장님에게는 비밀로 하고 몰래 사귀었다. 내가 스무 살, 겐짱이 열아홉 살이었다. 그런데 일 년도 채우지 못하고 헤어져 버렸다. 사장님에게도 연예부 기자에게도 아무에게도 들키지 않은 채.

그 후로 내가 연예인으로서 내리막길을 걸은 것과는 달리 겐짱은 쑥쑥 성장했다. 요로즈야 엔터테인먼트의 매출은 겐짱이 다 책임진다고 해도 지나친 말이 아니었을 무렵, 그는 갑작스럽게 도미넌트에 스카우트되었다. 사장님은 삶은 문어처럼 벌게져서 분노했지만 겐짱은 '저는 이 업계에서 더 높은 곳을 목표로 하고 싶어요. 그러려면 더 큰 회사로 가야 한다는 거 사장님도 잘 아시잖아요?'라며 조금의 미련도 없이 떠나버렸다.

"에리짱, 오랜만이네."

겐짱은 내 쪽을 흘깃 보더니 서로 사귀었을 때와 똑같이 이름을 불렀다. 나는 떨리는 가슴으로 겐짱을 향해 웃었다.

"오랜만이야. 지난주에 한 특별 방송 잘 봤어."

특별 방송에서 겐짱은 같은 회사에 소속된 초인기 그라비아 아이돌 리리안과 타히티섬에 다녀왔다. 두 사람은 지난주에 '예쁘게 만나고 있습니다'라고 발표한 참이었다. 방송이 나가기 직전에 발표한 건 시청률을 노렸음이 분명했다.

"고마워. 나도 종종 보고 있어. '수수 여행.' 그 방송은 텔레비전을 켤 때마다 나오더라."

'수수 여행'이 아니라 '소소 여행'이었지만 굳이 얘기하고 싶지 않았다.

'소소 여행'은 매주 토요일 오전 9시 반부터 9시 55분까지 방송된다. 딱히 볼 생각은 없었어도 텔레비전에서 나오면 나도 모르게 보는 방송이라 시청률은 낮아도 꽤 오랜 시간 이어진 장수 프로그램이다.

"너도 맨날 그런 특별 방송 같은 것만 하지 말고 오카에리를 좀 보고 배워. 작은 일도 꾸준히 정성껏 하니까 얼마나 보기 좋냐."

사장님이 진심으로 하는 소리인지 부러워서 아무 말이나 하는 건지 모를 말을 늘어놓자 겐짱은 "네네"라며 시큰둥하게 대답했다.

그때 겐짱의 매니저가 끼어들었다.

"죄송합니다, 텟페키 사장님. 저희 지금 바로 가봐야 해서요."

"이런, 바쁜 사람 잡아둬서 미안하네. 아니, 애초에 네가 먼저 부딪친 거잖아."

사장님은 갑자기 파이팅 포즈를 잡더니 겐짱의 어깨를

주먹으로 탁 하고 가볍게 쳤다.

"으악, 강력한 펀치! 이거 전치 3개월이에요."

겐짱이 호들갑을 떨며 엄살을 부리자 사장님은 "바보 녀석"이라며 웃었다.

"시간 되면 사무실에 한번 놀러 와. '잇텐바레'에서 라멘이라도 사줄 테니까."

"감사합니다. 조만간 들를게요."

겐짱은 다시 한번 슬쩍 내게 눈길을 주고는 쌩하니 가버렸다.

아케보노TV 편집국 제3회의실. 조명을 어둡게 한 실내는 무거운 공기로 가득 차 있었다.

대형 텔레비전 모니터에 젓가락을 입에 넣고 있는 내 얼굴이 클로즈업되어 있었다. 그 화면을 회의에 참석한 전원이 침울한 표정으로 보고 있었다.

"지금 그 부분 다시 보여줘."

아케보노TV의 프로듀서 후지시마 씨가 낮은 목소리로 지시하자 DVD가 3초 뒤로 감긴 후 다시 화면이 움직이기 시작했다.

[앗, 뜨거워. 너무 뜨거워서 땀이 날 정도예요. 그런데 진짜 맛있어요. 국물에도 야키소바의 에조 소스 맛이 잘 살아 있어서 한번

먹기 시작하면 멈출 수 없어요. 역시 맛의 비결은 에조 소스군요.]

"멈춰."

삑 소리가 나면서 내가 젓가락을 입으로 가져가는 장면에서 화면이 멈추었다.

"다시 소스 말하는 부분."

다시 뒤로 돌려서 똑같은 장면이 재생되었다.

[역시 맛의 비결은 에조 소스군요.]

"됐어. 불 켜."

회의실은 밝아졌지만 모두 숨을 죽이고 있었다. 후지시마 씨는 침울한 표정 그대로 내게 물었다.

"오카에리 씨, 저거 뭐라고 말한 거야? 소스 말이야."

"'에도 소스'라고 했다고요! 아까부터 계속 들어도 분명히 '에도 소스'라고 하잖아요!"

흥분한 나머지 목소리가 높아졌다. 진정하라고 하는 듯 옆에 앉은 사장님이 미간을 찌푸리며 눈치를 줬다. 삑 소리가 나더니 또 화면이 재생되었다.

[역시 맛의 비결은 에조 소스군요.]

"에조 소스."

후지시마 씨가 명상이라도 하듯이 눈을 감고 읊조렸다.

나는 결국 손바닥으로 탕! 소리가 나게 테이블을 치며 소리쳤다.

"에도 소스라니까요!"

"가만히 있어."

이번에는 사장님이 입 밖으로 소리를 내어 말렸다. 모두 일제히 한숨을 내쉬었다.

"뭐, 어느 쪽이든 간에 이미 방송된 건 어쩔 수 없으니까요."

대형 광고대행사 반츠의 영업과장 도쿠다 씨가 안경테를 밀어 올리며 말을 꺼냈다. '소소 여행' 방송 스폰서 담당으로 점점 줄어드는 스폰서를 간신히 유지하며 방송이 이어지도록 한 일등공신이었다. 회의실에서 도쿠다 씨가 무슨 말을 꺼낼 때면 항상 긴장감이 감돌았다.

"진실이 뭐든 간에 이번 방송에서 오카 씨가 한 말 때문에 스폰서인 '에도 소스'가 강하게 항의하고 있어요. 하필 1926년 창립 이래 계속 라이벌 관계였던 '에조 소스'와 착각하다니 있어서는 안 될 일이라면서요."

그렇다. 현재 '소소 여행'의 스폰서는 우스터 소스로 유명한 '에도 소스' 단 한 곳이었다. 스폰서 기업들이 하나둘 줄어드는 요즘 같은 불황에도 '소소 여행을 본 다음 토요일 점심으로는 야키소바!'라는 슬로건을 내세우며 스폰서를 계속하고 있었다. 올 초에도 '에도 소스가 스폰서를 그만두면 방송 종료'라는 말이 나왔던 터라 스폰서를 지속하겠다는 말이 신의 음성처럼 들렸을 정도다. 그래서 이번

'야키소바의 마을 구로이시' 편은 토요일 점심 메뉴로 야키소바를 먹는 시청자들이 더 많아지도록 스태프들이 야심차게 기획한 방송이었다. 내가 '역시 맛의 비결은 에도 소스군요!'라고 몇 번이나 강조한 것도 감사하는 마음을 담은 서비스 멘트였다.

그런데 정말 상상도 못 했던 일이 벌어졌다.

방송이 나간 직후 시청자들로부터 문의가 쇄도했다. '구로이시의 야키소바는 '에조 소스'를 사용했나요?' '스폰서는 에도 소스인데 왜 에조 소스를 썼나요?' '오카에리는 홋카이도 출신이라서 에조 소스를 더 좋아하나 보죠?' 등등.

"라이벌 기업인 '에조 소스'는 지난 5일 동안 매출이 전년 대비 3%나 늘었다고 합니다."

도쿠다 씨가 가면을 쓴 것처럼 무표정하고 창백한 얼굴로 말했다.

"그렇게 많은 사람이 이 방송을 볼 줄이야."

후지시마 씨가 말하자 모두 다시금 땅이 꺼져라 한숨을 쉬었다.

"저도 최대한 막아보려고 애를 쓰긴 했습니다만…."

도쿠다 씨가 후지시마 씨를 바라보며 말끝을 흐리자 후지시마 씨가 고개를 끄덕이더니 사장님과 나를 향해 최후의 선고를 내렸다.

"이렇게 되어 유감입니다만, 소소 여행은 이번 방송을 끝으로 폐지하기로 했습니다."

뭐?

순간 누군가 내 뒤통수를 세게 때리기라도 한 것 같은 충격과 함께 머릿속이 새하얘졌다.

"폐지…."

사장님은 강력한 어퍼컷이라도 맞은 것처럼 천장을 쳐다보며 웅얼거렸다. 회의실은 누가 찬물이라도 끼얹은 것처럼 순식간에 조용해졌다.

"좋은 방송이었는데 참 안타깝게 됐네. 오카에리 씨, 다음에 다시 만나면 잘해봅시다."

한참 뒤에야 후지시마 씨가 애써 밝은 척 말을 건넸다. 인사치레로 덧붙인 말이 텅 빈 머릿속을 맴돌았다.

회의에 참석한 사람들이 아무 말 없이 차례차례 자리를 비웠다. '소소 여행'의 감독 이치카와 씨가 침통한 얼굴로 우리 곁에 다가왔다.

"텟페키 사장님, 오카짱. 정말 죄송합니다."

이치카와 씨는 머리를 땅에 닿도록 숙이고 사과했다.

"이번 건은 완전히 제 실수입니다. 오카짱이 현장에서 '애드리브로 에도 소스에 대한 감사 인사를 하고 싶어요'라고 말하길래 일부러 편집하지 않고 살린 건데… 정말 미안합니다."

나는 입을 꾹 다물고 땅만 쳐다보았다. 옆에서 침묵을 지키던 사장님이 조용히 말했다.

"이치카와 씨, 지금까지 정말 고마웠네."

이치카와 감독보다 더 깊이 머리를 숙이는 모습에 감독이 당황하며 사장님의 어깨를 붙잡아 일으키려 했다.

"이러지 마세요, 사장님. 천하의 텟페키 사장님이 이러시면 제가 면목이 없어요."

"자네에게는 아무리 고맙다고 인사해도 모자라. 아무 데서도 찾지 않던 오카에리를 써준 덕분에 망하기 일보 직전이던 회사를 오늘까지 이어올 수 있었다네."

머리를 숙인 채 이렇게 말하더니 뜬금없이 약한 소리를 했다.

"이제 내일은 없겠지만."

이치카와 감독은 쓴웃음을 지었다.

"무슨 말씀이세요. 괜찮을 겁니다. 지옥에서도 살아 돌아온 텟페키 사장님 아니십니까. 도미넌트의 도키와 사장님과 한 판 붙었을 때도 사모님이나 따님 일이 있었을 때도…."

이치카와 씨는 말하다 말고 갑자기 "뭐 어련히 잘하실 거라 믿습니다"라며 얼버무렸다.

"저도 당분간은 눈칫밥 좀 먹겠지만, 언젠가 다시 오카짱에게 딱 맞는 기획을 만들 테니까요. 그때 꼭 출연해주셔야 합니다. 오카짱, 나와 줄 거지?"

나는 아무 말 없이 이치카와 씨를 바라보았다. 두 눈 가득 눈물이 고였다.

울면 안 돼. 서른 살이나 먹은 여자가 울면 꼴불견이란 말이야.

"그럼요, 잘 부탁드려요."

생긋 억지웃음을 지어 보이자 딱딱하게 굳어 있던 이치카와 씨의 얼굴이 그제야 풀어졌다.

"그럼, 저도 가봐야 해서. 조만간 아카사카에 들르겠습니다. '잇텐바레'에 라멘이라도 먹으러 가시죠."

이치카와 씨마저 가버리자 회의실에는 사장님과 나 둘만 남았다. 텅 빈 회의실에 공조기 소리가 유난히 크게 울렸다. 사장님은 어깨를 축 늘어트린 채 자리에서 일어나지 못했다.

"사장님… 저…."

나는 머뭇거리며 입술을 떼었다. 사죄와 변명의 말들이 머릿속을 맴돌았지만 딱 맞는 말이 떠오르지 않았다.

"그래, 너는 어떻게 할래? 고향으로 돌아갈 테냐?"

잠시 후 사장님의 힘없는 목소리가 들렸다. 참고 있던

눈물이 다시 차올랐다. 이제 정말 아무것도 일이 없다.

내일부터 수입도 없다. 월급도 못 받고 사무실 임대료도 내지 못한다. 쓸모없는 연예인이 사무실에 붙어 있어봤자 민폐나 끼칠 뿐이다.

막막하게 느껴졌던 일은 예전에도 있었다. 그때마다 사장님은 내게 물었다. 고향으로 돌아갈래? 그리고 나는 항상 똑같이 대답했다.

"아니요. 돌아가지 않을 거예요. …못 돌아가요."

나는 얼굴을 똑바로 들고 단호하게 대답했다. 사장님은 입꼬리를 올리며 웃었다.

"못 돌아간다고?"

나는 입을 다물고 고개를 위아래로 끄덕였다. 그 바람에 고여 있던 눈물이 뺨을 따라 흘러내렸다. 우는 얼굴을 보이고 싶지 않아 다시 고개를 숙였다.

"…나도 마찬가지다."

평소와 달리 침울한 목소리였다. 슬쩍 눈을 들어보니 따뜻한 색으로 물든 사장님의 눈이 보였다. 처음 만났을 때, 나를 포근하게 감싸안듯이 바라보던 바로 그 눈빛이었다.

"나도 돌아갈 수 없다. 아마 앞으로 평생 못 돌아가겠지. …비겁한 어른이 되어버렸거든. 한심하게 말이야."

그러니까 무슨 일이 있어도 여기에서 버티는 수밖에 없어.

사장님의 이 한마디가 내 가슴속 깊은 곳으로 스며들었다. 나는 눈물을 훔치고 고개를 들었다.

"자, 그럼." 사장님이 힘차게 자리를 박차고 일어섰다.

"기운 차리러 가볼까. '잇텐바레'에."

"네! 저는 파된장라멘 곱빼기요!"

"하여튼 못 말리는 녀석이라니까."

말이 끝나기가 무섭게 소리치자 사장님은 어이없다는 듯 웃었다.

사장님과 둘이 다이바역에서 유리카모메를 기다리고 있었다. 갑자기 '저기요'라며 누군가 말을 걸었다. 관광객인지 여행 중인 듯한 차림새의 아주머니들이 눈을 빛내며 이쪽을 보았다. 눈이 마주치자 "혹시 오카에리 씨 아니세요?"라고 물었다.

"소소 여행 너무 잘 보고 있어요. 악수해주실 수 있을까요?"

나는 깜짝 놀라 황급히 웃는 얼굴로 고맙다고 인사하며 손을 내밀었다.

아주머니는 내 손을 잡더니 위아래로 힘차게 흔들었다. 친구로 보이는 다른 아주머니 두 명도 저희도요 하며 손을 내밀어 모두와 차례로 악수했다.

처음 말을 걸었던 아주머니가 물었다.

"얼마 전 방송이 구로이시였죠? 다음에는 또 어디 가세요?"

"글쎄요, 어디일까요?"

"기대하고 있을게요. 건강하게 다녀오세요. 좋은 여행 하세요!"

좋은 여행.

유리카모메가 도착했다. 우리가 탄 열차가 보이지 않을 때까지 아주머니들은 플랫폼에서 손을 흔들어주었다.

"사장님."

혼잣말처럼 사장님을 불렀다. 창밖에 스쳐가는 풍경을 바라보던 네모난 대머리가 나를 향해 돌아섰다.

"너무 슬퍼요. …이제 여행을 할 수 없다니."

무심코 진심이 튀어나왔다. 사장님은 흥 하고 콧소리를 내며 웃었다.

"걱정하지 마. 내가 어떻게든 할 테니까."

"진짜요?"

"암, 정말이지."

"그럼, 저 다시 떠날 수 있는 거죠?"

이렇게 말하는 내 눈이 너무나 간절해보였던 모양이다. 사장님은 다시 한번 흥 하고 웃더니 말했다.

"얼마든지 떠나도 돼. 그리고 언제든 다시 돌아와라."

no. 2

오카에리 씨께.

안녕하세요. 토요일 아침마다 소소 여행을 너무나 즐겁게 보고 있습니다.

일본 곳곳의 정겨운 모습과 따스한 내레이션도 좋고, 이따금 보이는 오카에리 씨의 엉뚱한 매력이 넘치는 모습도 너무 귀여워서 방송을 볼 때마다 꼭 딸과 함께 여행하는 기분이 듭니다.

얼마 전 방송된 <아오모리·구로이시 편>에서도 구로이시 명물 국물 야키소바를 오카에리 씨가 후후 불어서 먹는 모습이 무척 먹음직스럽고 즐거워 보여서 마치 함께 야키소바를 먹는 것 같았습니다.

그런데 오늘도 어김없이 TV를 켜고 소소 여행이 시작하길 기다렸는데 전혀 다른 방송이 나오더군요. 채널을 잘못 튼 건가 해서 서둘러 신문에 있는 편성표를 살펴보니 '새 프로그램·먹거리 여행'이라고 나와 있더라고요.

설마 끝난 건가? 하고 너무 놀라서 바로 아케보노TV에 전화를 걸었습니다. 그러자 전화를 받은 분이 소소 여행이 지난주를 마지막으로 폐지되었다고 알려주었어요.

아쉽기도 했지만, 그보다도 걱정이 앞섰습니다.

항상 밝고 활기차게 여행하던 오카에리 씨가 혹시 어디 아프기라도 한 건 아닌지, 뭔가 안 좋은 일이 있어서 방송을 그만둔 건 아닌지 해서요. 그 뒤로도 꼭 딸처럼 걱정되고 계속 생각이 나서 이렇게 편지를 쓰게 되었습니다.

아무리 오랫동안 해온 장수 프로그램이라도 언젠가는 끝나기 마련이고 방송국 사정으로 폐지되었다면 시청자는 받아들일 수밖에 없겠지요.

다만, 저는 그저 오카에리 씨가 걱정될 뿐이에요. 부디 아무 일 없이 건강하게 앞으로도 여행을 계속해주면 좋겠어요. 그리고 언젠가 또 다른 방송이나 신문이나 잡지에서라도 오카에리 씨가 활약하는 모습을 꼭 보고 싶습니다.

저처럼 휠체어를 타고 있어서 어쩔 수 없이 여행을 가지 못하는 사람들을 대신해서 그리운 시골 마을과 아름다운 풍경 속으로 떠나줬으면 좋겠어요.

언제나 건강하고 행복만이 가득하길 진심으로 기원합니다.

도요타 키요코 드림

[아카사카, 아카사카. 이번 역에서 내리실 분은 발밑을 주의해주십시오.]

역에 도착했다는 안내방송이 어렴풋이 귓가에 울렸다. 소리를 듣고 나서야 앗 하고 서둘러 무릎 위에 펼쳐 놓았던 편지를 그러모아 막 닫히려는 문틈 사이로 빠져나왔다.

후! 위험했다. 하마터면 지나칠 뻔했네. 2주나 쉬었더니 내리는 역도 까먹었나 봐.

이제 빨리 사무실로 가야지. 텟페키 사장님과 회의하는데 1분이라도 늦을 수 없지. 시간 엄수는 연예인의 생명! 무슨 일이 있어도 명랑하고 활기차게! 일이 없더라도 앞을 똑바로 보고 당당하게 가슴 펴고 걸어야지!

"…그러다가 전 재산이 들어 있는 가방을 자리에 놓고 내린 거구먼."

사장님은 사장실에 있는 임원용 인조가죽 의자에 몸을 파묻고 한숨을 푹 쉬었다.

나는 오히려 아무렇지도 않은 척하며 변명을 늘어놓

왔다.

"그렇게 됐어요. 고이 가슴에 새겨두려고 팬레터를 정독하고 있었거든요. 이렇게 응원해주는 팬이 있다니 난 정말 행복한 사람이구나 하면서요. 그러다가 역을 지나칠 뻔해서… 2주나 쉬었더니 기운이 넘치나 봐요."

"기운이 넘치는 게 아니라 당황한 거겠지."

어이없다는 말투로 사장님이 말했다.

"지하철 분실물센터에도 연락 온 거 없다는데?"

열린 문 사이로 얼굴을 내밀며 말하는 논노 씨의 목소리가 신났다. 내가 사건 사고에 휩싸일 때마다 유독 저렇게 신나 보이는 건 기분 탓일까.

"어떻게 할까? 경찰에 신고할까?"

"그래 주게."

사장님은 신나서 얼굴까지 약간 붉어진 논노 씨를 향해 말하더니 넋이 빠져 있는 나를 향해 소리쳤다.

"너도 빨리 전화해야지! 뭐 하는 거야?"

"도요타 키요코 씨한테요?"

"너 바보냐? 카드회사랑 은행에 분실 신고 해야 할 거 아냐!"

지하철 안에서 몇 번이나 반복해서 읽었던 편지를 써준 사람 이름을 대자마자 거의 반사적으로 불호령이 떨어졌다.

"너 이번 달부터 수입 0원이라는 거 알고 있긴 한 거냐? 그나마 저축해둔 돈마저 없어지면 굶어 죽을 수도 있다고! 팬레터에 훌쩍대고 눈물 짤 때가 아니란 말이다!"

사장님이 솥뚜껑 같은 큰 손으로 임원용 책상 위에 놓여 있던 키요코 씨의 편지 옆을 탕! 소리가 나도록 내리쳤다. 나는 그 바람에 날려가듯이 사장실을 빠져나왔다.

마침 논노 씨가 경찰과 이야기하는 참이었다. 논노 씨는 왼손으로 통통한 볼을 괴고 오른손으로는 머리카락을 빙글빙글 꼬아가며 상황을 설명하고 있었다.

"여기 연예기획사 요로즈야 엔터테인먼트인데요. 죄송하지만 저희 소속 연예인이 전 재산이 든 유행이 한참 지난 루이비통 가방을 지하철에 두고 내렸는데, 누가 그걸 가져간 것 같아서요. 아, 네 본명은 오카바야시 에리코예요. … 예명이 뭐냐고요? 말해도 누군지 잘 모르실 거예요. 아니요, 스포츠신문에 실릴 만한 그런 연예인이 아니라서요. 호호호."

그러니까 대체 왜 그렇게 즐거워 보이세요? 하는 말은 차마 입 밖으로 내지 못한 채 논노 씨의 책상 옆 비어 있는 회색 책상 앞에 털썩 앉았다. 이 책상은 예전에 내 매니저였던 토비야마 씨가 쓰던 거였다. 영업일부터 화장실 청소까지 온갖 잡일을 도맡아 하던 그가 결국 견디지 못하고 회사를 그만둬버린 2년 전부터 이 책상은 내 자리가 되었다. 사장님은 연예인이 사무실에 있으면 안 된다고 잔소리를 했지만, 소소 여행 촬영 때문에 자리를 비울 때 말고는 늘 여기에 앉아 거대한 고물 컴퓨터로 다음 촬영 장소에 대한 정보를 수집했다.

인터넷으로 카드회사와 은행의 분실신고 접수 연락처를 검색했다. 전 재산을 잃어버린 셈이지만 그래봤자 큰 금액도 아니었다. 지갑에는 3천엔, 통장 잔액은 5만엔도 채 되지 않았다. 최근 1년 동안 신용카드도 쓴 적이 없다. 한창 잘나갈 나이 30대, 이래 봬도 직업은 연예인. 그런데 왜 나는 이렇게 구질구질할까.

전화통화를 끝낸 논노 씨가 의자를 빙글 돌려 말을 걸었다.

"에리카짱, 이참에 한 번 벗는 건 어때?"

생각지도 못한 말에 하마터면 컴퓨터에 머리를 박을 뻔했다.

"갑자기 무슨 말이에요!"

"아니, 지금 우리가 어떤 상황인지 생각해봐. 일이 아예 없다고. 제로, 빵. 소소 여행이 한 번 촬영할 때마다 30만 엔이었지? 한 달에 4번 나가니까 총 120만 엔. 연간 수입이 1,440만 엔이나 됐다고. 그래봤자 거기에서 경비나 세금을 빼고 나면 별로 안 남아서 너와 내 월급은 쥐꼬리만큼이기는 했지만 그래도 제로는 아니었잖아."

그러더니 내 몸을 위아래로 훑어보고 자신의 가슴 밑에 손을 대서 출렁출렁 흔들어 보였다.

"물론 내가 젊었을 때와 비교하면 지나치게 영양부족이지만. 특히 바로 여기."

"저는 상체가 영양실조라 벗어도 아무도 봐주지 않을 거예요. 차라리 논노 씨가 하면 어때요?"

"어머, 나? 나는 안 돼. 나이가 너무 많잖아. 내가 벗으면 너무 충격적이지 않겠어? 그리고 지금까지 아무리 그런 소리를 들어도 절대 안 했단 말이야. 지금 벗으면 후루나가 사오리가 벗는 것만큼이나 난리가 날걸?"

짓궂게 되받아치자 자신과 동갑인 거물 여배우 이름을 들먹였다. 역시 섹시 아이돌 출신이라 그런지 몸매에 대한 자부심만큼은 엄청났다.

"좋잖아. '고즈넉한 온천여관에서 섹시하게 오카에리'라든가 말이야. 광고판에 붙어 있으면 엄청 눈에 띌 거야. 아직은 충분히 먹히지 않을까? 소소 여행 덕분에 그래도 인지도는 꽤 있는 편이니까. 하지만 내년에는 안 될걸."

그때 내선 전화가 울렸다. 바로 수화기를 들자 전화는 다 돌렸냐? 하고 사장님이 물었다.

"아니, 이제 하려고요."

"뭐야, 아직도 안 했어? 그 얼마 되지도 않는 돈 벌써 다 빼갔겠다. 빨리 해치우고 나 좀 보자."

겨우 은행과 카드회사에 전화를 마치고 사장실로 향했다. 텟페키 사장님은 두툼한 손으로 키요코 씨의 편지를 읽고 있었다. 그리고 책상 앞에 서서 내게 편지를 돌려주더니 대뜸 질문을 던졌다.

"에리카. 너 벗을 수 있겠냐?"

또 한 번 뜬금없는 말이었다. 당황한 나머지 나는 바보 같은 목소리로 되물었다.

"네? 벗어요? 제가요?"

"그래. '아이돌 출신 30대 오카에리의 숨겨진 섹시함' 같은 거 말이야."

이번에는 서류 뭉치를 들이밀었다. 표지에는 '요로즈야 엔터테인먼트 귀하 오카 에리카 사진집 기획서 ㈜ERO 기획'이라고 쓰여 있었다. 나는 차마 받아들 수 없어서 가만히 바라만 보았다.

"이 업계에는 말이지. 궁지에 처한 연예인만 노리는 하이에나들이 우글우글하거든. 적당히 젊고 조금만 예쁘장하면 벗겨 먹을 궁리를 하는 놈들이지."

"엄청 젊고 진짜 예쁘면 더 좋은 거 아니에요?"

"그런 애들은 비싸잖아."

사장님이 바로 받아쳐서 자존심이 상했지만 그래서 더 태연한 척 받아쳤다.

"그런데 저는 가슴도 빈약하고 볼 데가 없는데요. 거의 판자 수준이라고요."

"설마 그 정도는 아니겠지. 빨래판 정도는 되겠지."

그거나 저거나 마찬가지였다.

"소소 여행 폐지 소식은 내가 아무리 막으려 해도 업계에 이미 다 퍼졌어. 그래도 넌 아직 인지도가 있으니까 지금 벗는 게 나을 수도 있다. 내년에는 이런 제안조차 없을지도 몰라."

마치 미리 입을 맞추기라도 한 것처럼 사장님은 논노 씨와 똑같은 말을 했다. 두 번이나 같은 말을 들으니 힘이 쭉 빠지는 기분이었다.

"내년에는 저… 힘든 거군요."

풀죽은 목소리로 중얼거리자 텟페키 사장님은 한숨 섞인 목소리로 맥없이 대답했다.

"너만 그런 게 아냐. 논노도 나도 마찬가지다."

그리고 둘 다 한참 입을 열지 못했다.

방에는 시계 초침 소리만 울렸다. 사장님 등 뒤의 책장에 놓인 금색 시계. 베르사유궁전에나 어울릴 듯 지나치게 장식이 화려한 이 시계를 사장님은 애지중지했다. 왜냐면 요로즈야 엔터테인먼트가 잘나가던 시절 나의 전 남자친구 겐짱이 일본 아카데미 시상식에서 신인상을 수상하고 받아왔기 때문이다. 겐짱은 '이건 제가 아니라 사장님 겁니다' 같은 낯간지러운 말과 함께 사장님에게 이 시계를 선물했다. 나한테는 '누가 저런 걸 써?'라고 말했으면서.

나는 작게 심호흡을 한 뒤 아주 잠시 두 눈을 꼭 감았다. 그리고 번쩍 눈을 뜨고 입을 열었다.

"알겠습니다. 저 벗을게요."

텟페키 사장님이 화들짝 놀라 눈을 부라렸다. 꼭 벼락이라도 맞은 표정이었다.

"너, 진심이냐? 우리를 위해서야? 회사를 살리기 위해 결심한 거야?"

충혈된 눈을 번뜩이며 다급히 묻는데, 그 모습이 하도 웃겨서 웃음이 새어 나오려는 걸 간신히 참았다.

"…왜 웃어? 너 지금 웃을 기분이냐? 지금이 웃을 때냐고?"

진지한 표정을 하려고 나름대로 애를 썼는데 사장님의 지적을 듣고 나니 더는 참을 수 없었다. 한번 웃음이 터지자 도무지 멈출 수 없었다.

배꼽을 잡고 웃는 모습에 사장님도 결국 영문도 모른

채 함께 웃었다. 나는 너무 웃어서 눈가에 맺힌 눈물을 훔치고 진심을 담아 말했다.

"아, 한바탕 웃었더니 개운하네요."

웃느라 들썩이던 몸을 겨우 진정시키고 물었다.

"그래서 촬영은 언제 하나요?"

"네가 마음의 준비만 끝나면 언제든지."

"저는 내일도 괜찮아요."

"갑자기 왜 이렇게 적극적이냐?"

팔랑팔랑 기획서를 넘겨보던 사장님의 말을 듣고 망설임 없이 대답했다. 사장님은 갑자기 달라진 내가 이상하다는 눈치였다.

"촬영 장소는 어디래요?"

"일단 후보지는 여러 군데가 있는데 어디 보자… 제1안: 오래된 온천여관, 제2안: 바닷가 하숙집, 제3안: 딸기농장 비닐하우스…."

사장님은 거기까지 읽다 말고 탁 하고 기획서를 책상 위로 던지며 투덜댔다.

"진짜 해도 너무하네. 비싼 데는 못 가겠다 이거지. 기왕이면 하와이나 타히티 같은 데로 갈 것이지."

정작 나는 아무 데나 상관없었다. 이걸 핑계로 또 여행을 떠날 이유가 생긴 것만으로도 좋았다.

"그런데 혹시… 출연료는 얼마나 주나요?"

약간 망설이다가 그래도 알아야 할 것 같아 조용히 물었다. 예전에 논노 씨에게 들은 적이 있다. 30년 전, 논노 씨에게 제발 한 번만 벗어달라며 애원하던 회사가 제시했던 금액은 진짜인지 가짜인지 모르겠지만 무려 천만 엔이었다고 한다. 그런데도 논노 씨의 매니저이자 소속사 사장이었던 텟페키 사장님은 '고작 그 돈에는 양말 한 짝도 못 벗어!'라며 단칼에 거절했다고 한다.

천만 엔만 있으면 우리 회사를 위기에서 구할 수 있다. 나는 마른침을 삼키며 사장님의 입만 쳐다보았다.

"어렵게 결심했을 테니 거짓말은 하지 않으마."

사장님은 잠시 내 눈을 가만히 바라보더니 어렵게 입을 열었다.

"백만 엔이다."

사장님 입에서 나온 말에 나는 귀를 의심했다.

"뭐라고요? 아니… 지금 0을 하나 빠트리신 것 아니에요?"

사장님은 아무 말이 없었다. 나는 고개를 떨구었다. 얼굴이 화끈거렸다. 너무나 창피한 나머지 쥐구멍에라도 숨고 싶었다.

서른 살이나 먹은 아이돌 출신 연예인이 벗는다고 해서

천만 엔이나 내어줄 인심 좋은 회사가 있을 리 없었다. 세상 물정도 모르고 회사를 위기에서 구하겠다며 쓸데없이 비장하게 굴었던 나 자신이 부끄럽기까지 했다.

"이 바보야, 내가 고작 이 돈에 소중한 우리 연예인을 벗게 할 것 같으냐?"

웃음기를 머금은 사장님의 말에 나는 귀까지 빨개진 얼굴을 들었다.

사장님이 기획서를 내 눈앞에 들어 보였다. 그리고 찍찍 요란한 소리를 내며 순식간에 기획서를 찢어버렸다.

"백만 엔으로는 양말 한 짝도 못 벗는다, 이 양심도 없는 놈들아."

나는 멍하니 입을 벌린 채 찢어지는 기획서를 바라보았다. 딱딱하게 굳었던 얼굴이 조금씩 풀어지는 기분이 들었다.

"난 애초에 이런 것 할 생각조차 없었다. 그저 네가 얼마나 마음을 단단히 먹었는지 확인하려고 그런 것뿐이다."

사장님이 크게 숨을 내쉬더니 에리카 하고 이름을 부르며 눈을 보았다.

네 하고 대답하는 목소리가 어느새 울먹이고 있었다.

"명심해라. 앞으로도 이런 제안은 수없이 올 거다. 너에게 직접 제안하는 사람도 있겠지. 그래도 절대 잊지 마라. 방송이 없어지든 업계에서 널 찾지 않게 되든 오카에리는 전국에 있는 키요코 씨들의 소중한 딸 같은 존재다. 네가 남자들의 '눈구경거리'가 되어버리면 진심으로 슬퍼할 사람들이 너무 많다는 걸 항상 기억해야 한다."

순간 흘러내릴 뻔한 눈물이 쏙 들어갔다.

"저, 저기 사장님 죄송한데요. 눈구경거리가 뭔가요?"

"뭐? '구경거리' 몰라? 아, '눈요깃거리'던가? …하여튼 모처럼 진지하게 얘기하는데 잠자코 듣기나 해!"

딱! 소리와 함께 이마에 꿀밤이 떨어졌다. 아야 하고 아파하다 말고 헤실헤실 웃음이 새어 나왔다. 복싱선수 출신에게 꿀밤 맞고 이렇게 기뻐하는 건 아마도 이 세상에 나밖에 없지 않을까.

"진짜 너 때문에 못 산다. 내가 하는 말 알아들었냐?"

"네! 잘 알겠습니다!"

사장님은 정말 못 말리겠다는 표정으로 안심하는 한숨을 내쉬었다. 그리고 다시 한번 내 눈을 쳐다보며 말했다.

"정말 고맙다, 에리카. 네 그 마음은 내가 소중히 받아두마."

그리고 책상 위에 놓여 있던 키요코 씨의 편지를 정성스럽게 접어 내게 돌려주었다.

"자, 지하철에서 잃어버린 게 이 편지가 아니라 얼마나 다행이냐. 이런 사람이야말로 네 인생의 보물이지."

사장님이 말하지 않아도 이미 그렇게 생각하고 있었다. 하지만 그 말을 들으니 소중한 마음이 더욱 커졌다.

하나레이고등학교 졸업을 앞둔 초봄의 어느 날.

열여덟 살이었던 나는 엄마와 마주 앉았다.

한 치의 흐트러짐 없이 꼿꼿하게 앉아 있는 엄마와 그 앞에 고개를 숙인 채 앉아 있는 나.

우리 옆에는 대대로 이어져 온 불단이 있었다. 불단 앞에는 하얀 천으로 덮어놓은 받침대 위에 하얀 상자가 놓여 있었다. 아빠의 유골이 담긴 함이었다.

무겁게 내려앉은 엄마의 목소리가 울렸다.

"절대 돌아오면 안 된다. 아빠와 약속했잖니. 한번 결심한 일은 끝까지 해내기로. 목표를 이룰 때까지 이곳에는 돌아오지 마."

고개를 끄덕이고 싶었지만 마음처럼 고개가 움직이지 않았다. 아빠와 한 약속을 지킬 때까지 이 집에 돌아오지 않겠다고 다짐했다. 하지만 지금 고개를 끄덕이면 엄마와도 약속한 셈이 된다. 연예인으로 성공하기 전까지 절대 고향에 돌아오지 않겠다고 말이다.

우리 가족이 아빠 몸에 이상이 생겼다는 사실을 눈치챘을 때는 이미 되돌릴 수 없는 상태였다. 암 말기였다. 아빠는 줄곧 아픈 걸 숨기고 바다에 나간 것이다. 시내에 있는 병원에서 진찰받았지만 더는 손을 쓸 수 없었다. 말기 암 환자를 위한 호스피스 치료를 받으려면 삿포로에 가야만 했다. 하지만 엄마가 아무리 설득해도 아빠는 고집을 꺾지 않았다. 마지막은 섬에서 보내고 싶다면서.

그 무렵 나는 일생일대의 결심을 마쳤다. 요로즈 텟페키 사장님을 믿고 연예계에 뛰어들어 보기로 한 것이다.

수학여행으로 도쿄에 다녀온 뒤 텟페키 사장님은 종종 편지를 보내왔다. 무척 정성 들여 쓴 편지였다. 도쿄에 오렴. 너는 꽃봉오리다. 화려한 꽃을 피워 낼 능력이 있어. 내가 반드시 너를 꽃피워주마. 편지는 나뿐만 아니라 부모님에게도 왔다. 따님을 제게 맡겨주십시오. 꼭 성공시켜서 금의환향하도록 돕겠습니다. 금의환향이라니 대체 어느 시절에 쓰던 말인가 싶었지만, 부모님과 할머니에게는 의외로 이 말이 먹힌 모양이었다. 도쿄로 가고 싶은 내 마음도 점점 더 커졌다.

그 이상한 아저씨에게 내 운명을 맡겨도 될 것 같아.

바닷새보다도 바다표범보다도 더 멀리 갈 수 있을지도 몰라. 이번에야말로 바다 너머 세상으로 크게 날갯짓하며 날아갈 수 있을지도 몰라.

그 직후 아빠의 병이 발견되었다. 나는 마침내 결심을

굳혔다. 할머니와 엄마와 고등학교 1학년인 남동생의 생계를 책임지기 위해서라도 도쿄에 가서 요로즈야 엔터테인먼트에 취직하기로. 연예인이 되어서 금의환향하기로 마음먹었다.

아빠, 나 도쿄에 갈 거야. 연예인이 돼서 유명해져서 돌아올게. 그때까지 기다려줄 거지?

병상에 누워 있는 아빠의 머리맡에서 나는 이렇게 말했다. 아빠는 힘없이 미소 지었다.

알고 있었단다. 너는 언젠가 이 섬에서 나가 바다 너머로 날아갈 거라는 걸. 에리코, 크게 되어서 돌아오거라.

아마도 그때가 되면 아빠는 이미 없을 거야. 하지만 아빠의 영혼은 언제나 가족과 함께 네가 돌아오기를 기다릴 거란다.

그리고 아빠는 혼자 천국으로 여행을 떠났다.

장례식에 텟페키 사장님이 찾아왔다. 영정사진 앞에서 한참 동안 두 손을 모아 인사했다. 그리고 엄마에게 말했다. 따님은 제가 책임지고 키우겠습니다. 아무 걱정하지 마시고 맡겨주십시오.

아빠의 49재를 앞두고 엄마는 나를 불렀다. 아빠의 유골함을 옆에 두고 우리는 마주 앉았다.

엄마는 돌아오지 말라고 했다. 꽃피우기 전까지는 절대

돌아와서는 안 된다고.

그것이 돌아가신 아빠와 한 약속이니까.

나는 고개를 끄덕였다. 아주 깊숙하게 딱 한 번. 그 바람에 눈물 한 방울이 무릎 위로 떨어졌다.

그 뒤로 한 번도 고향 섬에 돌아가지 않았다.

꽃을 피울 뻔한 적도 있었다. 하지만 지금은 아니야, 조금 더 하며 스스로 타일렀다. 더 크게, 더욱 화려하게. 고향 섬을 물들이는 형형색색의 꽃들처럼 활짝 피었을 때, 그때가 바로 돌아갈 때다.

나라는 꽃은 대체 언제쯤 필까. 어쩌면 이제 꽃은 피지 않을지도 모른다.

유일한 방송이 없어지고 방송국에서도 날 찾지 않고 심지어 전 재산이 들어 있는 가방마저 잃어버리고 말았다.

꽃봉오리에 머무른 채 시들어 져버린다. 어쩌면 이것이 나라는 꽃의 운명인지도 모른다.

지하철에 두고 내리는 바람에 행방불명되어버린 전 재산이 들어 있는 루이비통 가방. 연예계에 막 데뷔했을 때 연예인이 명품 가방 하나쯤은 들고 다녀야 한다며 텟페키 사장님이 사준 가방이다.

전 재산보다도 그 가방을 잃어버렸다는 사실이 더 속상

했다. 그래도 언제까지고 그 생각만 할 수도 없었다. 회사가 유지되고 내가 먹고살려면 하루라도 빨리 일을 찾아야만 했다. 그런데.

정말 이대로 영영 꽃도 피우지 못하고 끝나고 마는 건 아닐까. 요즘은 문득문득 이런 생각이 머릿속을 스쳤다.

아빠, 엄마와 한 약속도 지키지 못하고 나는 평생 고향에 돌아가지 못할지도 모른다.

이런 생각이 들 때마다 아니야, 그건 안 될 말이지 하고 되뇌었다. 아직 포기하기엔 이르다. 어떻게 여기까지 왔는데. 나라는 꽃은 꽤 끈질기단 말이다.

일단 벗는 건 없던 일이 되었으니, 사장님과 함께 각 방송국의 알고 지내던 감독님이나 광고와 드라마 출연자를 뽑는 일을 하는 캐스팅 회사를 찾아다녔다. 그리고 드라마든 광고든 아니면 어떤 일이든 좋으니 이동과 여행과 먹는 걸 사랑하는, 조금 젊고 귀엽고 어느 정도 인지도가 있는 연예인이 필요하지 않냐고 물어보았다. 텟페키 사장님도 허투루 이 업계에서 40년이나 보낸 것은 아니었기에 아는 사람은 셀 수 없이 많았다. 하지만 우리 이야기를 진지하게 들어주는 사람은 손에 꼽을 정도였다.

감독과 기획회사 담당자는 대부분 '기회가 되면 꼭 함께 일해보고 싶네요'라며 입에 발린 소리만 늘어놓았다. 특히 그들은 '기회가 되면'이라는 말을 강조했는데 그 기회가 좀처럼 찾아오지 않으리라는 사실을 사장님도 나도 너무나 잘 알고 있었다.

이 업계에서 스폰서를 화나게 해서 방송이 폐지되게 만든 연예인은 신의 역린을 건드려서 천계에서 추방당한 타락 천사만큼이나 가까이하고 싶지 않은 존재다. 물론 누구 하나 싫은 표정을 하는 사람은 없다. 하지만 (이제 넌 필요 없어) 하는 그들의 마음속 목소리가 '기회가 되면 꼭 함께 일해보고 싶네요'라는 말에서 생생하게 전해졌다.

"기죽지 마. 일 한두 개 정도 금방 생길 거다. 이렇게 요로엔터 사장과 간판스타가 친히 나서서 발품까지 팔고 있잖니. 이런 일 흔치 않다."

처음에는 사장님도 무척 자신만만했다. 논노 씨에게 어렵게 부탁해서 내가 쓸 활동비까지 챙겨주고, 낮이고 밤이고 이탈리안 레스토랑이나 일식집에서 밥을 사주었다. 그렇게 사흘이 지나자, 점심은 라멘이 되었고, 나흘째에는 도시락으로 변했다. 자신감에 차 있던 사장님도 눈에 띄게 의기소침해졌다. 당장 오늘이라도 '아무래도 네가 벗어줘야겠다'라고 말하는 건 아닐까 싶은 생각에 조마조마했다.

그리고 5일째 되던 날.

"결정했다."

롯폰기힐스의 초고층 빌딩 아래 반짝반짝 잘 닦인 돌로 만든 벤치에 앉아 있던 사장님이 그날의 점심 메뉴인 편의점 주먹밥 포장을 벗기며 말했다.

"내가 찾아가 보마. 조반센한테."

내가 벗을게 하는 말보다 더 깜짝 놀랄 발언이었다.

"내가 지금 자존심 내세울 때가 아니잖냐. 아무리 라이벌이라도 인정은 있는 녀석이니까 뭐든 해주긴 할 거다. 그래, 그렇게 해야겠어."

누구에게랄 것도 없이 혼자 중얼거리더니 주먹밥 하나를 통째로 입에 욱여넣었다. 그러고 더는 아무 말도 하고 싶지 않으니 아무것도 묻지 마 하는 것처럼 입안 가득 차 있는 주먹밥을 씹어 삼키는 데만 열중했다.

나는 주먹밥 포장을 벗기다 말고 그대로 손을 멈추었다.

업계에서 가장 큰 연예기획사인 도미넌트와 도미넌트 사장 조반센, 즉 도키와 센이치. 텟페키 사장님이 마음 한구석에서나마 응원했던 과거의 동료이자 라이벌. 비록 지금은 두 사람의 격차가 많이 벌어지기는 했지만, 여전히 같은 업계에서 경쟁하는 이상 선뜻 머리를 숙이고 들어갈 만큼 편한 사이는 절대 아니다.

포장을 벗기다 무릎 위에 놓은 주먹밥을 가만히 내려다보다가 옆에서 우걱우걱 주먹밥을 먹는 소리를 들으며 고개를 들었다.

"사장님, 저기…."

페트병에 들어 있던 녹차를 모두 마신 사장님의 커다란 얼굴이 나를 쳐다보았다. 입가에 밥알이 하나 붙어 있었다. 이럴 때조차 이렇게 웃기면 반칙인데.

'그냥 제가 벗을게요'라고 말하려 했는데 타이밍을 놓쳐 버렸다. 다시 입을 꾹 다문 내게서 시선을 돌린 사장님은 애써 아무렇지 않다는 듯 말했다.

"뭐, 가끔은 얼굴도 보여줘야지 않겠냐. 언제든 놀러 오라고 했으니 한번 가줘야지. 아, 너는 괜찮으니까 사무실로 돌아가라. 좋은 소식 가지고 갈 테니까 기다려."

그렇게 말하고 자리에서 일어난 사장님은 여전히 입가에 밥알을 붙인 채 롯폰기역으로 향했다.

롯폰기힐스에서 아카사카의 사무실까지 터덜터덜 걸어왔다.

"저 왔어요."

힘없이 말하고 현관에서 신발을 벗는데, 가지런히 놓인 연보라색의 고급스러운 샌들이 눈에 들어왔다.

손님이 왔나?

찍찍 슬리퍼 끄는 소리와 함께 논노 씨가 나타났다.

"에리카짱, 손님이 기다리셔."

논노 씨의 들뜬 말투에 고개를 갸웃했다.

사장실에 있는 손님용 소파에 앉아 나를 기다리는 사람은 처음 보는 중년 여성이었다. 내가 들어오는 걸 보더니 자리에서 일어나 조용히 고개만 숙여 인사했다. 고급스러운 연보라색 기모노가 좋은 집 사모님이라는 사실을 말해주었다. 나는 영문도 모르고 얼떨결에 머리를 숙였다. 여성은 희미하게 미소 띤 얼굴로 차분하게 말을 꺼냈다.

"안녕하세요. 제가 잠시 실례하고 있었습니다. 저는 우노라고 해요. 오카에리 씨에게 부탁이 있어서 이렇게 찾아왔어요."

도무지 이 상황이 이해되지 않아 네에 하고 미적지근하게 대꾸했다.

"부탁드리기 전에 먼저 제가 전해드려야 할 물건이 있어요."

우노 씨는 고상한 미소와 함께 소파 위에 있던 커다란 보라색 보자기로 싸인 꾸러미를 들어 테이블 위에 올려놓았다. 나는 우노 씨 앞에 마주 앉아 그 꾸러미를 보았다.

"이건 뭔가요?"

내가 묻자 우노 씨는 마치 열어보세요 하는 것처럼 꾸러미를 향해 손짓했다. 궁금해하며 보자기를 여미고 있던 끈을 풀었다. 스르륵 흘러내리는 보자기 속에서 모습을 드러낸 것은 사장님이 사주었던 루이비통. 내 전 재산이 들어 있는 그 가방이었다.

"앗!"

내 입에서 외마디 탄성이 터져 나왔다. 우노 씨는 그 모습을 보며 흐뭇하게 미소 지었다.

"이번 주 월요일이었죠? 제가 오카에리 씨가 탔던 지요다선에 같이 탔었어요. 오카에리 씨 바로 맞은편에 앉아 있었죠."

우노 씨는 무릎 위에 놓인 편지를 열심히 읽는 나를 보고 '이 사람, 오카에리 씨 같은데?'라고 생각했다고 한다. 편지를 읽으며 혼자서 고개를 끄덕이다가 한숨을 쉬다가 웃기까지 하는 내 모습을 가만히 관찰했다고. 부끄럽게도 나는 도요타 키요코 씨의 팬레터에 열중한 나머지 누가 나를 그렇게 쳐다본다는 것조차 전혀 몰랐다.

그리고 아카사카역에 도착했을 때 허둥지둥 내린 내 자리에는 루이비통 가방이 덩그러니 놓여 있었다. 우노 씨는 깜짝 놀라서 얼른 일어나 가방을 챙겨주려 했지만 이미 지하철 문이 닫힌 뒤였다. 이후에 가방을 지하철 분실물센터에 맡기려다가 연예인의 물건인데 혹시 무슨 일이라도 생길까 싶어 직접 회사에 가져다주려고 집에 가방을 가져갔다. 그 뒤에 이런저런 일들이 있다 보니 오늘에야 오게 되었다고 했다.

"요 며칠 걱정 많이 하셨죠? 제가 괜한 오지랖을 부려서 더 걱정만 끼친 건 아닌가 싶네요. 죄송합니다."

"천만에요! 정말 감사합니다. 유행은 한참 지났지만 제게 정말 소중한 가방이에요. 이렇게 정성스럽게 가져다주셔서 너무 기뻐요."

진심이었다. 덜렁 가방만 가져온 것도 아니고 쇼핑백에 넣어온 것도 아닌 고이 보자기로 싸서 가져온 가방에서 우노 씨의 진심이 엿보였다. 우노 씨는 고개를 들어 나를 쳐다보더니 "역시" 하고 중얼거렸다.

"오카에리 씨는 정말 제가 생각한 그대로… 우리 딸이 상상하던 그대로이네요. 솔직하고 참 바른 사람이에요."

그리고 마치 기도하듯이 눈을 지그시 감았다.

우노 씨가 굳이 내 가방을 돌려주러 온 데는 말 못 할 사정이 있는 것 같았다.

"아까 부탁할 일이 있다고 하셨죠? 제가 도와드릴 일이라도 있나요?"

내 말을 들은 우노 씨의 얼굴에 반가운 기색이 돌았다. 부탁할 일이 있다고 말은 했지만 아무래도 직접 말을 꺼내기는 어려웠던 모양이다. 망설이는 듯하던 우노 씨가 힘주어 말했다.

"여행을 가주시면 안 될까요? 제 딸을 대신해서."

나는 말문이 막혔다. 어떻게 대답하면 좋을지 좀처럼 할 말이 떠오르지 않았다. 그만큼 우노 씨의 부탁은 뜬금없었다.

"여행…이요? 따님을 대신해서 제가요?"

우노 씨는 고개를 위아래로 흔들었다. 그리고 외동딸인 마요 씨가 내게 대신 여행을 가달라고 부탁하게 된 자초지종을 설명했다.

마요 씨는 온몸의 근육이 점차 위축되는 난치병인 근위축성 측삭경화증ALS이라는 병에 걸려 투병 중이다. 나와 같은 나이인 마요 씨는 열아홉 살 때 처음 병을 발견했고 작년에 입원한 이후로는 전혀 병원 밖으로 나오지 못하고 있다. 말은 할 수 있지만 혼자 힘으로 걷거나 앉을 수는 없다. 항상 침대에 누워만 있다 보니 유일한 취미는 음악을 듣거나 텔레비전을 보는 것이었다.

우노 가문은 화도花道, 즉 꽃꽂이로 유명한 '우노 유파'의 종가로 마요 씨의 아버지이자 4대 당주인 우노 카덴 씨는 딸을 무척 엄격하게 가르쳤다. 언젠가 가문을 이어가야 할 딸에게 가장 좋은 교육을 받게 하고 가장 훌륭한 예술품을 보여주고 가장 좋은 생활환경을 만들어주었다. 이렇게 금이야 옥이야 키워온 딸이 난치병에 걸렸으니 그 슬픔은 이루 말할 수 없었다. 전국에서 유명하다는 병원이란 병원은 모두 수소문했고 명의라고 소문난 의사가 있으면 아무리 멀어도 찾아갔다. 신약이든 한약이든 가능성이 있는 약은 모조리 써보았다. 하지만 언제부턴가 아버지는 꽃가위는 물론 꽃가지 하나조차 손에 쥐지 못하게 될 운명인 딸을 보려고 하지 않았다. 현실에서 도망치듯이 일에만 몰두했다. 얼마 전에도 우노 씨는 네즈에 있는 우노 유파의 본거지 우노 화도관에서 남편과 크게 다툰 후 운전기사가 기다리던 차를 놔두고 지하철로 요요기우에하라에 있는 집까지 돌아왔다. 그리고 그때 우연히 눈앞에서 매주 텔레비전에서 보던 얼굴을 발견했다. 우노 씨는 매주 토요일 아침이면 마요 씨와 함께 소소 여행을 봐왔기에 나를 바로 알아볼 수 있었다.

마요 씨는 소소 여행이 시작되었을 때부터 매회 방송을 빼놓지 않고 본 열혈 시청자로, 나는 더는 여행을 갈 수 없지만 이 방송을 볼 때면 오카에리 씨가 나 대신 여행해주는 것 같다고 말했다. 마요 씨도 병에 걸리기 전에는 가족과 함께 이곳저곳 여행을 많이 다녔다. 아름다운 풍경을 느끼고 오래된 사찰이나 미술관을 방문하고 맛있는 음식을 먹고 좋은 여관에서 묵으며 최고의 서비스를 받는 것도 교육의 일종이라고 생각했던 아버지 탓에 마음대로 할 수 있는 일은 하나도 없는 숨 막히는 여행이었다. 물론 멋진 경험이기는 했지만, 가족여행인데도 마냥 즐길 수가 없었다. 그래도 지금은 그런 여행이라도 하고 싶었다.

"딸은 항상 오카에리 씨를 무척 부러워했어요. 솔직하고 밝고 즐거워 보여서 보고 있으면 자기도 기분이 좋아진다고. 즐거운 여행을 잔뜩 해서 좋겠다고 말했죠."

할 수만 있다면 나도 다시 한번 여행을 떠나고 싶어.

오카에리 씨처럼 소박한 숙소에 묵으면서 근처 농가에서 막 뜯어온 채소를 그 자리에서 먹어보고 싶어. 오카에리 씨처럼 동네 아저씨, 아주머니들과 한참 수다를 떨면서 하하 호호 웃고 싶어. 아저씨가 알려준 대로 짚신도 만들어보고 아주머니들과 함께 천에 염색도 해보고. 헤어질 때면 꽃이 가득 핀 골목길 너머로 한참 손을 흔들면서 인사하는.

딱 한 번이라도 좋으니까 그런 여행을 해보고 싶어. 죽을 때까지 그런 일은 불가능하다는 걸 알고 있지만.

그렇게 입버릇처럼 말하던 딸이 소소 여행이 폐지되었다는 소식을 듣고 얼마나 아쉬워했는지. 상심한 딸을 달래주고 싶어서 우노 씨는 방송국에 방송을 다시 해달라고 민원도 넣어보고 인터넷에서 내가 나오는 여행 영상이 있는지 찾아보는 등 갖은 애를 썼다. 결국 '오카에리 씨 회사에라도 찾아가 봐야겠어'라며 나선 우노 씨에게 남편은 냉담하기만 했다.

굳이 그렇게까지 할 필요가 있나? 그 연예인이 마요 대신 여행이라도 가준다고 하던가? 요즘은 그런 장사도 하나 보지? 그 사람이 무슨 '여행 대리인'이라도 된다던가?

이 말 때문에 화도관에서 점심을 먹다가 남편과 크게 다투었다. 우노 씨는 참다못해 뛰쳐나와 무작정 지하철을 탔다. 그리고 나를 보았다. 덤으로 가방까지 주웠다.

"대단한 우연이네요."

나는 쓴웃음을 지었다.

"그렇죠? 꼭 하나님이 만나게 해주신 것 같은 기분이 들어요."

우노 씨도 쓴웃음을 지으며 답했다.

"바로 가방을 갖다 드리고 싶었지만 마음의 준비가 필요했어요. 오카에리 씨에게 모든 걸 털어놓고 저와 딸의 마음을 전하고 우리 모녀의 부탁을 꼭 좀 들어달라고 말할 준비가."

우노 씨 이야기가 가슴을 울렸다. 기쁘면서도 어딘가 조금은 슬픈 울림이었다. 내가 여행하는 모습을 기다리는 사람이 여기에도 있었다. 이 사실이 무엇보다도 감사했다. 그리고 새삼 방송이 사라져 버린 것이 속상하고 아쉬웠다.

마요 씨 상황을 들어보니, 내게 여행을 대신 가달라고 부탁하는 것도 충분히 이해가 갔다. 내 여행으로 사람을 구할 수만 있다면야 그보다 더 기쁜 일이 있을까. 할 수만 있다면 지금 당장이라도 마요 씨가 원하는 대로 여행을 떠나고 싶었다. 방송이 폐지된 후 2주간 아무 데도 가지 못한 나야말로 여행 금단현상을 일으키기 직전이었다.

하지만….

"우노 씨와 마요 씨의 마음은 정말 감사해요. 제가 여행을 해서 마요 씨가 건강해질 수만 있다면 당연히 하고 싶어요. 그런데 사실은… 이미 알아보셨을지도 모르겠지만 제가…."

전혀 일이 없어요. 여행 방송은 고사하고 드라마 단역도 지역방송의 광고조차 들어오지 않아요. 그래서 여행을 하고 싶어도 할 수 없는 상황이에요.

이렇게 솔직하게 지금 상황을 털어놓으려 했을 때였다.

우노 씨가 쓱 보라색 천으로 감싼 봉투를 테이블 위로 내밀었다. 나는 말없이 그 봉투를 쳐다만 보았다. 대체 무슨 일인지 알 수 없었다.

"실례될 수도 있지만, 부디 받아주세요."

나는 얼굴을 들어 우노 씨를 쳐다보았다. 우노 씨가 희미하게 미소 지으며 말했다.

"여행하시는 데 필요한 경비라고 생각해주세요. 부족할지도 모르겠지만."

봉투는 딱 봐도 엄청난 두께였다. 아니, 저렇게 두툼한 건 지금까지 본 적이 없을 정도였다.

머릿속이 혼란스러웠다. 무릎 위에 올려둔 손이 덜덜 떨렸다. '다행이다'라는 목소리와 '저걸 어떻게 받아'라는 목소리가 번갈아 귓가에 메아리쳤다. 그 목소리들과 함께 우노 씨의 간절한 목소리가 겹쳐 들렸다.

"딱 한 번이면 됩니다. 딸을 위해서 딱 한 번만 대리 여행을 떠나주세요."

no. 3

여보세요, 엄마? 나야.

미안, 전화했는데 못 받았네. 내가 건다는 게 시간이 안 났어.

응, 소소 여행은 이제 끝났어. 왜냐고? 이유는 뭐… 요즘 경제가 어렵잖아. 그래서 스폰서를 해주던 기업이 더 못 하겠다고 하더라고. 응, 그래서 방송을 계속하기 어렵게 됐어.

텟페키 사장님? 잘 계셔, 건강하시지. 당연히 아쉬워하시지. 그래도 엄마도 알잖아. 우리 사장님은 이보다 더한 일도 극복한 불굴의 복서이신걸. 어떻게든 될 거야. 지금도 열심히 뛰어다니고 계셔. 응, 그렇지. 요즘 다들 힘드니까 어려우시긴 한가 봐.

할머니 건강은 좀 어때? 허리는 괜찮으시고? 아, 정말? 다행이다. 케이타는? 여전히 어부 친구들이랑 술 마시고 놀러 다니는 거야? 엄마는? 아르바이트 너무 무리하지 말고.

나는 건강하게 지내. 응, 여행은… 요즘은 못 가고 있어. 그래도 아마 조만간… 응, 또 여행 가고 싶다.

엄마도 몸조심하고 건강하게 지내. 안부 전해주고.

그럼 또 전화할게.

나와 텟페키 사장님은 지요다선 지하철에 나란히 앉아 있었다.

아카사카, 국회의사당, 가스미가세키. 목적지인 신오차노미즈역이 가까워질수록 긴장되었다.

"왜 그렇게 긴장해?"

오테마치역에 도착할 즈음 사장님이 물었다.

"제가요? 전혀 아닌데요?"

나는 짐짓 태연한 척 대꾸했지만 사장님은 바로 "거짓말"이라고 쏘아붙였다.

"지하철에 탄 뒤로 한마디도 안 하잖아. 나랑 어디 갈 때면 항상 쉴 새 없이 먹을 것 얘기, 탈것 얘기를 늘어놓았으면서."

내가 살짝 발끈하며 반박했다.

"제가 언제요. 그리고 뭐예요. 제가 언제 그렇게 먹을 것, 탈것 얘기를 그렇게 했다고. 제가 무슨 초등학생이에요?"

"사실이잖냐. 얼마 전에 탔던 규다이혼센이 좋았다는 둥 기차 안에서 먹은 도시락이 맛있었다는 둥 맨날 그런 얘기만 하잖아."

듣고 보니 작년 소소 여행에서 벳푸와 유후인에 다녀온 다음 그런 얘기를 했던 것 같기도 하고. 그래도 지금은 그런 이야기를 할 때가 아니잖아.

"사장님이야말로 먹는 걸 좋아하니까 먹을 것 이야기만 기억하시는 거 아니에요?"

"너 말 한번 잘했다. 그래, 나도 먹는 거 좋아하는데 항상 너만 맛있는 거 먹으러 다니고. 이번에도 말이다, 어차피 너만 또 좋은 데 가서 맛있는 걸 실컷 먹고 올 거 아니냐."

"무슨 소리를 하시는 거예요. 화도 명문가의 따님 부탁이라고요. 설마 그런 일차원적인 부탁이겠어요?"

"일차원적인 게 어때서? 원래 인간은 말이야. 배 속이 든든해야 기분이 좋아지는 거야."

"아이참, 알겠으니까 이제 그만하세요."

끊임없이 티격태격하다 보니 벌써 신오차노미즈역에 도착했다. 어느새 긴장감은 온데간데없이 사라졌다.

우리가 향하는 곳은 오차노미즈에 있는 대학병원이었

다. 그곳에서 우리를 기다리는 사람은 우노 마요 씨. 화도 우노 유파 종가의 외동딸이자 열아홉 살에 처음 발병한 뒤로 서른두 살이 된 지금까지 투병 생활 중이다.

지난주 갑자기 사무실로 찾아온 우노 치요코 씨는 마음을 단단히 먹고 온 듯 숨김없이 모든 이야기를 들려주었다.

"딸의 병은 신경에 문제가 있어서 생기는 거예요. 뇌에서 내리는 지시가 전해지지 않아서 근육을 움직일 수 없게 되지요. 그리고 이내 온몸의 근육은 물론이고 혀나 목 근육까지 서서히 약해져서 기능을 못 하게 됩니다. 현재로서는 완치 방법이 없다네요."

나도 모르게 숨소리를 죽이고 이야기를 들었다.

오래전이지만 다큐멘터리 프로그램에서 본 적이 있다. ALS라는 난치병.

"아직은 목소리를 낼 수 있지만 머지않아 음식을 씹는 것도 호흡도 못 하게 될 거예요. 기관절개를 해서 인공호흡기를 달지 않으면 살 수 없게 되는 거지요…."

더는 말을 잇지 못하고 우노 씨가 눈을 내리깔았다. 나도 무릎 위에 올려둔 손으로 시선을 떨어트렸다.

마요 씨는 인공호흡기를 거부한다고 했다.

인공호흡기를 달게 되면 누군가 24시간 옆에 붙어 있어야 하는데, 원래도 정신없이 바쁜 가족을 더 힘들게 할 수 없다며 완강히 고집을 부렸다. 몸은 움직일 수 없지만 의식은 멀쩡한데 그런 상태로 목숨만 부지하는 것은 싫다며.

인공호흡기가 없으면 자발적으로 호흡을 할 수 없게 된다. 그렇게 내버려둘 수는 없다고 우노 씨는 필사적으로 딸을 설득했다. 하지만 마요 씨는 오히려 초연하게 말했다. 내가 죽으면 아빠도 엄마도 더는 고생하지 않아도 된다. 그러니까 제발 내 말을 들어달라고. 마지막까지 내 힘으로 숨 쉬고 내 의지대로 살고 싶다고. 마요 씨는 그렇게 점점 약해져 가는 호흡으로 하루하루를 살아내고 있었다.

ALS 환자 중에는 인공호흡기를 달고도 긍정적인 삶의 태도를 잃지 않고 살아가는 사람도 많다. 그저 목숨을 연명하는 것이 아니라 인생 자체를 소중히 여기며 살려는 것이다. 우노 씨도 딸이 그러길 바라는 마음으로 절망에 빠진 딸을 위로하고 격려하며 끈질기게 설득했다.

어떻게든 딸이 삶의 희망을 되찾고 앞으로도 남은 인생을 계속 살고 싶다는 마음을 잃지 않기를 간절히 원했다. 그 간절함 끝에 나를 찾아오게 된 것이다. 내게 '대리 여행'을 의뢰하기 위해서.

여행을 좋아하고 오카에리 씨를 부러워했던 마요. 아프

기 전에 가족과 함께 찾았던 장소를 다시 한번 오카에리 씨가 방문해서 변함없이 아름다운 풍경을 딸 대신 보고 와주길. 그리고 딸에게 전해주길. 언젠가 꼭 가족과 함께 다시 여행을 떠날 수 있다고.

우노 씨 이야기를 다 듣고 아무 말도 할 수 없었다.

상상을 훨씬 뛰어넘는 무거운 부탁이었다. 과장이 아니라 정말 말 그대로 한 사람의 목숨이 달려 있었다. 무턱대고 하기로 했다가 우노 씨가 바라는 결과로 이어지지 않기라도 하면….

안 돼. 이건 너무 큰일이다.

경비 명목이라는 두툼한 봉투에 미련이 남긴 하지만 나는 누군가의 목숨을 책임질 정도로 훌륭한 사람이 아니다. 흰 머리가 군데군데 보이는 머리를 올려 묶고 마치 최후의 심판을 기다리는 죄수처럼 가만히 고개를 떨군 우노 씨를 바라보며 있는 힘껏 용기를 짜내어 입을 열었다.

"따님 일은 정말 뭐라고 말씀드려야 할지 모르겠습니다. 아프신 중에도 제 방송을 보고 좋아해주셔서 진심으로 감사드려요. 하지만 제가 하기에는…."

채 말이 끝나기도 전에 우노 씨가 당장이라도 눈물을 쏟을 것만 같은 얼굴을 들고 비장한 눈빛으로 나를 쳐다보았다.

"이 부탁 들어주실 거지요?"

거절하려고 했던 말이 목에서 걸려 나오질 않았다.

"아니, 저기… 그러니까…."

머뭇거리며 말을 잇지 못하자 우노 씨는 자리에서 벌떡 일어났다.

"제 평생의 소원입니다. 제발, 제발 이렇게 부탁드려요."

떨리는 목소리로 말을 마친 우노 씨는 말릴 겨를도 없이 내 앞에 무릎을 꿇고 손을 바닥에 짚은 채 이마를 더러운 바닥에 갖다 대었다. 태어나서 처음으로 실제 도게자*를 눈앞에서 본 나는 당황한 나머지 황급히 그 옆에 같이 쭈그려 앉았다.

"이러지 마세요. 제발 일어나세요."

"아니요. 해주신다고 말할 때까지 안 일어설 겁니다."

"왜 이러세요. 제가 부탁드릴게요. 제발 일어나세요."

"싫습니다. 못 일어납니다."

"싫다니요…. 자, 제발."

우노 씨의 어깨를 붙잡고 안간힘을 쓰려던 그 순간.

"나 왔다. 하필이면 오늘 조반센이 해외 출장이라네. 하

* 바닥에 바짝 엎드려 사죄하는 자세.

여튼 팔자 좋은 녀석이라니까."

현관에서 혀 차는 소리가 들렸다. 라이벌인 도키와 사장님의 회사에 찾아갔던 사장님이 돌아온 것이다. 나는 어떻게든 우노 씨를 일으키려고 애를 썼지만 꿈쩍조차 하지 않았다. 벌컥, 사장실의 문이 열렸다.

"…뭐, 뭐야?"

바닥에 무릎을 꿇고 있는 기모노를 입은 여성과 그 옆에 쭈그려 앉은 나. 황당해하며 두 사람을 번갈아 쳐다보던 사장님이 입을 열었다.

"대체 무슨 일이냐? 연기 연습이라도 하는 거야?"

나는 얼른 일어서서 이 상황을 수습해보려고 했다.

"사장님, 잘 다녀오셨어요? 아니, 그러니까 여기 이분은 말이죠…."

"다녀오셨습니까, 사장님."

내 말이 채 끝나기도 전에 여전히 바닥에 손을 짚은 우노 씨가 무릎을 꿇은 채로 고개 숙여 인사했다. 사장님은 깜짝 놀라 눈을 동그랗게 떴다.

"이거야 원, 무릎까지 꿇고 맞이해주시니 몸 둘 바를 모르겠네."

간신히 일어나 소파에 앉은 우노 씨는 이번에는 사장님에게 마요 씨 이야기를 하기 시작했다.

병에 대해서뿐만 아니라 자신과 마요 씨가 최근 몇 년간 얼마나 힘들었는지, 삶의 의미를 잃을 정도로 괴로웠던 이야기를. 그리고 우연히 만난 내게 다시 한번 여행을 가주었으면 하고 부탁한다는 이야기와 경비로 가져온 봉투까지도.

얼마나 시간이 지났을까. 논노 씨가 가져다준 차는 입 한 번 대지 못한 채 차갑게 식어버렸다.

우노 씨가 이야기하는 동안 사장님은 팔짱을 낀 채 조금도 움직이지 않고 가만히 듣고만 있었다. 그러나 시선은 온통 테이블 위, 유리 재떨이 옆에 놓인 직사각형 모양의 두꺼운 봉투에 쏠려 있었다. 사장님이 이 돈봉투의 유혹을 이겨내고 제발 이성적으로 판단하기만을 바랐다.

절절하게 이야기를 마친 우노 씨는 조금 망설이다가 말을 꺼냈다.

"무엇보다도 딸을 가장 힘들게 하는 건 아버지와의 관계예요."

우노 유파 4대 당주인 우노 카덴. 그가 딸의 병에 절망한 나머지 병원에도 발걸음을 안 한 지 벌써 반년이 흘렀다. 아내가 제발 딸에게 얼굴 좀 보여달라고 아무리 애원해도 전혀 소용이 없었다.

"딸에게는 엄격한 스승이기도 했지만 세상에 하나뿐인 아버지이기도 합니다. 아버지를 존경하고 위하는 마음은 오히려 건강할 때보다 더해요. 당주의 일을 방해하거나 귀찮게 하고 싶지 않다고 말은 하지만…."

활짝 핀 꽃들을 찾아 전국의 아름다운 풍경을 누비며 아버지, 어머니와 함께 여행했던 날들.

이제는 당주님과 여행도 못 가겠지. 여행은커녕 만나지도 못하는데.

서글픈 눈으로 마요 씨가 말할 때마다 어머니는 병실 밖에서 남몰래 눈물을 흘렸다.

마요 씨가 성인이 된 이후 당주는 딸에게 아버지가 아닌 당주님이라고 부르게 했다. 전국에 있는 몇십만 제자를 이끌게 될 딸을 엄격하게 가르치고, 꽃의 마음을 느끼고 기술을 갈고닦길 바라며 각지로 여행을 데리고 다녔다. 최근 십 년은 아버지라기보다 스승에 더 가까웠다. 딸도 아버지 마음을 알기에 불평 없이 따랐다.

하지만 이런 것들이 가족을 얼마나 답답하게 얽매었는지. 딸의 병을 알게 된 후에야 우노 씨는 처음으로 깨달았다.

조금 더 솔직하게 기뻐하고, 즐거워하고, 힘들 때는 참지 말고 힘들다고 말할 수 있는 사이였다면 얼마나 좋았을까. 지금 이런 상황에서도 아버지와 딸은 똑같이 답답하게 고집을 부렸다. '보고 싶다'는 말도 '보러 갈게'라는 말도 하지 못한 채.

나는 이야기를 들을수록 마음이 점점 무겁게 가라앉았다.

우노 씨의 사연과 그 심정을 헤아릴수록 내가 과연 대리 여행을 할 수 있을지 의문이 들었다. 여행 방송 촬영과는 전혀 다른 이야기다. 감독도 대본도 없다. 카메라를 향해 '오카에리가 한번 가볼게요!'라며 생긋 웃어 보이면 시청자들이 좋아해줄 때와는 다르다. 여행을 떠난들 그 느낌을 어떻게 병실에 있는 마요 씨에게 전한단 말인가. 지도와 사진을 보여주면서 자, 제가 여기 말씀하신 곳에 다녀왔어요 하며 보고하면 될 문제도 아니었다.

"사정은 잘 알겠습니다."

우노 씨의 이야기가 끝나고 잠시 숨을 고를 시간에 사장님이 입을 열었다. 그 말을 듣고 역시 사장님도 일의 심각성을 이해하는구나 생각했다. 지금은 그럴 일도 없지만, 곤란한 일이나 내 이미지와 맞지 않는 일이 들어오면 사장님은 잠자코 설명을 들은 후 항상 이렇게 말했다. '이야기는 잘 들었습니다' '사정은 잘 알겠습니다.' 그리고 이렇게 덧붙였다. '그 조건으로는 이번 일은 어렵겠는데요.'

사장님은 잠시 눈을 감았다가 뜨더니 쩌렁쩌렁한 목소리로 말했다.

"이번 일은 저희에게 맡겨주시죠."

나는 하마터면 소파에서 굴러떨어질 뻔했다.

"네? 사장님 지금 뭐라고 하신 거예요?"

당황한 내 목소리는 전혀 들리지도 않는지 우노 씨는 바로 머리를 숙였다.

"감사합니다! 이게… 이 여행이 저희 딸에게 삶의 희망을 줄 거예요. 아아, 빨리 그 애에게 가서 말해줘야겠어요. 사장님, 오카에리 씨, 정말 감사합니다."

우노 씨가 기모노 소매로 눈가를 지그시 누르며 말했다. 나는 어쩔 줄을 몰랐다.

"아니, 저기, 잠시만요. 소속사와는 별개로 제 의견도 들어보셔야…."

"너는 좀 잠자코 있어!"

사장님의 불호령이 떨어졌다. 나는 언제나처럼 반사적으로 거북이처럼 목을 움츠렸다. 사장님은 양손을 무릎에 짚고 몸을 앞으로 내밀며 우노 씨를 향해 말했다.

"다만, 몇 가지 조건이 있습니다. 그래도 괜찮으시다면 이번 일을 맡아보겠습니다."

이미 일을 맡기로 한 사람처럼 구는 사장님 때문에 더 조마조마했다. 우노 씨도 몸을 앞으로 기울이며 답했다.

"네, 당연하지요. 어떤 조건인지 말씀해주세요."

지금이라면 '보수는 천만 엔입니다'라고 말해도 허락할 기세였다. 설마 얼토당토않은 조건을 내걸지는 않을까. 마음을 졸이다 못해 마음이 타들어갈 지경이었다. 사장님은 우노 씨의 눈을 똑바로 바라보며 또박또박 말했다.

"먼저 오카에리를 마요 씨와 만나게 해주십시오."

마음을 졸이던 조마조마함이 씻은 듯 사라지는 말이었다. 우노 씨는 조금 의외라는 눈빛으로 사장님을 쳐다보았다. 사장님은 빙그레 미소를 지었다.

"이 일을 의뢰하는 사람은 우노 씨가 아니라 마요 씨입니다. 그러니까 먼저 마요 씨의 생각을 찬찬히 들어봐야 할 것 같군요. 괜찮으실까요?"

"물론이에요. 말씀하신 대로입니다."

우노 씨는 살짝 들뜬 목소리로 대답했다. 옳지 하는 것처럼 사장님도 고개를 끄덕였다.

"언제, 어디로, 어떤 방법과 경로로 어떻게 여행을 하면 좋을지. 그리고 여행을 다녀와서는 어떤 식으로 보고드려야 마요 씨가 만족하실지. 이 모든 것을 마요 씨 본인과 직접 이야기 나눠보겠습니다. 정말 괜찮으시죠?"

우노 씨가 "네"라고 대답했다. 울먹이는 목소리였다. 나는 아무 말도 할 수 없어서 두 사람을 그저 바라만 보았다. 사장님은 흘깃 나를 쳐다본 후 말을 이었다.

"그리고 경비 말인데요."

사장님이 솥뚜껑 같은 왼손을 내밀어 덥석 봉투를 움켜

쥐었다. 그걸 자신의 재킷 주머니에 넣으려는 건가 싶었는데, 우노 씨에게 다시 내밀었다.

"이건 받지 못합니다."

우노 씨와 나는 놀란 얼굴로 사장님을 쳐다보았다. 사장님은 헛기침을 한 번 하더니 "아직은 받지 않겠습니다"라고 고쳐 말했다.

"이 녀석이 여행을 다녀온 후 마요 씨에게 보고를 마치면 받는 걸로 하지요. 금액은 우노 씨가 결정하셔도 상관없습니다. 그리고 만약 마요 씨가 만족하지 못하면 보수는 일절 받지 않겠습니다."

단호하게 말하더니 금방 또 말을 바꾸었다.

"아, 하지만 최소한의 필요 경비는 부담해주시면 감사하겠습니다."

"당연하지요."

"좋습니다. 그럼 결정된 걸로 알겠습니다."

사장님은 탁 하고 자기 무릎을 쳤다. 일이 성사되었을 때면 늘 하는 행동이다. 왠지 오랜만에 보는 기분이 들었다. 나도 사장님의 이 행동을 보면 한번 해볼까 하는 의욕이 솟아올랐다.

"그럼 잘 부탁드립니다."

우노 씨는 다시 한번 깊숙이 머리를 숙여 인사했다. 명문 화도 종가의 안주인다운 진심 어린 아름다운 인사였다.

"저희야말로 잘 부탁드립니다."

사장님도 꾸벅 인사했다. 커다란 바위가 굴러가는 듯한, 세련됨이라고는 없는 투박한 인사. 그 옆에서 나도 어정쩡하게 머리를 숙였다.

얼떨결에 나는 듣도 보도 못한 새로운 일인 대리 여행을 시작하는 첫걸음을 내딛게 된 것이다.

신오차노미즈역에서 가까운 대학병원의 5층. 특실만 있는 병동의 복도에는 소독약 냄새에 섞여 아주 옅은 꽃향기가 맴돌았다.

우노 씨, 그리고 마요 씨와 미팅을 겸한 병문안이기도 했는데 사장님도 나도 빈손이었다. 꽃이라도 사올까 했지만 상대는 화도 명문 우노 유파의 후계자였다. 어설프게 꽃을 샀다가 창피를 당할지도 모른다는 걱정이 앞섰다. 그렇다고 먹을 걸 사오자니 아무거나 사기에는 제약이 많고, 여행 책자를 사자니 그것도 썩 좋은 아이디어는 아닌 것 같았다. 그래서 결국 '네 얼굴을 보여주는 것만으로도 기뻐할 거다'라는 사장님 말만 믿고 여기까지 온 것이다.

예상대로 꽃향기는 마요 씨 병실이 가까워질수록 짙어졌다. 문 옆에 쓰여 있는 이름을 확인한 뒤 반쯤 열려 있는 문을 열며 인사했다.

"실례합니다."

"어머, 사장님, 오카에리 씨. 멀리까지 오느라 힘드셨죠. 기다리고 있었답니다."

오늘은 베이지색 블라우스에 트위드 스커트를 입은 우노 씨가 문 쪽으로 나오며 맞이해주었다. 우노 씨의 등 뒤로 병실 한가운데 침대가 있었고 침대 위에 마요 씨 모습이 보였다.

윗몸만 살짝 일으킨 채 앉아 있는 마요 씨는 정면을 바라보고 있었다. 코와 입은 산소마스크로 덮여 있고 침대 주위를 각종 장치가 둘러싸고 있었다. 병실에 들어가면 온통 꽃들로 가득 차 있는 건 아닐까 하고 상상했는데, 막상 와보니 실내에는 꽃 한 송이 보이지 않았다. 그런데도 진한 꽃향기가 풍겼다. 룸 스프레이라도 뿌린 걸까 생각하며 살풍경한 병실 안으로 걸음을 옮겼다.

"마요, 오카에리 씨와 소속사의 텟페키 사장님이셔. 여행을 떠나기 전에 마요를 만나러 오셨단다."

우리는 침대 옆에 놓인 의자에 앉았다. 얼굴을 봐주세요 하는 우노 씨의 말에 나는 살짝 몸을 굽혀 마요 씨의 얼굴을 바라보았다.

"마요 씨, 안녕하세요. 오카예요."

마요 씨의 촉촉하고 반짝이는 눈이 웃는 것처럼 보였다. 우노 씨가 마스크를 벗겨주자 살짝 힘겨운 목소리가 들렸다.

"진짜 와주셨군요. 정말 감사해요."

그 한마디에 무겁게 짓눌렸던 마음이 한결 가뿐해졌다.

"저도 이렇게 만나서 정말 기뻐요."

진심으로 답했다. 마요 씨의 눈이 미소 지었다.

"정말로 저 대신 여행을 가주시는 거죠?"

"그럼요, 가드릴게요. 오늘은 어디를 어떻게 여행해야 마요 씨가 기뻐할지 물어보러 왔어요. 마요 씨, 어디로 여행 갈지는 정하셨나요?"

"네. 가족과 마지막으로 갔던 여행지요. 딱 하나 마음에 걸리는 게 있어서 그걸 꼭 보러 가주셨으면 해요."

사장님과 나는 눈을 마주쳤다.

마음에 걸리는 일?

"병에 걸리기 직전에 당주님과 어머니와 벚꽃 명소로 여행을 갔어요. 그다음 해 봄에 뉴욕에서 우노 유파의 큰 발표회가 예정되어 있었거든요. 봄의 꽃이 주제라 활짝 핀 수양벚나무를 보러 갔었어요."

파란 하늘 아래 봄바람에 흔들리는 하늘하늘하고 부드러운 벚꽃을 작품으로 만들고 싶었어요. 그런데 벚꽃은 저희를 기다려주지 않았어요. 저희가 도착한 날은 비가 계속 내려서 꽃이 다 떨어지고 빈 가지들만 남아 있었어요. 어렵게 일정을 맞춰서 온 당주는 비에 젖은 벚나무 가지들을 보자마자 짜증을 내더니 '돌아가자'며 바로 발걸음을 돌려버렸어요.

어머니도 저도 비에 쫄딱 젖은 벚나무처럼 아쉽고 서글픈 마음으로 자리를 떠날 수밖에 없었지요.

그 무렵에 저는 이미 걷기가 힘들어져 자꾸 넘어지고는 했어요. 그날도 서둘러 당주 뒤를 따라가려다가 그만 진흙탕 길에서 넘어지고 말았어요.

당주는 아랑곳없이 성큼성큼 앞으로 가버렸어요. 어머니가 기다려달라고 아무리 불러도 뒤도 돌아보지 않았지요. 어머니와 저는 비에 흠뻑 젖은 채 진흙투성이가 되어버렸죠….

역에서 기다리던 당주는 제 꼴을 보자마자 크게 소리쳤어요.

너는 고작 이런 것을 보여주려고 나를 여기까지 데려온 거냐?

비에 젖어 꽃이 다 져버린 벚나무만큼 꼴 보기 싫은 것도 없다. 너는 지금 그걸 뉴욕 발표회에 내라는 게냐? 그런 건 우노 유파의 꽃이라고 할 수 없다.

우리는 무겁고 침울한 분위기 속에서 신칸센을 타고 도

쿄로 돌아왔어요. 억울했던 제 마음속은 투지로 불타올랐지요. 어떻게든 가장 아름다운 수양벚꽃을 뉴욕에서 선보여야지. 아버지의 실망을 깨끗이 지우고 기대에 보답해야지 하며 몇 번이고 다짐했어요.

그런데… 결국 그러지 못했습니다.

여행에서 돌아오고 얼마 지나지 않아 저는 전혀 걸을 수 없게 되었고 한 달 후에 ALS 진단을 받았어요.

뉴욕에도 벚꽃 명소에도 두 번 다시 가지 못하게 되었지요.

봄이 올 때마다 자꾸 생각나요. 지금쯤 그 거리에 벚꽃이 활짝 피어 있을 텐데. 다시는 그 모습을 보지 못한다는 게 마음에 걸려요.

당주와 어머니와 함께 꼭 다시 가보고 싶었는데. 흐드러지게 벚꽃이 핀 그곳에.

그래서….

마요 씨는 쉬엄쉬엄 천천히 산소를 마셔가며 오랜 시간을 들여 이야기를 들려주었다. 마요 씨의 말 하나하나에서는 생명의 소중함이 느껴졌다. 자애로운 어머니에 대한 감사와 함께 꽃을 향한 어마어마한 열정도 느껴졌다. 그리고 후계자인 자신에게 엄격하기만 했던 당주에 대한 존경도. 하지만 이야기에서 분노는 조금도 느껴지지 않았다. 병을 원망하는 마음도 전혀 없었다.

마요 씨는 자기 마음대로 되지 않는 병으로부터 도망치지 않고 병을 있는 그대로 받아들이고 있었다. 그리고 자신이 미처 끝내지 못한 일을 마무리 지으려면 어떻게 해야 할지 고민을 거듭한 끝에 내게 대리 여행을 의뢰한 것이다.

오히려 마요 씨 이야기를 들으며 내가 당장이라도 도망치고 싶은 기분이 들었다.

자신의 운명과 마주하고 부딪치며 싸워나가는 동갑내기 마요 씨와 비교하면 나는 정말 형편없는 사람이었다. 사소한 일에도 금방 풀이 죽고 생활력도 없었다. 금의환향은커녕 그냥 고향에 돌아가는 것조차 마음대로 할 수 없다. 마요 씨와 나는 애초에 그릇이 달랐다.

하지만 한 인간으로서 나보다 훨씬 대단한 마요 씨가 보잘것없는 내게 여행을 부탁하는 그 절실함이 마음에 와 닿았다. 내가 이토록 절실하게 필요하다고 해주는 사람이 있다는 사실에 마음속 깊이 감동했다.

마요 씨의 기대에 맞출 수 있을지 병원에 찾아오기 전부터 가슴에 품고 있던 불안은 마요 씨의 숨김없는 눈동자와 솔직한 말에 조금씩 화학반응을 일으키고 있었다.

마요 씨의 순수하고 간절한 마음을 꼭 이뤄주고 싶었다.

이야기가 마무리되자 우노 씨의 고백을 들었을 때와 마찬가지로 팔짱을 낀 채 잠자코 듣고만 있던 사장님이 "잠시 실례하겠습니다"라며 자리에서 일어나 병실을 나갔다. 하필 지금 화장실에 가야겠어요? 하고 핀잔을 주고 싶었지만, 나는 벽에 걸린 달력을 흘깃 보고 우노 씨에게 속삭였다.

"활짝 핀 벚꽃이라고 하셨는데… 오늘이 4월 23일이에요. 관동 지역은 벚꽃이 이미 다 져버렸을 텐데요…."

우노 씨가 살짝 미소를 지으며 말했다.

"마요에게 직접 물어보세요. 몸을 움직일 수 없는 대신 청각, 후각은 놀랄 정도로 예민하답니다. 소곤거리는 소리도 전부 다 들을 수 있어요."

그 말을 듣고 황급히 마요 씨에게 다시 물었다.

"마요 씨, 지금 시기에 벚꽃이 피어 있는 곳은 어디인가요?"

우노 씨가 다시 마스크를 벗겨주었다. 마요 씨는 꿈을 꾸는 듯한 얼굴로 대답했다.

"…가쿠노다테."

"가쿠노다테요? 아키타현?"

마요 씨의 눈동자가 옅은 미소를 띠었다.

가쿠노다테는 전국에서 수양벚나무로 손꼽는 곳이다. 아직 가본 적은 없지만 사무라이 거리에 남아 있는 전통 저택의 검은 기와 너머로 수양벚나무 가지가 우아하게 드리운 사진을 역에 붙어 있는 포스터에서 본 적이 있다. 그러고 보니 올해 상반기 소소 여행 촬영 리스트에도 들어가 있었던 것 같다. 방송이 끝나지 않았더라면 지금쯤 촬영을 하러 갔을지도 모른다.

나는 다시 달력을 봤다. 골든 위크* 직전이 벚꽃을 보기 가장 좋다고 이치카와 감독이 말했던 기억이 났다. 그렇다면 개화 상황에 따라서는 내일이라도 떠나야 할 수도 있다. 아니, 어쩌면 이미 꽃이 지기 시작했는지도 모른다. 요즘은 지구온난화 때문에 도쿄도 벚꽃이 예년보다 빨리 핀다던데.

그때 사장님이 핸드폰을 손에 든 채 병실로 돌아왔다. 그리고 곧바로 마요 씨의 침대로 걸어오더니 밝은 목소리로 말했다.

"마요 씨, 가쿠노다테의 벚꽃, 이번 주말에 활짝 핀다네요."

어라? 나는 화들짝 놀랐다.

"어떻게 아셨어요? 가쿠노다테라는 걸?"

"야, 당연히 눈치채야지. 수양벚나무의 명소에다가 신칸

* 4월 말에서 5월 초에 이르는 일본의 황금연휴.

센으로 갈 수 있는 곳은 가쿠노다테밖에 없어. 제 말이 맞죠? 마요 씨?"

사장님은 한 번도 내 촬영에 같이 간 적은 없지만 언제나 촬영 장소를 미리 열심히 조사한다. 보기와 달리 꽤 학구파이다.

"인터넷으로 검색해보신 거예요? 꽃이 언제 피는지?"

"아니, 나는 인터넷은 잘 모르니까. 논노한테 전화해서 가쿠노다테 관광협회에 연락해서 알아보라고 했지. 지금 70% 정도 피었다는구나."

나도 모르게 한숨을 쉬다가 우노 씨와 눈이 마주쳐서 웃었다. 나는 마요 씨의 얼굴을 바라보며 물었다.

"그럼 이번 주말에 가쿠노다테를 중심으로 돌아보고 올게요. 특히 보고 싶은 건 벚꽃이지요? 또 다른 건요?"

마요 씨가 기쁜 목소리로 대답했다.

"무엇이든 좋아요. 오카에리 씨가 좋아하는 거라면 뭐든지."

"알겠습니다. 그럼… 여행 일정은 저와 사장님이 생각해볼게요. 어디를 어떻게 보고 올지는 다녀왔을 때의 즐거움으로 남겨두는 걸로!"

"좋아요."

"먹고 싶은 건 있어요?"

“히나이 토종닭이요. 또 나마모로코시*도요. 꼭 먹어보고 싶었는데 못 먹었어요.”

“조금 더 가서 온천은 어때요? 다자와호 옆에 숨겨진 온천이 있어요.”

“너무 좋죠. 가보고 싶어요.”

“그건 그냥 네가 가고 싶은 거잖아.”

사장님이 내 머리를 콩 쥐어박았다. 그 바람에 머리를 감싸고 몸을 웅크리자 우노 씨가 키득거리며 웃는 소리가 들렸다.

“보고는 어떻게 해드리는 게 좋을까요?”

“영상으로 해주세요. 소소 여행처럼 오카에리 씨가 보고 경험하고 느낀 것들을 영상으로 담아와 주시면 좋겠어요.”

이 말을 듣고 잠시 생각했다.

영상이라….

나는 찍히는 쪽 전문이라 찍는 건 솔직히 자신이 없었다. 아니 카메라로 영상을 찍어본 적이 없었다. 어떻게 하면 좋을까. 아무래도 마요 씨의 상황을 고려하면 벚꽃이 가득 피어 있는 모습을 찍어 오는 게 가장 좋은 방법일 것이다.

* 아키타의 전통과자로 팥이 들어간 화과자의 일종.

이것만큼은 틀림없다. 하지만….

내가 머리를 굴리는 동안 사장님이 끼어들었다.

"걱정하지 마세요. 이래 봬도 오카에리는 영상의 프로니까요. 찍는 쪽은 아니고 찍히는 쪽이긴 했지만."

사장님의 말을 듣고 마요 씨 입술이 달싹였다.

"찍지만 말고 오카에리 씨도 영상에 같이 나오면 좋겠어요. 방송에서 그랬던 것처럼 현장에서 리포트도 해주실 수 없나요?"

어려운 문제였다. 그러려면 나 말고 카메라맨이 따로 필요하다는 건데.

"어떻게 하죠. 안도 씨에게 같이 가달라고 해야 하나요?"

소소 여행의 카메라맨이었던 안도 씨 이름을 꺼내자마자 몸값이 비싸다는 이유로 바로 잘렸다.

"에리카, 떠올려 봐라. 소소 여행 방송 마지막에 네가 항상 하던 말 있잖아."

나는 머릿속에서 대본을 펼쳤다.

오늘도 소소하게 소소 여행 어떠셨나요?

여행은 정말 참 신기한 것 같아요.

여행에서는 다양한 걸 발견하기도 하고 누군가와 새롭게 만나기도 하지요.

떠나보지 않으면 무슨 일이 일어날지 아무도 몰라요.

그러니까 여러분도 일단 떠나보시는 건 어떨까요? 마음을 세탁하고 잠시 쉬어가는 거예요.

그럼, 여러분! 함께 여행을 떠나볼까요? 당장 내일이라도.

분명 좋은 일이 일어날 거예요. 걱정하지 마세요!

"떠나보지 않으면 무슨 일이 일어날지 아무도 몰라요?"

이렇게 말하자 사장님은 "그거 말고!"라고 외치더니 마요 씨를 돌아보며 말했다.

"분명 좋은 일이 일어날 거예요. 걱정하지 마세요!라고 했잖아. 그렇죠? 마요 씨?"

마요 씨의 눈동자에 환한 빛이 번졌다. 곁에 서 있던 우노 씨의 눈은 촉촉해졌다.

단풍이 든 것처럼 발그레하게 물든 마요 씨의 얼굴을 바라보며 나는 마침내 결심했다.

좋아, 해보는 거야!

꽃 한 송이 없는 살풍경한 병실. 이제는 마요 씨 세상의 전부가 되어버린 이 병실을 봄꽃의 기운으로 가득 채우는 거다.

다녀올게요, 마요 씨. 제가 당신을 대신해서.

가슴속에서 철새가 커다란 날개를 활짝 펴고 날갯짓을 준비했다. 다시 한번 저 멀리 여행지의 하늘 위로 날아오를 마음의 준비는 이미 끝나 있었다.

no. 4

도쿄역, 7시 36분 출발 아키타행 '고마치 3호' 탑승구 앞에서 플랫폼을 향해 외쳤다.

"다녀오겠습니다!"

"잘 다녀와라, 조심하고."

울끈불끈한 팔뚝을 교차한 채 텟페키 사장님이 말했다.

"다시 말하지만 이렇게 배웅해주는 건 이번이 처음이자 마지막이다. 이 '대리 여행'은 우리 회사의 새로운 사업이니까 똑바로 못 하면 사무실에 네 자리는 없을 줄 알아."

나는 한숨을 쉬며 대답했다.

"네네, 알겠다고요. 어제부터 도대체 똑같은 말을 몇 번이나 하시는 거예요. 스무 번도 넘게 들었다고요."

"그만큼 걱정한다는 거야. 딸 걱정하는 부모 마음 몰라? 감사하게 여겨야지. 자, 여기 아침밥도 가져가."

사장님 옆에 서 있던 논노 씨가 항상 갖고 다니던 에코백에서 하트 무늬 천으로 감싼 도시락 같은 걸 꺼내서 주었다. 우아! 저절로 탄성이 나왔다.

"이거 설마 지금 도쿄역에서 제일 인기 있는 아사쿠사 이마한의 소고기 도시락이에요? 꼭 한번 먹어보고 싶었는데!"

"바보, 그럴 리가 없잖아."

이번에는 논노 씨가 어이없다는 듯 한숨을 쉬었다.

"지금 우리 회사 자금 사정으로 그런 비싼 도시락을 살 수나 있겠어? 게다가 이마한은 아직 문도 안 열었을걸?"

"네? 그럼 이건…"

"행운의 여신 논노의 특제 도시락이지롱."

논노 씨가 찡긋 윙크했다. 아무래도 이게 바로 그 무수한 연예계 관계자를 껌뻑 죽게 했다는 소문이 파다했던 마성의 도시락인가 보다. 왠지 얼굴에 핏기가 가시는 느낌이 들었지만 일단 감사히 받았다.

[아키타행 고마치 3호, 곧 문이 닫힙니다. 플랫폼에 계신 분들은 흰 선 밖으로 물러나 주십시오.]

출발을 알리는 음악과 함께 플랫폼에 방송이 흘러나왔다.

"어어, 빨리 타라, 서둘러."

사장님이 내 어깨를 열차 안으로 밀어 넣었다. 나는 점점 멀어지는 두 사람을 향해 열심히 손을 흔들었다.

드디어 돌아왔다. 여행의 한가운데로. 그리고 마침내 시작되었다. 전대미문의 '대리 여행'이.

우노 씨 모녀의 의뢰를 받아들인 후 텟페키 사장님은 이런 사업이 세상에 존재하는지 철저하게 조사했다. 그 결과 여행대리점은 이 세상에 셀 수 없이 많았지만 '대리 여행 사업'이란 건 찾을 수 없었다. '대리 성묘'라든가 '제사 대리 출석'은 있다는 것 같았다. 하지만 여행 자체를 누군가에게 대신 부탁하는 일은 '전 세계적으로 아주 드문 일'이라고 사장님은 말했다.

원래 여행은 내가 가지 않으면 아무 소용 없는 법이다. 다른 사람에게 여행을 부탁한다는 건 이미 부탁하는 시점부터 더는 여행이라고 할 수 없는지도 모른다.

그렇지만 특별한 사정이 있어서 다른 사람에게 여행을 부탁하는 사람도 이 넓은 세상 어딘가에는 있을지도 모르는 것 아닌가?

게다가 그냥 '다른 사람'도 아니고 '여행의 프로=오카에리'에게 특별한 여행을 부탁하고 싶은 사람이 있어도 이상할 게 없지 않은가.

에리카, 어쩌면 이 기획이 네 인생을 뒤바꿀 대히트작이 될지도 모른다.

사장님은 출발하기 전부터 잔뜩 흥분하며 이런 말을 귀에 딱지가 앉도록 늘어놓았다. 대리 여행으로 특허를 신청한다는 둥 상표등록을 하겠다는 둥 터무니없는 소리까지 하길래 한 귀로 듣고 한 귀로 흘려버렸다. 이 여행으로 병상에 있는 우노 씨의 외동딸 마요 씨를 만족시키지 못하면 경비 이외에는 돈 한 푼 받지 않겠다고 호언장담했던 사람이 맞나 싶었다.

어찌 됐든 간에 지금 나는 사업이니 특허니 대히트작이니 하는 것들은 일단 제쳐두고 그저 마요 씨의 눈과 귀가 되어 마요 씨 마음에 쏙 들 만한 섬세하고 화려하게 활짝 핀 벚꽃 세상을 촬영하는 데만 온 정신을 집중해야 한다.

자리에 앉아서 가방에서 핸드폰을 꺼내 또 한 번 확인했다. 어젯밤부터 벌써 몇 번이나 확인했는지 모를 가쿠노다테의 오늘 날씨와 벚꽃 개화 정보를.

아키타·가쿠노다테 지방 대개 맑음, 가끔 흐림. 벚꽃 만개, 조금씩 떨어지기 시작함

"좋았어!"

나는 나도 모르게 주먹을 불끈 쥐었다. 그래, 당연히 이래야지.

사실 나는 소소 여행 시절부터 유명했다. 오카에리가 여행을 가면 그 지역은 반드시 날씨가 맑은 걸로 말이다. 오죽하면 '꼭 날씨가 좋아야 하는 중요한 일이 있으면 오카에리를 불러'라고 이치카와 감독이 주위에 말할 정도였다. 5년간 120회가 넘는 촬영을 하면서 주룩주룩 내리는 비를 만난 적이 단 한 번도 없었다. 우노 씨 모녀도 240회 가까이 되는 방송을 전부 시청하면서 '한 번도 우산을 안 쓰네'라며 신기해했다고 한다. 과연 언제 우산을 쓰고 나올지 내기한 적도 있었는데, 결국 방송이 끝날 때까지 나는 한 번도 우산을 쓰지 않았다. 그래서 우노 씨도 마요 씨도 날씨 운 하나는 기가 막히게 타고난 내가 있는 한 이번 여행도 반드시 맑을 거라고 기대했다.

제발 꼭 파란 하늘 아래 눈부신 햇살 속에서 활짝 핀 벚꽃을 보고 와주세요. 오카에리 씨, 꼭 태양과 함께 가주셔야 해요.

마요 씨는 내게 이렇게 말했다. 놀이동산에 데려가 달라고 졸라대는 어린아이처럼.

마요 씨가 바라는 건 오직 하나, 파란 하늘을 수놓는 활짝 핀 수양벚꽃. 덤으로 아키타의 명물인 히나이 토종닭이

나 나마모로코시, 다자와호 근처의 꿀 가게나 주변의 온천 등도 즐기고 와달라는 건데. 역시 산속 꿀 가게에서는 꿀로 만든 롤케이크보다 슈크림을 먹어야겠지? 먹는 김에 꿀아이스크림도 같이 먹을까?

아니, 아니, 지금 이런 생각을 할 때가 아니잖아. 그래, 내가 지금 배가 고파서 그런 거야. 그래서 자꾸 먹을 것만 생각하는 거야. 어제는 밤늦게까지 회의를 한 데다가 오늘 아침도 일찍 서둘러서 나오느라 밥을 못 먹었잖아. 그래, 논노 특제 러브 도시락을 먹어야겠다.

무릎 위에서 하트 무늬 천을 풀었다. 커다란 도시락통이 나타났다. 뭐야, 이건 꼭 고등학교 야구부 애들이 먹는 도시락 같네 하며 뚜껑을 열었다.

논노 특제 러브 도시락. 그 정체는 도시락통을 꽉꽉 빈틈없이 채운 하얀 밥. 그리고 밥 한가운데 하트 모양으로 올려진 빨간 매실장아찌가 다였다.

이것은 그저께 밤에 있었던 일이다.

나는 한참을 고민하다가 전화를 걸었다. 소소 여행 팀이었던 프리랜서 카메라맨 안도 씨에게. 요리조리 머리를 한참 굴려봤지만, 역시 안도 씨에게 부탁하는 수밖에 없겠다는 결론을 내렸다.

마요 씨가 요청한 '여행의 결과물'은 여행 영상. 게다가 내가 카메라 앞에 서서 가쿠노다테에 대해 리포팅해주는 게 좋다고 했다. 하지만 나는 태어나서 한 번도 비디오카메라를 다뤄본 적이 없다. 최근까지도 내게 카메라는 그저 생긋 웃어 보이면 되는 대상이었을 뿐이다. 그랬던 내가 스스로 나를 찍는 건 어려워도 보통 어려운 문제가 아니다. 우리 회사에 간편한 핸디 카메라가 있다는 사장님 말을 듣고 기대했는데 웬걸, 사장실 구석에 산더미처럼 쌓여 있던 상자를 뒤지더니 어마어마하게 거대하고 무거운 구식 카메라를 꺼내왔다.

"자, 한 번 들어봐."

사장님은 아무렇지도 않게 내게 그 카메라를 건네며 말했다.

"이게 어딜 봐서 핸디 카메라예요?"

나는 카메라를 어깨에 얹어놓았다가 그 무게에 짓눌려 찌부러질 뻔했다.

"와, 전 가마라도 멘 줄 알았다고요!"

"요즘 시대에 무슨 가마냐. 금고라고 해두자."

내가 불평을 터트리자 사장님은 이렇게 말했다.

금고를 메고 있으면 더 문제 아닌가. 그건 도둑이잖아.

"그리고 이거 디지털카메라가 아닌 거 같은데요?"

"음? 아, 그렇네. 이건 베타 비디오테이프 카메라다."

온몸에서 순식간에 힘이 빠졌다. 블루레이가 아니라 베타 비디오라니.

"당연하잖냐. 우리 회사는 연예기획사고 카메라로 찍는 건 전부 전문가한테 맡겨왔으니까."

이렇게 된 이상 카메라는 빌릴 수밖에 없었다. 하지만 빌려온들 어떻게 찍으면 좋을지 감도 안 잡혔다.

"아무래도 안도 씨에게 물어봐야겠어요."

내 말을 들은 사장님은 바로 "그건 안 돼"라며 말렸다.

"슌타는 요즘 잘나간다고. 이제는 너를 찍어줄 시간이 없단 말이다. 바쁜데 방해만 될 테니 연락하지 마."

옳은 말씀이었다. 안도 씨의 촬영 솜씨는 이미 업계에 정평이 나 있었다. 소소 여행에서는 실력에 훨씬 못 미치는 값싼 보수로 오랫동안 봉사해준 것이나 다름없었다. 어쩌면 귀찮고 번거로운 것 치고는 돈도 얼마 안 되는 방송이 끝나버려서 오히려 좋아할지도 몰랐다. 예전부터 안도 씨가 시간이 나기만을 기다리는 각 방송사의 제작사들이 줄을 설 정도라고 들었다. 뜬금없이 '동영상은 어떻게 찍어야 하나요?' 같은 초등학생이나 할 법한 질문을 들어줄 사람이 아니었다.

돌이켜보면 소소 여행은 정말 여러 가지 면에서 축복받

은 방송이었다.

이치카와 감독은 아케보노TV의 자회사인 방송제작회사 '보노 7'에서 다양한 방송 프로그램을 제작해온 베테랑이다. 나처럼 유명하지 않은 연예인은 물론이고 유명인들까지 이치카와 감독이 만드는 방송에 출연하고 싶어 안달일 정도다. 손이 많이 가는 여행 방송을 그만두게 되어서 지금쯤 기뻐할 수도 있다.

헤어와 메이크업을 담당하는 밋짱과 스타일리스트인 미미짱도 업계에서 꽤 이름이 알려졌다. 소소 여행을 하는 지난 5년 동안 일의 범위도 늘고 찾는 곳도 많아졌다. 둘 다 원래 소속되어 있던 곳에서 독립하여 자기 회사를 차리고 스태프를 여러 명 두고 있다. 힘들었을 텐데 용케 내 여행에 함께해주었다.

조감독인 오쿠무라 씨도 능력이 출중한 사람이다. 여행 준비는 물론 촬영지에서 식사며 도시락 배달까지 넉넉하지 않은 예산으로 방송을 알뜰살뜰 꾸려왔다. 내 매니저가 그만둔 다음부터는 촬영 중 내 매니저 역할까지 도맡았다. 정식 감독이 될 날도 머지않았을 테다.

떠들썩한 유랑 여행단 단원들 같았던 소소 여행 패밀리였다.

방송이 끝나자 모두 저 멀리 하늘 위로 날갯짓을 하며

날아가고 있다. 나만 빼고.

이제야 겨우 나도 말 그대로 새로운 여행을 시작하게 되었는데, 혼자서 헤쳐나가지 못하면 웃음거리가 될지도 모른다.

그렇게 생각하면서도 손가락은 핸드폰 버튼을 눌러 안도 씨에게 전화를 걸고 있었다.

대리 여행이라는 새로운 일에 대해서는 의뢰인에 대한 비밀을 지킬 필요도 있으므로 구체적으로는 설명하지 않았다. 어떤 사람의 부탁을 받아서 가쿠노다테에 벚꽃을 보러 가는데, 그 모습을 영상으로 찍고 싶다는 정도로만 간략하게 설명하고, 그래서 촬영 기술을 가르쳐줬으면 좋겠다고 부탁했다. 그러자 안도 씨는 '전화로는 설명하기 어려우니까 내일 밤 9시에 우리 사무실로 와줄래?'라고 했다. 사용하지 않는 핸디 카메라가 있으니 빌려주겠다는 말과 함께. 자세하게 캐묻지 않고 선뜻 승낙해준 안도 씨의 친절함이 그저 감사할 뿐이었다.

여행을 하루 앞둔 밤 9시, 나는 혼자서 롯폰기에 있는 안도 씨의 사무실을 찾았다.

방송이 끝나고 정신이 없던 탓에 지금까지 감사했다는 인사조차 하지 못했던 터라 미안한 마음에 사무실로 향하는 발걸음이 부끄러웠지만, 안도 씨는 마치 어제까지 함께 촬영했던 사람처럼 친근하게 맞이해주었다.

"오카짱, 어서 와. 이렇게 누추한 곳까지 행차해주다니 너무 고마운걸. 게다가 오카짱에게 촬영 기술을 가르치는 영광까지! 이 업계에서 오래 일한 보람이 있는데?"

사무실로 사용하는 아파트 안에 들어서니 파티션으로 작업 공간이 나뉘어 있고 앞쪽에는 회의용 테이블이 있었다. 그 앞에 앉자 안도 씨는 언제나처럼 농담 섞인 말투로 말을 걸었다. 나는 어쩐지 민망해져서 어깨를 움츠리며 말했다.

"수업료도 못 내면서 뻔뻔하게 부탁만 드려서 죄송해요."

"무슨 소리야, 그런 걱정 하지 마. 그건 그렇고 대리 여행이라니 꽤 재밌어 보이는데? 역시 이것도 텟페키 사장님이 생각하신 거야?"

"아니요, 이건 어쩌다보니. 엄청난 우연이 겹치고 겹쳐서 이렇게 됐어요."

의뢰인의 이름과 병명까지는 말하지 않았지만, 난치병으로 투병 중인 한 여성과 그 어머니가 오랫동안 소소 여행을 시청해왔고, 자기들 대신 내게 가쿠노다테를 여행해달라는 의뢰를 했다고 설명했다. 마지막으로 가족여행을 갔던 가쿠노다테에 비가 내리는 바람에 끔찍한 기억과 함께 돌아왔다는 것도. 그래서 그들을 위해 꼭 활짝 핀 벚꽃을 아름답게 찍어서 보여주고 싶다는 말도.

안도 씨는 팔짱을 낀 채 조용히 내 말에 귀를 기울였다. 다 듣고 난 후에는 "흐음, 그렇게 된 거였구나"라며 작게 한숨을 쉬었다.

"그 사람들을 위해 여행자 오카에리가 발 벗고 나선 거구나."

벗는다는 말에 쓸데없이 민감해진 나는 빨개진 얼굴로 손사래를 쳤다.

"에이, 그런 건 아니고요."

"좋다, 아주 좋아."

안도 씨는 씩 웃더니 한마디를 뱉었다. 만족스러운 장면이 찍혔을 때 안도 씨가 입버릇처럼 하던 말이었다.

"정말 좋은데? 지금 그림이 떠올랐어. 맑게 갠 파란 하늘을 배경으로 가득 핀 수양벚꽃, 그 앞에 서서 환하게 웃는 오카에리."

팔짱을 끼고 그렇게 말하더니 안도 씨는 홱 고개를 돌려 파티션 너머 어딘가를 향해 소리쳤다.

"들었지? 다들 보였지?"

"그럼, 보였지!"

갑자기 어디선가 목소리가 들렸다. 나는 어리둥절해서 나도 모르게 자리에서 일어났다. 저쪽 파티션 너머에서 익숙한 얼굴들이 빼꼼 고개를 내밀었다.

"어어?"

나는 너무 놀라 소리쳤다.

이치카와 감독, 헤어메이크업 담당 밋짱, 스타일리스트 미미짱, 거기에 조감독인 오쿠무라 씨까지. 소소 여행 패밀리 전원이 모여 있었다. 나는 우아 하는 탄성과 함께 제자리에서 뛰어올랐다.

"뭐예요? 왜 여기 다 있는 거예요? 어떻게? 왜?"

"어떻게 있기는. 당연히 슌타가 불러서 온 거지."

내가 깡총대는 모습을 보고 이치카와 씨도 온몸을 들썩이며 웃었다.

"오카에리 씨가 재밌는 일을 시작하신다고 하길래 저도 참을 수 없어서 일은 내팽개치고 감독님에게 딱 붙어서 따라왔죠."

오쿠무라 씨가 신나서 말했다. 촬영 준비로 바쁜 와중에도 여행을 시작하는 설렘으로 들뜬 말투였다. 밋짱과 미미짱이 "우리도~"라며 말을 보탰다.

"혼자서 여행을 떠난다는데, 게다가 혼자 카메라로 촬영도 하고 직접 출연까지 해야 한다는 소리를 듣고 깜짝 놀랐잖아. 혼자서는 눈썹도 못 그리고 어떻게 옷을 입어야 봄 분위기가 날지 아무것도 모를 게 뻔한데."

미미짱이 키득대며 특대 사이즈 보스턴백의 지퍼를 열었다.

"그래서 짠~! 내가 쓰던 거긴 하지만 파란 하늘이랑 벚꽃과 잘 어울릴 만한 옷이랑 구두, 액세서리까지 준비해왔지!"

가방에서 나온 건 산뜻한 연두색 봄 스웨터와 하얀 스프링코트였다. 밋짱은 메이크업 박스를 열어 보였다.

"나는 이번 기회에 메이크업 기술을 제대로 가르쳐주려고! 여행지에서 혼자서도 예쁜 얼굴로 꾸밀 수 있도록 말이지."

이 시점에서 나는 넘쳐흐르는 눈물을 참을 수 없었다. 그걸 아는지 모르는지 이치카와 씨가 결정타를 날렸다.

"보나마나 제대로 된 시나리오도 없지? 나중에 편집해서 기가 막힌 영상을 만들려면 어떤 식으로 여행하면서 돌아야 하는지 알려줄 테니까 잘 들어두라고."

"그럼 지금부터 '대리 여행 오카에리·가쿠노다테 편' 회의를 시작하겠습니다!"

모두를 향해 힘차게 소리친 오쿠무라 씨가 테이블 위에 커다란 지도를 펼쳤다. 가쿠노다테의 지도였다. '벚꽃 감상 포인트' '특산물 포인트' '촬영 포인트' 등이 지도 위 곳곳에 표시되어 있었다. 언제나 그랬듯이 이미 철저하게 사전 조사를 마치고 온 것이다.

나는 그 지도를 아무 말도 하지 못한 채 그저 바라만 보았다. 겨우 입술을 떼려는 순간 겨우 참았던 눈물이 지도 한가운데 '사무라이 저택 거리의 수양벚꽃'이라 쓰인 글자 위에 뚝뚝 떨어졌다. 황급히 손으로 지도 위에 떨어진 눈물 방울을 문질렀다. 그 손으로 뺨을 훔쳤더니 밋짱과 미미짱이 수염이 생겼다며 놀렸다.

'유랑 여행단' 패밀리. 먼 옛날 일처럼 아득하게만 느껴졌다.

하지만 이렇게 또 한자리에 모였다. 혼자 여행을 떠나려는 딸을 응원하고 지혜를 주고 나눠주기 위해서.

우리는 그날 밤을 한바탕 떠들썩하게 보냈다. 카메라로 촬영하고, 시나리오를 만들고, 지도에 표시하고, 메이크업을 하고, 코트와 신발을 착용해보면서. 피자를 배달시키고 와인을 따고 마음껏 이런저런 이야기를 나누었다.

항상 생각한다. 여행을 떠나기 전날 밤에는 왜 이렇게 신나고 두근거릴까.

어쩌면 이 두근거림을 마음껏 즐기려고 우리는 여행을 계속하는 건 아닐까.

"그래서 말이지. 글쎄 우리 시아버지가 뭐라고 했는지 알아?"

"뭔데? 어떻게 했는데?"

"너는 나를 죽이려고 그러는 거냐? 했다니까. 네가 내 바지 안에 바늘을 넣어놨지? 그래서 자꾸 거기가 따끔거리는 거 아니냐? 하면서."

"뭐라는 거야? 완전히 노망난 거 아니야?"

"내 말이! 그래서 나도 더는 참을 수 없어서 앞으로는 기저귀 안 갈아드릴 거예요! 하고 소리 질렀다니까. 남편한테는 이제부터는 당신이 알아서 해! 하고 나와 버렸지 뭐. 당신 아버지니까 잘 돌봐드려! 하고 말이야. 어디 자기도 한번 당해보라지. 오호호호."

"아하하하하."

아주머니, 그러지 마세요. 할아버지 괴롭히시면 안 돼요.

하마터면 입 밖으로 이런 말이 튀어나올 뻔했다. 실제로는 줄곧 자는 척했지만.

고마치 3호, 통로를 사이에 두고 내 옆 좌석에 앉은 아주머니 둘은 오미야역에서 열차에 탔다. 처음에는 전혀 모르는 사람들처럼 조용히 있더니 센다이역을 지날 무렵에 '내 얘기 좀 들어볼래?'라면서 창가에 앉은 아주머니가 통로 쪽 아주머니에게 슬그머니 말을 걸더니, 모리오카역에 도착할 즈음에는 둘이 수다 삼매경에 푹 빠져버렸다. 나는 두 사람 이야기를 방해하지 않으려고 등받이를 뒤로 젖히고 잔뜩 몸을 웅크린 채 자는 시늉을 했지만, 시아버지와

며느리의 갈등은 점점 더 격렬해지더니 결국 참을 수 없는 지경까지 이르고 말았다.

나는 화장실에 가는 척 가방을 챙겨 자리에서 일어섰다. 그대로 탑승구 근처로 이동하며 절레절레 한숨을 내쉬었다.

세면대 거울 앞에 서서 가방 안에서 오쿠무라 씨가 준비해준 지도를 꺼냈다. 곳곳에 포스트잇이 붙어 있었다.

'이 벚꽃은 탐스러워 보이도록 촬영. 아래에서 올려다보는 앵글로.'

'여기에서 리포팅. 카메라 삼각대 사용.'

'이 근처에서 통행인 인터뷰.'

이치카와 씨와 안도 씨가 가쿠노다테의 명소들을 어떻게 둘러볼지를 생각하면서 내게 필요한 사항들을 써놓은 것이다. 이 포스트잇이 이치카와 씨의 큐사인이자 안도 씨의 카메라인 셈이다. 그렇게 생각하자 살짝 웃음이 났다.

'대리 여행 오카에리·가쿠노다테 편'의 여행 루트는 이렇다.

먼저 가쿠노다테역에서 내려 사무라이 저택 거리를 향해 이동한다. 가는 길에 점심으로 히나이 토종닭으로 만든 오야코동을 먹는다. 사무라이 저택 거리에서는 오다노 저택, 가와라다 저택, 가쿠노다테 사무라이 저택 자료관, 이와하시 저택 그리고 수양벚꽃 명소를 중심으로 돌아본다. 간식은 나마모로코시로 유명한 '구라키치'에서. 그리고 전통 벚나무 목공예품점과 간장 판매점을 구경하고 마지막으로 히노키나이강 강둑으로 이동한다. 여기까지 오면 이제, 이제, 이제, 우아아 하고 감탄사가 터져 나오는 벚꽃이 눈앞에 가득 펼쳐질 것이다.

벚꽃을 바라보며 해가 지기 전에 다시 역으로 돌아온다. 다자와호선으로 갈아탄 후 다자와호역까지 로컬 열차를 타고 덜컹거리면서 이동한다. 역에서 렌터카를 빌려 마음 내키는 대로 드라이브. 목적지는 사람들에게 많이 알려지지 않은 숨겨진 온천인 다마하다 온천이다. 상상만으로도 촉촉한 기분이 드는 순수한 온천물이 기다린다. 여자 혼자 가는데도 친절하게 받아준 산속 여관이 벌써 마음에 쏙 든다. 지역 전통술을 마시면서 이 지역에서만 나오는 방송을 보고 여관 손님이나 주인아주머니와 실컷 수다를 떤 뒤에 첨벙 하고 욕조에 들어가면 하아…. 도저히 말로 표현할 수 없는 행복한 시간. 부디 그 순간에도 내 임무를 제대로 기억하고 있길.

여행 둘째 날은 당연히 아침부터 온천욕을 하고 아침밥을 든든하게 먹은 다음 출발한다. 다자와호에 가는 길에 있는 산속 꿀 가게에서는 꿀슈크림과 아마도 아이스크림을 먹겠지. 최근에 일이 없다 보니 몸무게가 늘었을 것 같긴 하지만 여행지에서 가장 싫어하는 말은 다이어트! 그러니 여행지에서만큼은 맛있게 먹으면 0칼로리라는 생각으로!

다자와호를 한 바퀴 돌아보고 나서 그대로 야츠·가마타리 방면으로 이동한다. 이 시기에는 얼레지꽃 군락이 장관이다. 벚꽃만 찍을 게 아니라 얼레지꽃도 찍어 가야지. 얼레지꽃에 둘러싸여 점심 식사. 여관에서 아침밥으로 나온 쌀밥으로 주먹밥을 만들어갈 예정이다.

점심을 먹고 난 뒤에는 차로 왔던 길을 돌아가 다시 다자와호역으로 간다. 렌터카를 반납하고 16시 40분에 출발하는 도쿄행 '고마치 24호'에 탄다. 아마 피곤해서 곯아떨어질 것이다. 소소 여행을 찍을 때도 언제나 갈 때는 시끌벅적했지만 올 때는 쿨쿨이었다.

좋아, 지도를 접어 다시 가방에 넣었다. 정신을 가다듬고 자리로 돌아갔다.

아까 그 아주머니들은 '그래서 그 장면에서 이병헌이 말이지'라며 여전히 수다를 늘어놓고 있었다. 화제가 한류 스타로 넘어간 것 같았다. 시아버지 기저귀 갈아주는 이야기보다는 낫네 하며 자리에 앉았다.

그런데 내가 자리에 엉덩이를 붙이기가 무섭게 창가 쪽 아주머니가 갑자기 말을 걸어왔다.

"아가씨, 우리 어디서 만난 적 있지 않아요?"

"네? 아니요, 그런 적 없는데…."

황급히 얼버무려 봤지만 소용없었다.

"아니야, 우리 분명히 만난 적 있다니까. 분명히 어디선가 봤는데. 음, 어디서 봤더라?"

"수영 교실에서 만난 거 아니야?"

통로 쪽 아주머니가 아무 말이나 던졌다.

"아, 그런가 보다. 오늘 수영복도 안 입고 모자도 안 써서 몰라봤네."

창가 쪽 아주머니가 맞장구쳤다.

"아니, 아니에요. 저는 수영 교실 안 다니는데요."

나는 손사래를 치며 대답했다.

"그래요? 거 참 이상하네. 그럼, 어디에서 본 거지…."

"앗! 저기 좀 봐."

통로 쪽 아주머니가 갑자기 큰일이라도 난 것처럼 호들갑스럽게 소리쳤다. 창가 쪽 아주머니와 나는 동시에 창밖을 바라보았다. 통로 쪽 아주머니가 손가락으로 하늘을 가리키며 말했다.

"저기 저쪽 비구름이 잔뜩 몰려오고 있잖아. 아무래도 비가 올 것 같아."

나는 통로 쪽으로 몸을 길게 뺐다. 봐, 저기 저쪽 하며 통로 쪽 아주머니가 가리킨 방향. 그쪽은 신칸센이 향하는 쪽인 가쿠노다테 방면이었다. 비구름이 무서운 속도로 모여드는 모습이 보였다. 나는 눈을 동그랗게 떴다.

"거짓말! 말도 안 돼. 내가 가는데 비가 오다니."

"그게 무슨 말이에요?"

통로 쪽 아주머니가 물었다.

"제가 날씨 운 하나는 좋거든요. 정말 끝내줄 정도로요."

"아아! 생각났다!"

내가 대답하자 창가 쪽 아주머니가 소리를 질렀다.

"일기예보 아가씨네! 7번 채널 아침 방송에 나오는!"

또 아무 말이나 던지시네.

"일기예보 아가씨도 가쿠노다테에 가는 거예요? 가쿠노다테 방면 오늘 날씨 좋다고 하지 않았어? 예보가 틀렸잖아. 어쩔 거예요?"

[곧이어 가쿠노다테에 도착합니다. 다자와호선으로 갈아타실 분은 이번 역에서 하차해주십시오. 내리실 분은…]

경쾌한 음악이 열차 안에 울려 퍼지며 안내방송이 나왔다. 창밖으로는 점점 회색빛 하늘이 펼쳐지고 있었다. 나는 눈을 의심했다.

툭툭 거센 빗방울이 창에 떨어지기 시작하더니 순식간에 빗줄기가 차창을 뒤덮었다.

"에구, 이걸 어째."

아주머니들이 혀를 차며 맥 빠진 소리를 냈다.

"엄청나게 쏟아지네. 왜 하필 오늘 같은 날 이렇게 비가 내린담."

통로 쪽 아주머니가 나를 돌아보며 말했다. 내가 하고 싶은 말이었다.

"할 수 없지 뭐. 그래도 비 오면 비 오는 대로 운치가 있다고 하잖아. 왜 옛말에도 꽃은 활짝 필 때 보고 달은 구름 없을 때 보란 것처럼."*

"그거 뭔가 바뀐 것 같은데?"

아주머니들이 커다란 가방을 들고 나를 향해 위로의 말을 건넸다.

"너무 실망하지 말고 여기까지 왔으니까 즐겁게 보내자고요."

"아가씨도 좋은 여행 해요. 저녁때까지는 비도 그친다는 것 같으니."

무슨 일이 있어도 밝고 긍정적으로. 그래, 비가 와도 바람이 불어도 여행하는 아주머니들은 굴하지 않는 법이다.

* 일본의 고전 수필 쓰레즈레구사徒然草의 한 구절로 본래 '벚꽃은 한창일 때만, 달은 맑은 날만 보아야 하는가, 아니 그렇지 않다'인데 정반대로 말했다.

내게는 이 아주머니들의 씩씩함이 눈곱만큼도 없었다. 적어도 지금 내게는 말이다.

고작 이런 일로 나자빠지면 어떡해. 눈부시게 갠 파란 하늘에 나부끼는 활짝 핀 벚꽃을 영상에 담아서 어떻게든 마요 씨에게 꼭 전달해야만 하잖아. 빗속에서 진흙탕에 넘어져서 당주에게, 아버지에게 꾸지람만 들었던 마요 씨 마음을 달래주어야 하잖아. 정신 차려, 정신! 기합 넣고 어떻게든 해봐야지!

이렇게 스스로를 북돋웠다. 하지만 기합으로 비가 그쳤단 소리는 들어본 적이 없다.

문이 열렸다. 차가운 공기가 흘러들어왔다. 미미짱이 준비해준 스프링코트로 감싼 몸이 한기를 느끼자마자 떨리기 시작했다.

마침내 도착한 가쿠노다테역은 쏟아지는 빗줄기 속에 있었다.

파란 하늘이 필요하면 오카에리를 불러. 어떤 비구름이라도 멀리 쫓아내는 최강의 날씨 운을 타고난 사람이니까.

한마디로 말해 '태양의 딸'이랄까? 정말 신기한 녀석이라니까, 오카에리는.

언젠가 어디선가의 촬영지에서 이치카와 씨는 이렇게 말했다.

그 태양의 딸이 지금 흠뻑 비를 맞고 있다. 다 큰 어른이 혼자 울음이 터질 것만 같은 얼굴로.

no. 5

안녕하세요! '대리 여행 오카에리'의 여행자 오카 에리카 입니다.

오늘은 여기 아키타현·가쿠노다테에 와 있습니다.

이맘때 도쿄는 벌써 꽃보다 푸른 잎들이 무성할 시기인데요. 도호쿠는 바로 지금 봄이 한창입니다. 여기 벚꽃 좀 보세요, 바로 이렇게… 활짝 핀 꽃을 보실 수 있답니다!

명랑하게 내레이션을 마치고 하늘을 올려다보았다. 그러자 얼굴을 향해 떨어지는 커다란 빗방울. 벚꽃 가지에 맺혀 있던 물방울이 바람이 불자 한꺼번에 떨어진 것이다. 꺅 소리를 지르며 고개를 흔들었다. 그 바람에 주위로 물방울이 마구 튀었다.

삼각대 위에 설치해둔 카메라 근처에서 교통정리원처럼 보이는 비옷 입은 아저씨가 걸음을 멈추었다. 샤워캡처럼 보이는 비닐을 모자 위에 쓰고 한 손에는 빨간 유도봉을 들고 있었다. 유심히 이쪽을 보던 아저씨가 뭐라고 말을 걸었다.

"아가씨는 여기에서 뭘 하는 거요?"

"네? 지금 뭐라고 하셨어요?"

나는 빗방울이 뚝뚝 떨어지는 앞머리를 정리하며 아저씨를 쳐다보았다.

"그러니까 여기에서 지금 뭐 하냐고."

분명 이곳은 일반인에게 공개된 사무라이 저택 정원일 텐데…. 들어오면 안 되는 거였나.

"죄송해요. 지금 나갈게요. 바로 나갈 테니까 한 컷만 더 찍게 해주세요."

아저씨가 카메라 위에 씌워놓은 투명 비닐 시트를 들춰 보았다.

"앗, 그거 만지시면 안 돼요!"

황급히 손을 뻗어 막았다.

"빌려 온 거라서요. 지금 촬영 중이니까 만지지 말아주세요."

"촬영 중이라고? 이렇게 비가 쏟아지는데 뭘 찍어? 벚꽃은 맑을 때 찍어야 예쁘게 나와."

맞는 말씀이다. 이렇게 주룩주룩 비가 내리는 와중에는 수양벚꽃이 아무리 활짝 피어 있다고 한들 그 아름다움을 전할 방법이 없다. 게다가 지금 이 상황은 의뢰인인 마요 씨가 몇 년 전에 경험했던 것과 완전 똑같잖아.

제발 꼭 파란 하늘 아래 눈부신 햇살 속에서 활짝 핀 벚꽃을 보고 와주세요.

딱 한 번만이라도 좋으니 맑게 갠 하늘을 배경으로 활짝 핀 벚나무 아래를 걸어보고 싶었어요. 저 대신 제 소원을 이뤄주세요. 오카에리 씨.

"다 틀렸어. 이래서는 마요 씨 소원을 이루어줄 수 없다고."

나도 모르게 푸념이 튀어나왔다. 비옷을 입은 아저씨가 수상쩍은 눈빛으로 바라보았다. 그 시선에서 도망치듯이 카메라로 달려가 촬영 정지 버튼을 눌렀다.

"우산도 안 쓰고 홀딱 젖어서는. 왜 이런 날에 촬영 같은 걸 하는 건지 참."

아무 대꾸도 못 한 채 가방에서 손수건을 꺼내 카메라를 닦았다. 그리고 아까 역에서 사서 진흙 바닥에 내팽개쳐 놓은 비닐우산을 집어 들어 펼쳤다. 아저씨가 가까이 다가오더니 "자, 받게"라며 수건을 내밀었다.

"그리고 이것도 가져가서 써. 저쪽에 있는 커피숍 쿠폰이야. 따뜻한 차라도 마시면서 몸 좀 덥히고 가."

얼떨결에 오른손에는 수건, 왼손에는 핑크색 쿠폰을 건네받았다. 예상치 못한 친절에 머뭇거리다가 머리를 숙였다.

"가… 감사합니다. 절대 비가 내리지 않을 거라고 생각해서 수건도 우산도 아무것도 안 갖고 왔거든요. 정말 고맙습니다."

아저씨가 유쾌하게 너털웃음을 터뜨렸다.

"어디 날씨가 사람 마음대로 되던가. 이럴 때도 있는 거지. 자, 어서 가서 따뜻한 차라도 마시면서 좀 쉬어."

온몸이 비에 젖은 탓인지 몸속까지 얼어붙는 것 같았다. 서둘러 삼각대에서 카메라를 빼서 가방에 넣고 비닐 시트는 물기를 턴 다음 접어 넣었다. 철수 준비를 하는 동안 아저씨는 줄곧 비닐우산을 내 머리 위에서 씌워주었다.

정말 그렇다. 날씨만큼은 사람의 힘으로 어떻게 할 수 없다.

사무라이 저택 바로 옆에 있는 커피숍으로 들어가 창가 좌석에 자리를 잡고 멍하게 비가 내리는 하늘을 바라보았다. 창을 타고 방울져 흘러내리는 수천 개의 빗방울. 그 너머로 미친 듯이 활짝 핀 꽃잎을 흩뿌리는 수양벚나무.

후, 깊은 한숨을 뱉었다.

나 지금 뭐 하는 거지? 이런 데서 차나 마시고 있고.

혼자서 촬영하는 기술도 내레이션과 연출 방법도 메이크업과 스타일링도 소소 여행 패밀리 모두가 애써 가르쳐 주었는데. 어디를 어떻게 돌아보면 좋을지 루트도 꼼꼼하게 다 짜왔는데. 이 비 때문에 지금까지의 노력이 모두 물거품이 되게 생겼다.

주머니 안에서 핸드폰이 울렸다. 텟페키 사장님의 전화였다. 여행 중에는 절대 전화 안 할 테니까 알아서 하라고 했으면서. 입을 삐죽거리며 전화를 받았다.

"에리카, 설마 거기 비 오는 거 아니지?"

"설마가 사람 잡네요."

전화를 받자마자 날아온 질문에 사실대로 대답했다.

"아니, 대체 어떻게 된 거야? 너 태양의 딸이잖아? 일기예보에서 도호쿠 지방에 비가 내린다고 하길래 설마 싶어서 전화했더니. 이러면 계획이랑 다르잖아?"

"저는 태양의 딸도 아니고 아마테라스 여신*도 아니거든요. 신통력이라고는 요만큼도 없는 그냥 평범한 여행자일 뿐이에요. 저라고 날씨를 어떻게 할 수 있나요."

* 일본 신화에 나오는 태양의 여신.

"네가 그냥 여행자는 아니지. 임무를 맡은 여행의 프로잖냐."

투덜거리자 사장님은 바로 정정했다.

"잘 들어라. 무슨 일이 있어도 파란 하늘과 벚꽃을 꼭 찍어와. 안 그러면 이 일은 말짱 꽝이야. 에이, 아무리 그래도 진짜 한 푼도 안 주진…. 아니 돈이 문제가 아니잖냐."

사장님은 말하다 말고 자기도 아니다 싶었는지 스스로 타일렀다.

"의뢰인의 소원을 이뤄주려면 꼭 날씨가 맑아야 한단 말이다! 우노 씨와 마요 씨가 얼마나 기대하고 있는지 반드시 명심해라. 응? 이 여행에 우노 부녀의 화해가 달려 있단 말이다. 제사를 지내든 테루테루보즈*를 걸어놓든 점을 치든 뭐든 좋으니까 할 수 있는 건 모두 해서라도 비가 개게 만들어! 쨍하게 만들라고! 쨍쨍쨍쨍쨍!"

삑 하고 전화가 끊겼다. 나도 모르게 손에 들고 있던 핸드폰을 째려보았다.

핸드폰으로 일기예보를 몇 번이나 확인했지만 가쿠노다테 지방은 비. 창 너머로 보이는 풍경도 울고 싶을 정도

* 하얀 천으로 만든 눈사람 모양 인형, 맑은 날씨를 불러온다는 설이 있다.

로 비로 가득했다. 혹시나 하는 마음에 내일 날씨를 확인해봐도 여전히 비였다. 눈앞이 깜깜해졌다.

어떡하지. 여기서 하루 이틀 더 있어 봐야 하나. 경비가 더 들긴 하겠지만 논노 씨에게 잘 말해보는 수밖에 없어.

하지만 마요 씨 병세를 생각하면 이렇게 여유를 부릴 때가 아니었다. 하루라도 빨리 돌아가서 조금이라도 빨리 영상을 전해주고 싶었다. 이 여행 영상이 마요 씨가 앞으로 살아갈 용기를 얻는 데 조금이라도 도움을 줄 수만 있다면.

처음으로 마요 씨 병실을 찾아가 정식으로 대리 여행을 의뢰받았던 날. 돌아가는 지하철 안에서 텟페키 사장님은 사뭇 진지하게 말했다.

엄청난 일을 맡아버렸구나, 에리카.

네가 하기에 따라서는 오히려 마요 씨 상태가 더 나빠질 수도 있다.

물론 삶에 대한 의지를 되찾을지도 모르지. 앞으로도 살아서, 살아남아서 꼭 다시 한번 가족과 여행해야겠다고 생각하게 될지도 몰라. 마요 씨뿐만 아니라 어머니도, 아버지도.

지금이 바로 갈림길이지. 그러니까 이번 여행은 진짜 반드시 좋은 여행으로 만들어야 한다.

사장님이 했던 말을 곱씹으며 번쩍 고개를 쳐들었다.

이렇게 풀 죽어 있을 때가 아니다. 여행을 계속해야 한다. 언제나 긍정적으로.

부스럭부스럭 가방 속을 뒤적여 가이드북과 지도를 꺼내 테이블 위에 펼쳤다.

이 근처에서 지금 갈 수 있는 벚꽃 명소 중 비가 내리지 않는 곳을 찾아보자. 분명 히로사키성도 벚꽃으로 유명하지. 지금부터 지하철을 타고 가서 내릴 즈음에 날씨가 맑아지면…. 히로사키 바로 앞의 오다테에도 벚꽃 명소가 있을 거야.

날씨를 확인하려고 핸드폰을 꺼내든 순간 또다시 징징 소리를 내며 핸드폰이 울렸다. 화면에는 처음 보는 번호가 떠 있었다. 뭐지? 싶었지만 일단 통화 버튼을 눌렀다.

"오카 씨 핸드폰인가요? 여기는 다마하다 온천입니다. 오늘 예약하셨는데 일정에 변동 없으신가 해서 연락드렸습니다."

젊은 남자의 목소리였다. 오늘 묵기로 한 온천여관에서 걸려 온 전화였다.

"네, 오늘 갈 거예요. 아, 그런데 잠깐만요. 지금부터 제가 히로사키 쪽으로 갈지도 몰라서요. 그렇게 되면 온천에 가는 게 많이 늦어질 텐데 괜찮으실까요?"

"늦게 오신다는 말씀이죠? 그러면 히로사키에서 묵으시는 게 좋을 것 같습니다. 이쪽은 오늘 밤에 눈이 온다고 합니다."

나는 내 귀를 의심했다.

"네? 눈이라고요? 이제 곧 5월인데요?"

"여기는 워낙 산속이라 5월에도 눈이 내릴 때가 있습니다. 하여튼 늦게 오실 거면 오늘은 오시지 않는 편이 좋습니다. 어떻게 할까요? 예약 취소해드릴까요?"

"아니, 아니, 잠깐만요! 히로사키 쪽 날씨가 어떤지만 확인해보고 결정할게요! 바로 다시 전화드릴 테니까 잠시만요!"

전화를 끊고 바로 히로사키 관광센터 전화번호를 찾아 문의했다. 오늘은 밤까지 내내 비가 내린다는 답변이었다.

오후 세 시 반. 다자와호역 앞에서 렌터카를 빌려 비가 내리는 산길을 올라갔다. 첫날 오후 일정을 완전히 변경하기로 했다. 비가 내리는 가쿠노다테를 버리고 바로 다마하다 온천으로 향했다. 오늘은 실패했지만, 어쩌면 내일은 날씨가 맑을지도 모른다. 가쿠노다테가 어려울 것 같으면 나리오카든 기타카미든 어디든 무조건 화창한 곳을 찾아서 활짝 핀 벚꽃을 반드시 찍고 말 테다. 실낱같은 그 가능성을 믿고 일단 눈이 내리기 전에 다마하다 온천에 도착하는 걸 오늘의 주요 일정으로 삼았다.

"아직 눈은 안 내리죠?"

렌터카를 타고 출발하기 전에 여관에 전화를 걸어 묻자 아까 전화를 걸었던 젊은 남자가 대답했다.

"아직 안 내립니다. 하늘이 환해진 걸 보니 어쩌면 안 내릴지도 모르겠습니다. 이런 산속보다 히로사키에 가시는 편이 더 좋으실 것 같은데요."

"아니요, 그쪽으로 갈게요. 지금 다자와호역에서 출발해요. 그런데 혹시 그 주변에는 벚꽃이 피어 있나요?"

"네, 역에서 올라오는 길을 따라 벚꽃이 피어 있습니다. 그런데 벚꽃을 보시려면 이런 산속이 아니라 가쿠노다테나 히로사키가 더 좋을 텐데요."

"네네, 저도 알아요. 아는데요, 그래도 지금 갈게요!"

도돌이표처럼 반복되는 말에 나도 모르게 짜증이 난 나머지 신경질적인 목소리로 쏘아붙였다. 이러면 안 되지, 안 되고말고. 아무리 급해도 돌아가라는 말도 있잖아. 천천히 여유를 갖고. 그게 바로 여행의 묘미 아니겠어.

이런 까닭으로 예정보다 훨씬 일찍 다마하다 온천으로 향하는 길. 하늘은 조금도 밝지 않았다. 가쿠노다테보다도 짙게 흐린 데다가 빗줄기도 더욱 거세진 느낌이었다. 역에서부터 이어지는 길 양옆에는 들었던 대로 벚나무들이 줄지어 있었다. 왕벚나무는 빗물에 흠뻑 젖어 70% 정도 핀 꽃이 매달린 가지를 힘없이 늘어트리고 있었다.

길은 점점 좁아져 반대편에서 차가 오면 어쩌지 싶은 좁고 구불구불한 산길로 들어섰다. 아직 오후 4시가 되기 전인데도 사방이 어둑어둑했다. 앞유리창에 하얗게 김이 서린 걸 보니 공기가 제법 차가워진 듯했다.

그 순간 천천히 움직이는 와이퍼에 무언가 하얀 것이 떨어지는 게 얼핏 보였다. 순간 잘못 보았나 싶었는데 몽실몽실 하얀 덩어리가 점점 늘어나고 있었다.

핸들을 잡은 채 어린아이처럼 입이 헤벌쭉 벌어졌다.

눈이었다.

보고도 믿기 어려웠지만 정말 눈이 내리기 시작했다. 그것도 어중간한 싸라기눈이 아니라 진짜 함박눈이었다. 벌어진 입을 다물지 못한 채 앞유리창을 향해 잔뜩 몸을 내밀고 천천히 속도를 늦추어 운전했다. 얼마 가지 않아 막다른 길이 나오는가 싶더니 그곳이 바로 주차장이었다. 서둘러 차를 주차했다.

그제야 불현듯 떠오른 생각이 있었다. 바로 지금 카메라를 꺼내 이 풍경을 담는 것!

여기는 의뢰인이 요청한 가쿠노다테가 아니다. 지금 눈앞에 보이는 풍경도 활짝 핀 벚꽃이 아니다. 하지만 이것은 전혀 예상하지 못했던 숨 막히게 아름다운 광경이었다. 이 순간을 놓칠 수 없었다.

재빨리 문을 닫고 주차장을 나섰다. 차에서 내린 지 얼마 되지도 않았는데 순식간에 주변은 온통 새하얗게 변해 있었다. 오른손에 카메라를 들고 녹화 버튼을 눌렀다. 삑 소리와 함께 녹화가 시작되었다. 카메라맨 안도 씨가 가르쳐준 대로 왼팔 팔꿈치를 옆구리에 딱 붙인 채로 조심조심 왼쪽에서 오른쪽으로 서서히 카메라를 수평으로 움직였다.

"믿기지 않으시겠지만 지금 눈이… 눈이 내리고 있어요. 오늘은 4월 25일. 봄에 눈이 내려요. 아, 너무 아름답네요. 이 풍경 속에 녹아 들어갈 것 같아요."

내레이션을 하면서 이번에는 오른쪽에서 왼쪽으로 천천히 수평 이동. …응? 지금 누가 이쪽을 보는 거 같은데….

나는 카메라 모니터에서 눈을 떼고 저 멀리 앞쪽을 바라보았다. 쏟아지는 눈 속에서 까만 점퍼를 입은 사람이 이쪽을 보고 있었다. 20대 정도로 보이는 청년이었다. 낡아서 해진 청바지를 입고 신발은 요즘 유행하는 부츠를 신었나 했더니 번뜩이는 검은색 고무장화였다. 오른손에는 또 다른 고무장화 한 켤레를 들고 있었다.

순간 가슴이 떨어지는 줄 알았다. 가늘고 긴 눈에서 뿜어져 나오는 마치 눈을 녹여버릴 것처럼 뜨거운 눈빛이 나를 향하고 있었다. 훤칠하게 큰 키에 니트 모자 밑으로는 긴 머리가 삐져나와 있었다. 온몸에 전류가 흐르는 것 같았지만 지금은 누굴 보고 가슴 뛰고 그럴 때가 아니었다.

그런데 이상하리만치 이쪽을 뚫어져라 쳐다보았다. 혹시 내가 연예인인 걸 눈치채기라도 한 걸까.

이글거리는 눈동자가 눈부신 나머지 애써 시선을 피해 차로 돌아가려는 참에 갑자기 목소리가 들렸다.

"혹시 오카 씨세요?"

"네!"

갑작스레 이름이 불린 탓에 나도 모르게 우렁차게 대답하고 말았다. 청년의 입가에 슬그머니 미소가 번졌다.

"맞군요. 저는 다마하다 온천에서 왔습니다. 눈이 너무 많이 와서 혹시 오는 길에 조난당하실까 봐 걱정이 돼서 나왔습니다."

"네? 다마하다 온천이요?"

청년은 고개를 끄덕이더니 차 쪽으로 다가오며 물었다.

"짐이 있으신가요?"

"아, 네. 뒷좌석에 있어요."

청년은 뒷좌석 문을 열고 캐리어와 토트백을 꺼낸 후 말했다.

"제 뒤를 따라오시면 됩니다. 여기서부터 내리막길로 5분

정도 가면 도착합니다. 걸으실 때 발밑을 조심하세요. 아, 지금 그 신발은 위험해요. 제가 장화를 갖고 왔으니까 이걸로 갈아신으세요."

뭐라 말도 하기 전에 청년은 내게 고무장화를 신겼다. 그리고 진흙투성이가 된 펌프스를 주워 들더니 입고 있는 점퍼 주머니 양쪽에 한 쪽씩 찔러넣고는 터벅터벅 앞서 걸었다. 나는 황급히 그의 뒤를 따라 걸었다.

다마하다 온천은 숨겨진 온천답게 산속 깊은 곳에 자리하고 있었다. 울창하게 우거진 숲 사이로 흐르는 맑은 시냇물을 끼고 덩그러니 서 있는 오래된 온천여관. 시냇물 위에 가로놓인 다리까지 건너야 겨우 도착한다. 청년은 눈 속에서 양손에 내 짐을 들고 새하얀 풍경을 가로지르듯 다리를 건넜다. 그가 걸어간 뒤로 또박또박 선명한 발자국이 찍혔다. 나는 문득 멈춰 서서 카메라를 들었다.

사람이 걸어가는 뒷모습이 이토록 아름답다고 느낀 적은 처음이었다. 퍼뜩 이 순간을 꼭 마요 씨에게도 보여주고 싶다는 생각이 들었다.

다리를 다 건넌 청년이 뒤를 돌아보았다. 내가 카메라를 들고 있는 모습을 보더니 양손의 짐을 다리 끝에 놓아두고 방금 건넜던 다리를 다시 돌아왔다. 카메라를 향해 성큼성큼 다가오더니 렌즈를 향해 손을 뻗었다.

"잠시 빌리겠습니다. 저를 찍어서 어디에 쓰시려고요. 제가 오카 씨를 찍어드리겠습니다."

망설이는 내 손에서 카메라를 채듯이 가져가더니 삑 소리와 함께 녹화가 시작되었다.

"자, 빨리 다리를 건너보세요. 카메라 쳐다보지 말고 앞만 보고 똑바로 걸어요."

나는 카메라를 향해 미소를 날린 후 똑바로 앞을 향해 걸음을 옮겼다.

등 뒤로 카메라를 느끼면서 걷는 것이 대체 얼마 만인지. 그리우면서도 왠지 모르게 편안한 기분이 들었다.

온천에서 나온 사람이라고 했는데, 카메라를 들고 있는 모양새나 어떤 식으로 영상을 찍을지까지 생각하는 걸 보면 완전 초보는 아닌 것 같았다. 그건 그렇고… 이게 웬 행운이람. 이런 산골짜기에서 저렇게 잘생긴 남자가 기다릴 줄은 꿈에도 몰랐지.

그때 여관 입구에서 어린아이 3명이 우르르 달려 나왔다. 아이들은 화들짝 놀란 내 옆을 그대로 지나쳐 카메라를 들고 있던 청년의 다리에 매달렸다.

"아빠! 눈이야! 눈!"

"눈싸움하자! 아빠, 빨리 눈싸움!"

아… 아빠?

"자자, 손님이 오셨잖니. 나중에 하자, 나중에. 어어, 그렇게 잡아당기면 카메라가… 으아앗!"

철퍼덕 하는 요란한 소리와 함께 젊은 아빠는 눈 속에 파묻혀 버렸다. 두 손을 번쩍 든 만세 자세로. 그 덕분에 카메라만은 확실히 무사했다.

다마하다 온천여관의 식당. 밤이 되자 창밖은 온통 눈으로 뒤덮였다. 빨갛게 달아오른 스토브 위에서 주전자가 칙칙 소리를 내며 수증기를 내뿜었다.

내 무릎 위에 다소곳하게 앉아서 꽃미남 아이돌이 나오는 드라마를 보던 다마하다 온천의 3대 사장 다마다 타이시의 다섯 살짜리 딸 유키나가 재잘거렸다.

"나 저 오빠랑 결혼할래!"

그러자 내 양쪽 옆자리에서 유키나의 오빠들인 일곱 살 타로와 여섯 살 지로가 동생을 약 올렸다.

"저렇게 잘생긴 사람이랑 네가?"

"꿈 깨라!"

"타로! 지로! 아직 손님이 식사 중이시잖아. 텔레비전은 할머니 방에서 보렴. 자, 유키나도 거기 앉아 있지 말고 내려와."

타이시 씨가 보온병과 커다란 주전자를 가지고 나오며

사과했다.

"죄송합니다. 아이들이 좀 시끄럽죠."

"아빠, 유키나가 잘생긴 사람만 좋아해!"

타로가 짓궂게 여동생의 머리를 쥐어박으며 말하자 유키나가 울음을 터트렸다.

"에고, 울지 마, 울지 마. 뚝!"

나는 유키나를 품에 안고 달랬다.

"오빠가 동생을 놀리면 안 되지! 잘생긴 사람 좋아하는 게 어때서! 여자는 원래 그런 거야!"

"타로, 누나 말이 맞단다. 너희 엄마도 잘생긴 사람을 좋아했잖니. 그래서 집을 나간 거야."

어째 이야기가 이상한 방향으로 흘러갔다. 나는 금세 시무룩해진 오빠들을 타일렀다.

"미안, 미안. 누나 금방 밥 다 먹으니까 이것만 다 먹고 같이 놀자, 응? 잠깐만 할머니 방에서 텔레비전 보고 있어. 알았지?"

타로와 지로는 고개를 끄덕이더니 훌쩍거리는 여동생의 손을 이끌고 식당에서 나갔다.

보온병에 있던 따뜻한 물을 주전자에 따르며 타이시 씨가 작게 한숨을 쉬었다.

"우리 애들이 귀찮게 해드렸네요."

그리고 미안한 기색으로 말을 이었다.

"산속에서 놀아줄 사람이 없다 보니 손님이 오면 같이 놀고 싶어서 저래요. 또 여기 오시는 분들은 다들 좋은 분들이고, 돈이든 시간이든 여유가 있어서 그런지 우리 애들이랑 잘 놀아주셔서 제가 항상 감사하게 생각합니다. 하하, 제가 손님들을 도와드려야 하는데 손님한테 오히려 도움을 받네요."

쓴웃음을 짓는 타이시 씨를 보며 나도 어색하게 웃었다. 혼자 아이들을 키우느라 고생하는 젊은 아빠의 마음이 고스란히 느껴졌다.

한참 이런저런 대화를 주고받다 보니 타이시 씨와 아이들 이야기도 나왔다.

다마하다 온천여관 2대 사장의 장남으로 태어난 타이시 씨는 어렸을 때 어머니를 여의고 아버지, 할머니와 함께 살았다. 그리고 지금 자기 아이들처럼 여관을 찾는 손님들의 귀여움을 독차지하며 성장했다. 자연 풍경을 전문적으로 찍는 카메라맨이었던 단골손님 덕분에 초등학생 때부터 카메라로 사진 찍는 걸 좋아했다. 그 무렵 유명하지 않은 온천을 찾아다니는 게 유행했고 덕분에 이 고즈넉한 온천여관도 텔레비전에 나오게 되었다. 가족의 모습이 영상으로 만들어져 텔레비전에 나온 걸 보고 타이시 씨는 엄청나게 흥분했다.

도쿄에 가서 영상을 공부하겠다고 결심했고, 언젠가 자기 뒤를 이으리라 믿고 있던 아버지가 반대했는데도 고등학교를 졸업하자마자 집을 나왔다. 도쿄의 전문학교에 진학해서 자신이 찍은 영상이 텔레비전에 방송되는 날을 꿈꾸며 공부에 매진했다.

이야기를 듣고 나니 조금 전에 타이시 씨가 카메라를 능숙하게 다루었던 것도 이해가 갔다.

"아아, 역시 그랬군요. 아까 카메라를 들고 계신 모습이 너무 익숙해 보여서 혹시나 싶었거든요. 역시나 프로셨네요."

"아닙니다. 저는 결국 프로가 되지 못한 채 고향에 내려왔어요."

타이시 씨는 곱슬곱슬한 긴 머리를 긁적였다.

전문학교를 졸업했지만 원하던 곳에는 취직하지 못했다. 간신히 들어간 회사는 학습용 비디오를 제작하는 작은 프로덕션이었다. 직원이라고 해봤자 3명이 다인 회사에서 타이시 씨는 온갖 자질구레한 일부터 스튜디오와 출연자 섭외는 물론 경리까지 도맡아 하며 일주일 중 7일을 일하면서 2년을 버텼다.

결국, 그 회사에서는 한 번도 카메라 파인더를 보지 못한 채 나왔다. 그리고 그 2년 동안 카메라맨이 되지 못한 대신 아빠가 되었다.

상대는 학습 비디오에 출연했던 연상의 연극배우였다. 외모는 수수했지만 연기력은 뛰어났다. 언젠가 반드시 주연배우가 되겠다며 묵묵히 최선을 다하는 그녀를 보고 사랑에 빠졌고, 그녀를 세상에서 가장 아름답게 찍어줄 사람은 자신밖에 없다고 믿었다. 그리고 프러포즈를 했다.

대답은 '예스'였다. 그리고 그녀는 타이시 씨가 살던 아파트로 들어왔다. 어린 두 아들을 데리고.

"타로와 지로는 아내가 데리고 온 아이입니다. 유키나를 임신한 걸 알고 여기로 다시 돌아왔지요."

여배우는 되지 못했지만, 온천여관의 안주인 역할은 멋지게 해낼 수 있어. 힘닿는 데까지 열심히 할게. 그녀 말만 믿고 돌아왔다. 사실 3명이나 되는 아이와 함께 도쿄에서 살기가 힘에 부치기도 했다.

"돌아와서 2년 정도 지났을 때였나 잘생긴 손님이랑 눈이 맞더니… 뒤도 안 돌아보고 떠나버렸습니다."

멋대로 집을 나가더니 멋대로 다시 돌아온 아들과 며느리를 아버지는 처음부터 못마땅해했다. 그런 아버지 마음을 어떻게든 돌려보려고 할머니가 갖은 애를 썼지만, 한번 틀어진 부자 관계는 좀처럼 풀어지지 않았다. 그런데 갑자기 사라져버린 엄마가 보고 싶다고 울먹이는 어린 손자들을 품에 안고 아버지가 말했다.

괜찮다. 괜찮으니 울지 마라. 할아버지가 너희를 지켜주마. 평생 곁에 있을 테니 그만 울어라.

그렇게 말하는 아버지의 눈에서도 눈물이 흘렀다.

그랬던 아버지도 이제는 안 계시다. 작년에 있었던 눈사태에 휩쓸려 허망하게 돌아가시고 말았다. 아버지와 아들은 끝내 화해하지 못했다.

"그러셨군요…. 그럼 지금은 할머님과 둘이서 여관을 운영하시는 건가요?"

"네, 그렇습니다. 명절과 연말연시에는 친척이나 지인들한테 도와달라고 할 때도 있지만… 보통 요리는 할머니 담당이고 그 외에 청소며 세탁, 장보기, 예약 접수 같은 것들은 전부 제가 하지요. 할머니께는 항상 신세만 져서 감사할 따름이에요."

효심도 깊고 육아에도 열심이고 매일매일 성실하게 일하는 젊은 아빠. 팽팽 놀기만 하는 도쿄의 20대 남자들이 좀 보고 배웠으면 싶을 정도였다.

"앞으로 다시 카메라와 관련된 일을 하실 생각은 없으세요?"

꼭 들어보고 싶었다. 꿈을 이루지 못한 채 고향으로 돌아와야만 했던 현실이 못내 아쉽지는 않을까. 타이시 씨는 아주 잠시 서글픈 표정을 짓더니 "하고 싶어도 할 수가 없습니다"라고 중얼거렸다. 그리고 고개를 들고 담담히 말했다.

"그래도 이렇게 대자연 속에서 아이들을 키우는 건 도쿄에서는 꿈도 못 꿀 일이니까요. 또 우리 여관에 오시는 손님들이 기뻐하는 모습을 보면 기분이 좋습니다. 다시 찾아주시는 손님들께 '다녀오셨습니까'라고 인사할 땐 이 일을 하길 잘했다는 생각도 들어요."

타이시 씨의 말에서는 이 여관을 지켜가는 사람으로서 기쁨과 긍지가 넘쳐흘렀다.

깊고 깊은 산속의 오래되고 작은 온천여관. 대자연에 둘러싸여 촉촉한 온천물에 몸을 담그러 멀리서 찾아오는 사람들. 그 사람들을 다녀오셨어요라고 인사하며 맞이하기 위해 타이시 씨는 묵묵히 여관을 지켜나가고 있었다.

아버지도 분명 하늘에서 지켜보고 계실 거예요. 타이시 씨가 얼마나 노력하는지. 이 여관과 손님들을 얼마나 소중히 여기는지.

아마도 오래전에 아버지는 마음이 풀리셨을 거예요.

타이시 씨에게 이렇게 말해주고 싶었지만, 왠지 부끄러워서 차마 입 밖으로 꺼내지 못했다.

삑.

(쿵!) …아야, 아파라…. 하하, 벽에 머리를 박아버렸네요. 여기 좀 봐주세요. 이 방… 너무 좁지 않나요? 한 2평 되려나요? 제가 장담하는데 여기는 원래 방이 아니라 창고였던 게 분명해요.

그런데 이상하게 마음이 편안하단 말이죠. 정말 딱 이부자리를 놓을 만큼의 공간밖에 없어서 자다가 뒤척이기라도 하면 벽에 부딪히기 딱 좋은데요. 따끈따끈한 게 꼭 누군가에게 폭 안겨 있는 것 같은 기분이에요. 뜨뜻한 방에 누워서 뒹굴뒹굴하는 행복, 아시죠? 너무 행복한 밤이에요.

그도 그럴 것이 밖에는 말이죠…(덜컹, 드르륵) 아, 이제 창문이 열렸어요. 밖에 한 번 보세요. 앗, 차가! 아직도 눈이 내리고 있답니다.

자, 그럼 이제 드디어 기다리고 기다리던 온천에 가볼까요? (끼익, 덜커덩) 와, 진짜 추워요! 복도에만 나와도 정말 춥네요. 후, 이것 보세요. 하얀 입김이 나와요. 제가 계속 말씀드리지만, 지금은 4월 말이라고요. 그런데 눈이라니 진짜 믿을 수 없어요. (타박타박타박) 아, 여기가 아까 밥을 먹은 식당이고요, 이쪽이 현관이고, 온천은 밖으로 나가야 하는 것 같아요. 그럼, 나가볼게요.

우아! 뭔가 엄청 환하네요. 밤인데 밝아요. 원래 눈이 오면 이렇게 밝았나요? (뽀드득뽀드득) 이제 진짜 금단의 여탕으로… 카메라와 함께 들어갑니다!

소곤소곤, 중얼중얼, 내레이션을 하면서 카메라를 들고 노천탕으로 향했다. 누가 보면 이상한 사람이라고 착각하기에 그만이었다. 탈의실 앞에서 일단 카메라를 멈추었다.

이제 비장한 각오로 노천탕 리포팅을 할 작정이었다. 다행히 오늘은 나 말고 다른 손님은 없었다. 그래도 분위기를 전달하고 싶은 마음에 일부러 제일 작은 방에 묵기로 했다.

온천 좋네요. 꼭 가보고 싶어요. 마요 씨가 눈을 반짝이던 모습이 떠올랐다.

탈의실 안도 춥기는 매한가지여서 최대한 빨리 옷을 벗고 수건으로 앞을 가린 채 한 손으로 카메라를 들고 노천탕으로 향했다. 문을 열기가 무섭게 휭 하고 바람과 눈이 들이쳤다.

"으앗! 추… 추워!!"

재빠르게 몸에 물을 끼얹고 카메라를 머리 위에 올린 채 온천으로 뛰어들었다. 나도 모르게 입에서 하아 하고 한숨이 새어 나왔다. 온천물의 온기가 온몸 구석구석까지 스며드는 최고로 행복한 순간.

"이래서 여행을 그만둘 수 없다니까."

기분 좋게 중얼거리다가 퍼뜩 생각이 났다.

삼각대를 탈의실에 두고 온 것이다. 유미 카오루*에 버금가는 내 인생 첫 입욕 장면을 찍으려면 삼각대가 반드시 필요했다. 서둘러 앉아 있던 몸을 일으켰는데, 순간 그대로 얼어버리는 줄 알았다.

아아, 나도 정말 바보라니까. 옷을 다 벗기 전에 미리 설치해뒀으면 이럴 일도 없잖아.

뒤늦게 후회했지만, 다시 옷을 챙겨입기는 귀찮으니까 그냥 이 상태로 카메라를 세팅하기로 했다. 삼각대에 카메라를 올리고 고감도 설정을 한 후 앵글을 잡고….

"윽, 빨리 안 하면 얼어 죽을지도 몰라."

절로 앓는 소리가 터져 나왔다. 그러자 탈의실 쪽에서 "무슨 일 있으십니까?" 하는 목소리가 들렸다.

앗, 타이시 씨다.

"괜찮아요. 아무것도 아니…."

거기까지 말해놓고 주르륵 발이 미끄러졌다. 나는 보기 좋게 온천물 속으로 첨벙 빠지고 말았다.

* 일본의 유명한 육체파 여배우.

"괜찮으세요?"

온천 입구 문 사이를 들여다보며 타이시 씨가 물었다.

"괘… 괜찮아요."

나는 우윳빛 온천물 속에서 얼굴만 쏙 내민 채 대답할 수밖에 없었다.

"죄, 죄송합니다. 실례했습니다."

타이시 씨가 목을 움츠리며 황급히 고개를 돌렸다. 그리고 머뭇거리며 물었다.

"저기… 죄송하지만, 온천 안에서는 촬영 금지인데. 여기에서 무슨 촬영을 하시는 건가요?"

지당한 질문이다. 자신의 목욕 장면을 촬영하는 변태라는 오해를 사도 할 말이 없었다. 나는 결국 사실대로 말할 수밖에 없었다.

"어떤 사람이 의뢰를 했거든요."

"의뢰요?"

"목욕 장면을 찍어달란 의뢰는 아니고요. 이유가 있어서 여행을 못 하는 사람 대신 제가 여행을 하고 있어요. 대리 여행이라고나 할까요. 그래서 여행하는 모습을 촬영해서 그 사람에게 전달해야 하거든요."

탈의실 쪽에서는 아무 말이 없었다. 도통 무슨 말인지 이해하기 힘들지도 모른다. 당연하지, 여행 대리점은 들어

봤어도 대리 여행이라니, 처음 들었을 테니까.

나는 큰 결심을 하고 입을 뗐다.

"타이시 씨. 저… 부탁이 하나 있는데요. …이쪽으로 오셔서 딱 20초만 저 좀 찍어주시면 안 될까요?"

"드, 들어가도 되나요?"

내 말이 끝나고 한참이 지나서야 타이시 씨는 불안한 듯 얼굴을 빼꼼 내밀고 조심스럽게 물었다. 나는 생긋 웃으며 고개를 위아래로 흔들었다.

설마 이런 곳에서 다른 사람에게 벗은 몸을 촬영해달라고 부탁하게 될 줄이야. 옛말에 이런 말도 있었지. 여행에서 수치는 신경 쓰지 마라. 지금이야말로 그 말을 실천할 때다!

"그럼, 찍습니다."

삼각대에서 설치한 카메라를 빼서 손에 든 타이시 씨가 말했다. 나는 고개를 끄덕였다. 타이시 씨가 왼손바닥을 내밀고 손가락을 하나씩 접으며 숫자를 셌다. 5, 4, 3, 2….

삑.

와, 정말 기분이 너무 좋네요! 눈 내리는 노천탕! 떨어지는 눈을 보세요. 이렇게 온천물 속에 스르륵 녹아 들어가고 있어요.

고요하고 따뜻하네요. 제가 지금 대자연 속으로 천천히 조금씩 스며들고 있는 기분이에요.

난로 위 주전자에서 하얀 수증기가 피어올랐다. 타이시 씨와 나는 목욕을 마치고 식당 테이블에 마주 앉아 캔맥주를 땄다.

"그런 일이 있었군요. 그러면 그 의뢰인은 파란 하늘 아래 활짝 핀 벚꽃을 보고 싶으신 거네요."

개인적인 일들까지 모두 이야기해준 것도 모자라 눈 내리는 노천탕에서 온천욕 장면을 멋지게 찍어준 타이시 씨에게 이번 여행에 대해 이야기할 수 있는 것들을 모두 털어놓았다. 의뢰인이 난치병에 걸려 여행을 할 수 없다는 것. 마지막 가족여행에서 아버지와 사이가 틀어진 뒤로 지금까지 껄끄러운 상태라는 것. 영상 쪽 일을 하면서 매일같이 여행을 다니던 내게 대리 여행을 부탁했다는 것. 맑은 하늘 아래 활짝 핀 수양벚꽃을 꼭 보고 싶어 한다는 것까지.

가능한 한 모든 것을 말하면서도 구태여 내가 누구인지는 밝히지 않았다. 타이시 씨는 그런 사람이 아니리라 믿지만, 내가 연예인이라는 걸 아는 순간 태도가 돌변하는 사람도 많으니까. 편하게 대화할 수 있는 이 관계를 깨트리고 싶지 않았다.

타이시 씨는 가만히 귀 기울여 듣다가 말했다.

"그런데 날씨는 어떻게 할 수 없지 않습니까."

"그러니까 말이에요. 제가 아마테라스 여신도 아니고 어떡하겠어요."

한숨을 쉬며 말하자 타이시 씨가 쿡쿡 소리를 내며 웃었다.

"오카 씨, 그 의뢰인은 비가 오든 눈이 오든 당신이 진심을 담아 열심히 찍어온 영상을 보고 틀림없이 기뻐할 겁니다."

타이시 씨와 눈이 마주쳤다. 가늘고 긴 눈에서 다정한 눈빛이 느껴졌다. 왠지 모르게 눈이 부셔서 눈길을 피하고 말았다.

"그럴까요. 원하는 영상을 못 찍으면 제가 여행한 의미가 없는 것 아닐까요."

마음속 한편에만 묻어두었던 걱정거리를 조심스럽게 입 밖으로 꺼냈다. 마요 씨에게 이번 여행이 헛된 것이 되어버릴까 봐 그것이 가장 무서웠다.

"무의미한 여행은 없습니다. 저는 매일 여관에서 다양한 곳에서 각양각색의 목적으로 찾아오는 사람들을 만납니다. 아무 목적 없이 오는 사람도 많고 무얼 하러 왔는지 모르겠는 사람도 있습니다. 그래도 모두가 반드시 무언가를 찾아서 돌아갑니다."

여행은 떠나는 것만으로도 의미가 있습니다. 그렇지 않

나요?

타이시 씨 말에는 미사여구나 대단한 내용은 없었다. 소박하기 그지없었다. 그러나 어렸을 때부터 몇백 명, 몇천 명에 달하는 여행자를 만나온 여관 사장의 말에서만 느낄 수 있는 진실함이 담겨 있었다. 여행자를 위로하는 따뜻함이 있었다. 나는 그 말을 가슴에 고이 간직하기로 했다.

그때 갑자기 타이시 씨가 물었다.

"그런데 아까 온천물은 나오실 때까지 우윳빛이던가요?"

"어? 그러고 보니 신기했어요. 처음에는 우윳빛이었는데 나올 때는 물이 투명하게 바뀌어 있더라고요."

고개를 갸우뚱하며 대답했다. 그러잖아도 온천물에 들락날락하면서 한 시간도 넘게 머무르는 동안 온천물 색깔이 바뀌어서 놀랐던 터였다. 내 대답을 들은 타이시 씨는 만족스러운 얼굴로 말했다.

"오카 씨, 내일은 일찍 일어나셔야겠습니다. 내일은 분명히 날이 맑을 겁니다."

"내일 일기예보는 비라고 되어 있는데요? 자, 보세요, 여기."

"한번 믿어보세요."

의아한 얼굴로 핸드폰을 열어 일기예보까지 보여주었지만, 타이시 씨는 아랑곳하지 않았다.

"내일은 활짝 핀 수양벚꽃을 찍으러 가쿠노다테에 돌아

가셔야 할 겁니다. 아, 벚꽃을 찍을 때는 밑에서부터 이렇게 쭉 위로 밀어 올리듯이. 꽃잎을 클로즈업할 때는….”

갑자기 카메라 촬영기법 강좌가 시작되었다. 나는 방에서 노트를 갖고 나와서 타이시 씨가 알려준 것들을 열심히 받아 적었다. 한참을 이야기하다가 웃기도 하고 자동판매기에서 맥주를 더 사서 마시기도 하면서.

바깥에는 눈이 그칠 생각이 없는 것처럼 펄펄 내렸다.

“누나, 누나! 아침밥 먹어야지. 일어나!”

연신 문을 두드리는 소리에 간신히 몸을 일으켰다. 기분 좋게 푹 잠이 들어서인지 여기가 어딘지 잠시 알 수 없었다. 누나, 누나 하고 부르는 소리를 듣고야 내가 지금 다마하다 온천에 있다는 사실을 떠올렸다.

“흐암, 너희 정말 아침부터 기운이 넘치는구나.”

“빨리 아침밥 먹으러 가자! 그리고 같이 눈사람도 만들어야 해! 빨리 안 하면 눈이 다 녹아버릴지도 몰라!”

“누나, 오늘 날씨 진짜 좋아! 아빠가 누나한테 말해주랬어.”

아이들 말을 듣고 자리에서 일어나 덜컹거리는 창문을 열었다. 열자마자 느껴지는 한기, 그리고….

“와! 진짜 날이 개었네!”

눈을 제대로 뜰 수 없을 정도로 눈부신 하얀 세상. 그 위로 햇빛이 쏟아지고 있었다. 꺄, 탄성을 지르고 기쁨에 겨운 나머지 곁에 있던 유키나를 힘껏 끌어안았다. 빨리빨리 하며 재촉하는 아이들을 따라 맨발로 식당에 내려갔다.

"좋은 아침입니다. 어때요? 제 말대로 맑은 날씨지요?"

밥통을 들고 나타난 타이시 씨를 보고 나도 모르게 달려들었다.

삑.

'아, 지금 말하면 됩니까? 녹화되고 있어요? 네, 에헴. 마요 씨, 저는 다마하다 온천의 타이시입니다. 우리 온천에는 신기한 점이 있습니다. 온천물이 우윳빛이면 다음 날에 비가 오고, 물이 투명하면 다음 날 날이 맑거든요. 어제 오카에리 씨가 들어간 온천물이 아주 투명했다고 하셨지요? 그래서 오늘은 무척 날씨가 좋습니다. 오카에리 씨, 마요 씨를 위해 지금부터 가쿠노다테의 활짝 핀 벚꽃을 찍으러 가주세요. 아, 그리고 마요 씨. 가족분들과 함께 꼭 한 번 우리 온천을 찾아주세요. 온천물 하나만큼은 자신 있습니다. 언제든 환영합니다. 기다리고 있겠습니다.'

'마요 씨, 타이시의 할머니예요. 여기는 시골이기는 해도 정말 맛있는 생선과 산나물, 요리를 먹을 수 있답니다. 기다릴 테니까 꼭 와주세요.'

'타로입니다.' '지로입니다.' '유키나예요.'

'하나, 둘, 셋! 마요 누나, 언니 기다릴게요!'

눈이 그친 파란 하늘 아래 다마하다 온천의 가족 전원이 마중을 나왔고 영상 메시지에도 출연해주었다. 모두 힘차게 마요 씨를 향해 손을 흔들어주었다.

할머니와는 몇 번이고 서로 머리를 숙여 인사하고 아이들을 한 명씩 꼭 끌어안고 인사를 나눈 후 마지막으로 타이시 씨와 마주했다.

"몸조심하세요. 벚꽃 영상 예쁘게 찍으시고요. 그리고 다음에 돌아오실 때 보여주십시오."

나는 자신 있게 고개를 끄덕였다. 그리고 우리는 힘껏 악수했다.

타이시 씨의 손은 20대 젊은이답게 두툼하고 건강했다. 거칠고 여기저기 굳은살이 박여 있는, 열심히 일하는 사람의 손이었다. 크고 따뜻했다.

순간 맞잡은 손을 놓기 싫었다. 하지만 내가 먼저 쓱 손을 빼냈다. 타이시 씨는 가늘고 긴 눈을 좁히며 웃었다.

자동차 앞유리창에 쌓인 눈을 치우고 시동을 걸었다. 눈길을 천천히 달리기 시작했다. 백미러 속에서 타이시 씨, 할머니, 삼 남매가 계속 손을 흔들고 있었다. 차가 방향을 틀어 보이지 않게 될 때까지 멈추지 않고 손을 흔들었다.

모두의 모습이 시야에서 사라지고 나서야 앗? 하는 생각이 들었다.

아까 영상 메시지를 찍을 때 타이시 씨가 분명히 '오카에리 씨'라고 말했던 것 같은데.

들켰구나 하며 어깨를 움츠렸다. 조금 기쁘기도 했다. 마지막까지 그냥 한 사람의 여행자로 대해주었단 사실이.

그래. 나는 지금 연예인 오카에리가 아닌 그저 여행자.

내가 돌아오기를 기다리는 사람이 있다. 화해의 날을 기다리는 사람이 있다. 그 사람을 위해 여행하는 여행자일 뿐이다.

no. 6

4월 29일 도쿄는 5월의 하늘이 조금 일찍 찾아온 것처럼 맑고 쾌청한 하늘이 펼쳐졌다.

파란 하늘 아래 텟페키 사장님과 함께 지하철을 타러 계단을 내려갔다. 평상시와 다름없이 사장님은 나보다 다섯 발짝 정도 앞을 성큼성큼 걸어갔다. 나는 그 뒤를 잰걸음으로 쫓아갔다. 개찰구를 통과하는 사장님을 얼른 뒤따라 가려는데 교통카드에 잔액이 부족한 바람에 개찰구에서 걸리고 말았다. 뒤돌아보지도 않고 쌩하니 가버리는 사장님을 향해 소리쳤다.

"사장님! 잠시만 기다려주세요!"

"빨리 안 오고 뭐 해? 이러다 약속 시간 늦겠다!"

이틀 밤을 꼬박 새운 사람치고는 놀라울 정도로 기운이 넘쳤다. 나는 서둘러 교통카드를 충전하고 개찰구를 빠져나와 플랫폼에 서 있던 사장님과 살짝 떨어진 곳에 멈추어 섰다.

"뭐냐, 이 어중간한 거리는."

"그… 그게."

못마땅한 말투로 묻는 사장님의 말에 나는 대답을 얼버무렸다. 솔직히 말해서 가까이하고 싶지 않은 차림이었다. 재킷에 조끼까지 갖춘 더블 버튼 정장이 지금 계절과 전혀 어울리지 않는 건 둘째치더라도 양팔로 소중하게 감싸 안은 사각형의 커다란 꾸러미. 초록색 바탕에 하얀색 당초무늬가 그려진 보자기로 싸인 그 모양새는 누가 보면 값비싼 보물이라도 되는 줄 착각할 만큼 거창하기 그지없었다.

"지금 진짜 이상하게 보이는 거 아세요? 누가 보면 도둑인 줄 알겠어요…."

"나도 알아, 이상한 거. 그래도 귀중한 물건이니 소중하게 다뤄야지. 대리 여행의 첫 납품이니까 이 정도는 해줘야지."

사장님은 아랑곳하지 않고 당초무늬 보퉁이를 더욱 꽉 끌어안았다. 그 안에 들어 있는 건 최신형 노트북. 회사의 자금 사정이 넉넉지 않은 지금 배수의 진을 치는 각오로

구입한 것이다.

오늘은 '대리 여행 오카에리'의 첫 결과물을 전달하는 날이다. 지금부터 사장님과 함께 마요 씨와 우노 씨가 기다리는 병원으로 간다. 병실에서 이 노트북을 열어 사장님이 꼬박 이틀 동안 제대로 잠도 자지 못하고 편집한 '대리 여행 오카에리·가쿠노다테 편' DVD를 마요 씨와 어머니 앞에서 보여줄 예정이다.

처음 사장님은 여행의 결과물을 마요 씨에게 보여주려고 모니터로 쓸 소형 TV와 DVD 플레이어를 병실로 가져갈 생각이었다. 그때 마침 우리 일이 어떻게 되고 있는지 걱정이 된 이치카와 씨의 연락을 받았고, 결과물을 어떻게 보여줄지 사장님의 계획을 듣더니 바로 이렇게 조언했다.

"무슨 말씀이세요. 그 전에 제대로 편집부터 해야지요! 완전 아마추어인 오카 씨가 찍어 온 화면을 그대로 보여주면 감동적인 장면에서 웃음이 터질 수도 있다고요."

그 말을 듣고서야 사장님은 뜨악했다. 그럼 이걸 누가 편집해야 하지?

"그래서 어떻게 잘된 것 같으세요? 편집은?"

지하철 지요다선을 타고 나란히 앉아 가면서 사장님에게 물었다.

출발하기 직전까지 작업하는 통에 결국 어떻게 편집되

었는지 최종본은 보지도 못했다. 정작 결과물을 전달해야 하는 당사자가 내용을 모른다는 것도 문제지만 막상 보자니 두려운 마음이 드는 것도 사실이었다.

내가 영상을 찍은 것도 처음이지만 텟페키 사장님이 편집 작업을 한 것도 처음이었다. 최신형 노트북을 써본 것도 처음이고, 이렇게 회사 밖에서 노트북을 끌어안고 걷는 것도 처음이었다. 오늘 아침에서야 귀중한 결과물(사장님은 DVD 디스크가 아니라 DVD를 재생할 노트북을 결과물이라고 한다)을 넣고 갈 가방이 없다고 난리를 피우는 바람에 논노 씨가 급히 나가서 사온 것이 바로 이 당초무늬 보자기였다. 논노 씨는 '이렇게 큰 걸 감싸려면 이거밖에 없잖아'라고 변명처럼 말했다. 노트북 가방을 찾는 편이 당초무늬 보자기를 찾는 것보다 훨씬 쉬웠을 거라고 나는 생각했지만.

"내가 해놓고 이런 말 해도 될지 모르겠지만 어쩌면 나 천재일지도 몰라. 정말 감동적인 작품이 나왔다니까. 〈남자는 힘들어〉* 시리즈 마지막 편을 보는 느낌이 든달까."

지하철 자리에 떡 버티고 앉아 사장님은 만족스러운 얼굴로 떠들었다. 나는 그건 사장님이 아니라 편집 프로그램

* 일본의 유명 드라마·영화 시리즈.

덕분이에요 하는 말이 목까지 올라왔지만 참고 대꾸했다.

"에이, 이치카와 씨랑 오쿠무라 씨가 도와줘서 그런 거죠. 최신형 노트북이 필요하다고 말해준 것도 이치카와 씨잖아요?"

조마조마한 마음으로 내가 가쿠노다테에서 돌아오기만을 기다렸던 사람들. 텟페키 사장님뿐만 아니라 소소 여행 패밀리 모두가 첫 대리 여행이 어땠는지 걱정해주었다. 이치카와 감독도 조감독 오쿠무라 씨도 카메라맨 안도 씨도 밋짱과 미미짱도 내가 도쿄역에 도착할 시간에 맞춰서 어땠어? 날씨는 괜찮았어? 잘 찍었어? 하며 앞다투어 메시지를 보내주었다. 그리고 파란 하늘 아래 활짝 핀 벚꽃을 무사히 찍긴 했는데 이대로 의뢰인에게 보여주면 되는 건가요? 하고 메시지를 보내기가 무섭게 이치카와 씨는 '잠깐, 잠깐! 기다려!'라며 깜짝 놀라 바로 전화를 주었다. 그러더니 정신없이 바쁜 와중에도 오쿠무라 씨까지 데리고 요로즈야 엔터테인먼트로 찾아왔다.

"사장님, 잘 들으세요. 영상의 좋고 나쁨은 결국 편집으로 결정되는 겁니다."

이치카와 씨는 오쿠무라 씨가 아키하바라까지 가서 사온 노트북을 앞에 두고 텟페키 사장님을 설득했다.

"이 대리 여행은 출연자인 오카에리가 50%를 담당하고 촬영과 연출의 기여도는 0%라고요. 그러니까 나머지 50%는 편집으로 채워서 100%를 만들어야 하는 겁니다. 그러려면 최신형 노트북과 편집 프로그램에 아끼지 말고 돈을 투자하셔야 해요!"

촬영과 연출의 기여도는 0%라는 말이 좀 찜찜하긴 했지만, 완전히 틀린 말도 아니었다. IT 지식은 물론 디지털 기기를 사용하는 작업과는 전혀 연이 없던 텟페키 사장님도 그렇다면 어떻게든 해봐야지! 하며 소매를 걷어붙였다.

그 후로 이틀 내내 사장님은 사장실에 틀어박혔다. 문 앞에는 휘갈긴 글씨로 적은 '출입금지' 종이를 붙여놓고. 이상하리만치 의욕에 불타오르는 모습에 오히려 불안할 지경이었다.

"어떡해요. 식사도 안 하고 틀어박혀 계세요."

"텟페키 사장님 그러다가 중독되시는 거 아니야? 편집 작업이 아니라 인터넷 게임 같은 거 하시는 건 아니지?"

걱정스러운 마음에 이치카와 씨에게 전화했는데, 불안만 더욱더 커져버렸다.

그리고 마침내 결과물을 전달해야 하는 날이 왔다.

사장님은 지하철 자리에 앉아 당초무늬 보퉁이를 무릎 위에 올려두고 지하철 안에 걸려 있는 광고판만 쳐다보았다. 나는 나대로 전광판에 표시되는 다음 역 안내를 멍하니 바라보았다. 두 사람 주위의 공기가 점차 긴장감을 띠었다.

나의 여행과 사장님의 편집이 마요 씨를 만족시킬 수 있을까?

문득 어젯밤에 우노 씨와 전화로 나눈 이야기가 생각났다.

남편에게 마요 병실로 와달라고 부탁했어요. 오카에리 씨가 가쿠노다테에서 찍어온 영상을 함께 보고 싶다고요. 그런데 아무리 부탁해도 끝내 오겠다고는 말을 하지 않더라고요. 오히려 더 심한 말만 들어서….

실망스러움이 가득한 우노 씨 목소리에 나는 물어보지 않을 수 없었다.

당주님이 뭐라고 하셨는데요? 괜찮으시면 알려주세요.

우노 씨는 한참 망설이더니 힘없는 목소리로 대답했다.

당신은 부끄럽지도 않냐고 하더군요.

부끄럽다고요?

네, 딸의 병을 다른 사람에게 다 얘기한 것도 모자라 집안에서 있었던 일들까지 떠들고 다닌다며 창피한 줄 알라고 하더라고요.

나는 차마 어떤 말도 할 수 없었다.

차갑게 마음을 찌르는 말이었다. 가족에게 저런 말을 하다니 도저히 믿기지 않았다. 어떤 말을 해드려야 할지 바로 떠오르지 않아 한참을 주저했다.

당주와 우노 씨, 마요 씨 사이에 생겨난 틈은 어쩌면 이다지도 어둡고 깊은 걸까.

나는 내심 낙관적으로 생각했다. 잘나가는 연예인은 아니어도 그래도 이름이 알려진 연예인이 소중한 딸을 위해 대신 여행을 가준다면 당주도 조금은 관심을 두지 않을까. 이걸 계기로 부녀가 관계를 회복할 수 있지 않을까 하고.

부녀 사이를 가로막고 있는 견고한 장벽의 두께를 새삼 깨달은 나는 우노 씨 모녀를 알고 난 뒤 처음으로 암담한 기분을 느꼈다.

눈이 녹고 벚꽃이 필 수 있게. 당주와 마요 씨가 그렇게 되도록.

이 바람이 부디 전해질 수 있도록.

그렇게 간절히 바라는 마음으로 여행했다. 물론 지금도 바란다. 하지만….

"에리카, 그런데 그 장면은 누가 찍어준 거냐?"

불쑥 옆에서 낮은 목소리가 들렸다. 흠칫 놀라 고개를 돌리자 사장님이 여전히 지하철 광고판을 바라보면서 무표정한 얼굴로 물었다.

"어떤 장면이요?"

"그러니까 그거 있잖아. …입욕 장면 말이다."

"아아, 그거요."

대단히 곤란한 질문이라도 하는 듯한 사장님의 태도에 괜히 어깨를 으쓱하며 대답했다.

"그게… 어쩌다 보니까 다마하다 온천의 사장이 찍어줬어요."

"뭐? 너 설마 그 남자랑 같이 목욕탕에 들어간 거냐?"

사장님이 두 눈을 부릅떴다.

"네? 아니, 그게 아니라 들어갔다고 하면 들어가긴 했는데, 아니 그걸 들어간 거라고 해야 할지…."

"똑바로 말해."

사장님이 언짢은 말투로 재촉했다.

"정확히 말하면 같이 들어간 건 아니에요. 제가 들어가 있는 걸 찍어줬을 뿐이에요."

나는 노천탕에서 있었던 일을 전부 빠르게 털어놓았다. 알몸으로 삼각대를 세팅하다가 발이 미끄러져서 탕에 빠져버린 일. 때마침 밖을 지나가던 타이시 씨가 사정을 듣고 촬영해준 일. 거기에 덧붙여 타이시 씨가 얼마나 훌륭한 사람인지까지 모두 이야기했다. 도쿄에서 영상을 공부한 것과 전 부인이 아이들을 놔두고 다른 남자와 집을 나가버린 일. 아버지의 뒤를 이어 온천을 지켜나가는 것에 긍지를 갖고 있다는 것까지.

이런저런 이야기를 하다보니 지하철은 어느새 신오차노미즈역에 가까워지고 있었다.

"아, 벌써 도착해버렸네. 사장님한테 아직도 말할 게 산더미처럼 남아 있다고요. 가쿠노다테랑 다마하다 온천에서 있었던 일이랑 얼마나 멋진 사람들을 만났는지."

나는 다 말하지 못한 것이 진심으로 아쉬웠다. 비록 타이시 씨한테 잠깐이나마 가슴이 두근거렸던 건 말하지 않았지만. 사장님은 당초무늬 보퉁이를 통통 두드리더니 쓴웃음을 지으며 말했다.

"말하지 않아도 다 안다. 이틀 내내 네가 찍어온 영상들만 눈이 빠지게 봤잖냐. 특히 그 온천 사장이 네 취향이라는 것도 진작에 눈치챘지."

나는 대답 대신 또다시 어깨를 으쓱했다.

지하철이 신오차노미즈역에 도착했다. 여행 중에 연애는 금지다. 연애를 하려면 회사에 미리 말하고 하던가 해. 네네, 알겠다고요 같은 말들을 주고받으면서 우리는 파란 하늘이 펼쳐진 지상을 향해 계단을 올랐다.

신오차노미즈역 근처의 대학병원. 마요 씨가 입원 중인 특실이 있는 병동의 복도는 여전히 꽃향기가 맴돌고 있었다.

일반 병실과 비교하면 훨씬 비싼 이 특실에는 주로 정·

재계나 연예계 사람들이 입원한다고 했다. 점심 식사로 나온 생선조림 냄새 따위가 나지 않도록 실내 공기까지 각별히 신경을 기울인 병동인 것이다.

"안녕하세요, 오카에리 씨. 우노 씨와 마요 씨가 기다리고 계세요."

마요 씨 담당 간호사 다카쿠라 씨가 간호사실에서 나와 인사했다. 다카쿠라 씨도 비번일 때는 소소 여행을 즐겨 봤기 때문에 마요 씨를 대신해서 내가 여행한다는 이야기를 우노 씨에게 듣고 마치 자기 일처럼 기대했다고 한다.

"어머, 멋진 선물을 들고 오셨네요."

텟페키 사장님이 소중하게 끌어안고 있는 당초무늬 보퉁이를 보고 다카쿠라 씨는 함박웃음을 지었다.

우노 씨는 차분한 하늘색 기모노를 갖춰 입고 복도에 나와 우리를 기다렸다. 아마 몇 시간도 전부터 그 자리에서 기다린 것 같았다.

우리를 보더니 머리가 땅에 닿도록 숙여 인사하며 맞아주었다. 그리고 나에게 한마디 인사를 건넸다.

"잘 다녀오셨어요?"

마치 가족에게 인사받는 기분이 들어 순간 가슴이 울컥했다. 나도 미소 띤 얼굴로 대답했다.

"다녀왔습니다."

"어서 들어오세요. 마요가 기다린답니다."

우노 씨를 뒤따라 우리는 커튼 너머로부터 봄의 햇살이 따스하게 느껴지는 하얀 방으로 들어섰다.

처음 왔을 때와 똑같이 마요 씨는 병실 가운데에 놓인 침대 위에 가만히 누워 있었다. 여전히 코와 입에는 투명한 산소마스크를 달고 있었다. 그 모습을 보자 다리가 굳어 버리는 것 같았다.

마요 씨의 공허한 표정으로 보아 상태가 전보다 좋지 않은 것 같았다. 나는 적잖이 동요했다. 지금 당장 마요 씨에게 다가가 무언가 말을 걸고 싶었다. 그런데 마음처럼 다리가 움직이질 않았다. 감당하기 어려울 만큼 무거운 현실과 마주하고 싶지 않은 마음이 다리를 붙들고 있는 것 같았다. 텟페키 사장님도 마찬가지였는지 뒤쪽에서 미동도 하지 않고 굳어 있었다.

마요 씨의 눈이 살짝 움직이더니 나를 발견했다. 나는 미소를 지으려 했지만 딱딱하게 굳은 얼굴이 풀어지지 않았다. 우노 씨가 침대 곁으로 다가가 마요 씨의 마스크를 벗기더니 입가에 귀를 가까이 댔다.

우노 씨는 무슨 말을 들은 듯 고개를 끄덕이고 다시 마스크를 씌운 뒤 나를 향해 말했다.

"잘 다녀오셨어요?"

그 말을 듣는 순간 마법이 풀린 것처럼 나는 마요 씨를 향해 한 발, 두 발 발을 떼었다. 그리고 "다녀왔습니다"라고 대답했다. 마요 씨의 눈이 살짝 아주 희미하게 웃었다.

"마요 씨, 보여드릴 영상을 가져왔습니다. 의뢰하신 여행의 결과물입니다. 지금 보시겠습니까?"

마요 씨의 미소에 힘을 얻은 것처럼 사장님이 등 뒤에서 말을 꺼냈다. 마요 씨가 힘겹게 턱을 움직였다. 나는 사장님을 돌아보며 마요 씨 대신 힘차게 고개를 끄덕였다.

침대 프레임에 붙어 있는 테이블을 펼쳤다. 사장님은 당초무늬 보퉁이를 풀어 최신형 노트북을 꺼냈다.

"어머, 대체 그 안에 뭐가 들어 있나 했더니. 저는 앨범이 들어 있는 줄 알았지 뭐예요."

우노 씨의 말에 사장님과 나는 얼굴을 마주 보고 멋쩍게 웃었다.

"어머님 말씀처럼 이건 여행 앨범입니다. 오카에리와 마요 씨의 앨범이지요."

텟페키 사장님은 마요 씨의 얼굴을 지그시 바라보며 말했다. 그리고 노트북을 테이블 위에 올려놓고 전원을 켠 후 화면 위에서 커서를 움직여 DVD를 재생할 준비를 했다. 마요 씨는 그 모습을 처음부터 끝까지 기대에 가득 찬 뜨거운 눈빛으로 보고 있었다. 나는 마요 씨의 양 볼에 조금씩 생기가 돌아오는 그 모습을 아름다운 예술작품에 마음을 빼앗겨 버린 것처럼 숨을 멈춘 채 지켜보았다.

"자, 이제 준비 끝. …그럼, 시작하겠습니다. 준비되셨지요?"

프랑크 소시지 같은 사장님의 손가락이 엔터키 바로 위에 멈춰 있었다. 아직 새까맣기만 한 화면을 마요 씨와 우노 씨는 별이 보이지 않는 밤하늘이라도 바라보듯 뚫어져라 보았다. 사장님이 슬쩍 내게 눈길을 줬다. 그것이 바로 큐 사인이었다.

나는 바닥에 무릎을 꿇고 마요 씨의 귓가에 조용히 속삭였다.

"그럼, 이제 여행을 떠날 시간이에요. …봄이 한창인 가쿠노다테를 향해 함께 떠나볼까요."

4월 25일 가쿠노다테

까만 화면 위로 하얀 글자가 떠올랐다. 이윽고 쏴 하는 무정한 빗소리가 들려왔다. 빗소리는 점점 커졌고 그 위로 내 내레이션이 흘러나왔다.

드디어 도착했습니다. 가쿠노다테, 사무라이 저택 앞에 와 있는데요. 와, 정말 굉장해요. 그야말로 봄이 한창….

갑자기 카메라 앵글이 위를 향하더니 활짝 핀 벚꽃이 나타났다. 툭툭툭 빗방울이 마이크를 때리는 소리. 빗방울이 이내 렌즈를 전부 덮어버렸다.

으아, 이거 안 되겠는데. 렌즈가 전부 젖어버리겠어. 어떡하지. 벚꽃이 이렇게 피어 있는데…. 맞다, 삼각대를 쓰면 되겠네. 삼각대 위에 카메라를 올려서 이쪽으로 렌즈를….

혼잣말이 계속 이어졌다. 부스럭부스럭 카메라를 삼각대에 설치한 내가 화면에 나타났다. 하얀 스프링코트를 입고 벚꽃나무 앞에 서 있었다. 입에서는 하얀 입김이 새어 나왔다. 생긋 웃더니 밝고 경쾌하게 이야기를 시작했다.

안녕하세요! 대리 여행 오카에리의 여행자 오카 에리카입니다.

오늘은 바로 여기 아키타현 가쿠노다테에 와 있습니다.

이맘때 도쿄는 꽃보다 푸른 잎들이 무성할 시기인데요. 도호쿠는 바로 지금 봄이 한창입니다. 여기 벚꽃 좀 보세요, 바로 이렇게… 활짝 핀 꽃을 보실 수 있답니다!

하늘을 향해 고개를 들자마자 가지에 맺혀 있던 빗방울이 직격. 꺅! 소리를 지르는 나.

여기에서 우노 씨가 참지 못하고 키득키득 웃음을 터트렸다. 텟페키 사장님은 뺨을 실룩이며 겨우 웃음을 참았다. 대체 왜 이런 장면을 살린 거예요, 사장님! 나는 울고 싶어졌다.

'아가씨는 여기서 뭘 하는 거요?' 하는 목소리가 들리더니 '네?'라고 앞머리에서 빗물을 흘리며 내가 대답했다. 세상에 그 교통정리원 아저씨와의 대화까지 전부 영상에 들어가 있었다. '아니, 지금 촬영 중이니까 만지지 말아주세요.' '촬영 중이라고? 이렇게 비가 쏟아지는데 뭘 찍어? 벚꽃은 맑을 때 찍어야 예쁘게 나와.' 이런 대화가 이어지더니 절망한 목소리로 내가 외쳤다.

"완전히 망했어. 이래서는 마요 씨의 소원을 이뤄줄 수 없잖아!"

마요 씨~~~~!

까맣게 바뀐 화면 위로 내 마음속 외침이 하얀색 글자가 되어 나타났다. 그걸 보고 결국, 우노 씨가 큰 소리로 웃음을 터트렸다. 텟페키 사장님도.

슬쩍 마요 씨를 쳐다보았다가 나는 앗 하고 작게 탄성을 내뱉었다.

웃고 있었다.

마요 씨는 산소마스크를 낀 채 금방이라도 화면 속으로 들어갈 것처럼 집중하고 있었다. 그 눈이 웃고 있었다. 바람이 스쳐 지나가는 호수 위 물결처럼 반짝였다.

장면이 바뀌고 차창에 부딪히는 빗방울이 나타났다. 풍경을 찍는 건지, 빗방울을 찍는 건지 알 수 없을 정도였다. '비가 그칠 생각을 안 하네…'라며 한숨 짓는 내 목소리가 들렸다.

> 가쿠노다테에 도착하자마자 비가 내리기 시작했습니다. 그래서 오늘은 가쿠노다테를 벗어나 지금부터 다마하다 온천에 가려고 합니다. …비에 젖은 벚꽃나무 밑을 걸으며 계속 생각했어요. 마요 씨도 이런 풍경을 걸었겠구나. 아버지, 어머니와 함께.

통통, 조용하고 부드러운 어쿠스틱 기타의 멜로디가 흘러나왔다. 아, 이 노래. 내가 좋아하는 카펜터스의 〈I need to be in love〉다.

비가 내리는 가쿠노다테 풍경이 차례차례 화면 위로 나

타났다가 사라졌다. 희뿌연 하늘 아래 비에 흠뻑 젖은 채로 안개처럼 활짝 핀 벚꽃이 무척 아름다웠다.

생각해보면 여행은 우연이기도 하고 기적이기도 합니다.

좋은 사람과 함께 여행하면서 여행지에서 좋은 날씨를 만나고 활짝 핀 벚꽃을 볼 수 있다는 것은 엄청난 기적이나 다름없지요.

저는 꽃은 봤지만 날씨가 좋지 못했고 좋은 사람도 곁에 없었어요.

그러니까 그날의 마요 씨는 세 가지 기적 중 가장 소중한 하나의 기적과 함께한 셈이에요.

함께 있던 사랑하는 사람들. 아버지와 어머니. 물론 비는 내렸어도 그보다 더 소중한 추억을 만들었을 거예요. 세상에서 제일 사랑하는 두 사람과 어깨를 나란히 하고 걸었으니까요.

오늘의 저는… 지금 저는… 비에 젖은 채로 마요 씨의 소원 하나를 가슴에 품고.

이렇게 여행을 계속하고 있습니다.

내레이션과 함께 비가 흐르는 차창이 천천히 화면에서 사라졌다. 그리고 다음 화면에 나타난 것은 바로….

"아, 설마…"

우노 씨가 작은 목소리로 속삭이더니 왼손으로 입을 틀어막았다.

화면 가득 눈부신 풍경이 펼쳐졌다.

화면을 꽉 채운 눈. 새하얀 봄눈이 화면의 구석까지 밝게 비추었다. 우노 씨는 믿을 수 없다는 듯 고개를 양옆으로 저었다. 마요 씨의 눈동자가 하얀 눈에서 반사된 빛을 머금은 채 요동쳤다.

"…눈이에요. 눈이 내리고 있어요. …그야말로 봄눈이네요. 너무 아름다워요. 정말 이 풍경에 금방이라도 녹아들 것만 같아요."

조용히 내리는 함박눈. 그리고 눈 속에서 검은 점퍼를 입은 청년이 불쑥 나타났다.

"혹시 오카 씨세요?"

청년의 입가에 웃음이 번졌다. 뽀득뽀득 눈을 밟으며 청년이 다가왔다. 카메라는 마치 고정된 것처럼 청년의 야무진 얼굴만을 계속 쫓고 있었다.

"맞군요. 저는 다마하다 온천에서 왔습니다. 눈이 너무 많이 와서 혹시 오는 길에 조난당하실까 봐 걱정돼서 나왔습니다."

다마하다 온천 3대 사장 다마다 타이시(세 아이의 아빠)

청년의 모습 위로 자막이 떴다. 사장님은 내게 보고도 듣기 전에 이미 타이시 씨의 정체를 조사했던 것이다.

"다마하다 온천의 꽃미남 사장이라고 벌써 유명하더라."

사장님이 귓속말로 알려주었다.

카메라가 양손에 짐을 들고 걸어가는 검은색 점퍼의 뒷모습을 쫓았다. 시냇물가에 위치한 작은 여관을 향해 다리 위를 성큼성큼 걸어가는 뒷모습. 그 뒤로 새겨지는 발자국.

"…아름다워라."

우노 씨가 중얼거렸다. 마음속에 떠오른 생각이 무심결에 그대로 새어 나온 듯했다.

잠시 뒤 우당탕탕 달려 나온 아이들이 아빠 곁을 맴돌며 정신을 쏙 빼놓았다. 아빠, 눈이야! 눈! 눈싸움하자! 너나 할 것 없이 떠들어대던 아이들이 나를 찍던 카메라를 향해 그대로 돌진했다.

"어어, 그렇게 잡아당기면 카메라가… 으아앗!"

철퍼덕 요란한 소리와 함께 화면은 화이트 아웃. 우노 씨는 또다시 참지 못하고 소리를 내어 웃었다. 마요 씨의 눈동자도 즐거운 듯 흔들렸다.

그 뒤로 여관방과 요리, 아이들이 해맑게 노는 모습. 눈

내리는 조용한 밤의 풍경이 잇따라 나온 뒤 마침내 노천탕이 화면에 등장했다.

"으앗! 추… 추워!"

첨벙, 온천탕에 들어가는 소리. 화면은 하얀 수증기로 덮여버렸다.

"이래서 여행을 그만둘 수 없다니까."

나도 모르게 터져 나온 본심을 듣고 우노 씨가 키득대며 웃었다. 나는 얼굴이 빨갛게 달아올랐다.

> 눈 내리는 노천탕입니다. 떨어지는 눈이 보세요. 이렇게 온천물 속에 스르륵 녹아 들어가고….
>
> 고요하고 따뜻하네. 마치 제가 지금 대자연 속으로 천천히 조금씩 스며들고 있는 기분이에요.

처음 선보이는 세미누드 장면. 아무래도 조금 부끄러웠다. 하지만 자연의 거대함과 따뜻함이 잘 전해지는 장면이었다. 우노 씨도, 마요 씨도, 사장님도 내 맞은편에서 함께 온천에 몸을 담근 채 편안하게 하늘에서 떨어지는 눈을 쳐다보는 듯한 표정이었다. 열중해서 화면을 보고 있는 그들의 얼굴을 바라보며 타이시 씨의 절묘한 촬영 기술에 감사할 수밖에 없었다.

눈이 내리는 칠흑 같은 밤 풍경이 화면에 천천히 떠올랐다. 그리고 그대로 암전.

4월 26일 아침 다시 가쿠노다테

까만 화면에 하얀 글씨가 떠올랐다. 그리고 나타난 것은….

꿈틀 하고 마요 씨의 손가락이 움직였다. 우노 씨의 입술이 살짝 벌어졌다. 두 사람의 눈동자에 청량한 파란색이 떠올랐다.

화면 가득 담긴 파란 하늘. 그리고 그 아래 활짝 핀 수양벚꽃.

숨이 멎을 정도로 아름다운 그림. 파란 하늘 아래 활짝 핀 수양벚꽃의 풍경이 펼쳐졌다.

벚나무 아래에 교통정리원 아저씨가 등장했다. 카메라를 향해 있는 힘껏 소리쳤다.

"마요 씨, 가쿠노다테의 벚꽃이 전국에서 제일입니다. 아버지, 어머니와 함께 꼭 다시 한번 보러 오세요. 근처에 맛있는 커피숍도 있습니다. 벚꽃을 바라보며 천천히 쉬다 가세요!"

가쿠노다테역을 배경으로 나타난 것은 창가 쪽 아줌마

와 통로 쪽 아주머니.

"마요 씨, 일기예보 아가씨 재주가 정말 대단해요. 어제는 비가 엄청 많이 내렸는데 오늘은 아가씨 덕분에 이렇게 맑아졌다니까요. 아가씨, 고마워요!"

"마요 씨, 여행은 정말 좋아요. 이렇게 멋진 만남도 있답니다. 마요 씨도 용기를 내서 꼭 여행을 떠나요. 알겠죠?"

둘이 함께 입을 모아 즐겁게 웃었다.

가쿠노다테의 사람들이 하나둘 등장했다. 자료관 안내데스크에 있던 안내원, 거리에서 만난 초등학생들, 유모차를 끌고 가던 젊은 엄마, 기념품 가게의 아주머니, 포장마차 아저씨까지. 마요 씨, 어서 오세요 하며 멀리 떨어져 사는 그리운 친구에게 인사하듯이 모두 손을 흔들어주었다.

모두의 얼굴에 웃음이 가득했다. 활짝 핀 벚꽃에 뒤지지 않는 눈부신 미소였다. 눈부신 벚꽃과 눈부신 웃는 얼굴이 아침 햇살이 내리쬐어 빛나는 눈풍경으로 바뀌었다. 설원을 배경으로 타이시 씨 가족이 나타났다.

마요 씨, 저는 다마하다 온천의 타이시입니다. 가족분과 함께 꼭 한번 우리 온천을 찾아주세요. 온천물 하나만큼은 자신 있습니다. 언제든 환영합니다. 기다리고 있겠습니다.

마요 씨, 타이시의 할머니예요. 여기는 시골이기는 해도 정말 맛있는 생선과 산나물 요리를 먹을 수 있답니다. 기다릴 테니까 꼭 와주세요.

타로입니다.

지로입니다.

유키나예요.

하나, 둘, 셋! 마요 누나, 언니 기다릴게요!

힘차게 손을 흔드는 가족을 보며 마요 씨의 눈동자가 요동쳤다.

투명한 눈동자가 점점 촉촉해졌다. 이내 아침이슬이 떨어지듯이 눈꼬리를 타고 눈물방울이 또르르 떨어졌다. 쉴 새 없이 눈물이 차오르고 떨어지기를 반복했다. 우노 씨는 천천히 눈을 감았다. 뺨 위로 눈물 줄기가 흘렀다.

가쿠노다테역 플랫폼에 안내방송이 흘러나왔다.

[16시 26분 출발, 도쿄행 고마치 24호가 도착합니다. 흰색 선 안으로 물러나 주십시오.]

슬슬 여행도 마무리를 지어야 할 시간입니다.

이번 여행을 하면서 알게 된 것이 있는데요.

그리우면서도 아름다운 풍경과 소박하지만 따뜻한 만남

이 있어서 여행을 떠나고 싶어지는 것 같아요.

그리고 '다녀오세요'라고 인사하며 배웅해주고 '다녀오셨어요'라며 맞아주는 누군가 덕분에 비로소 여행이 완성되는 게 아닐까요?

문득 그런 생각이 들었습니다. 이 여행은 마요 씨가 있었기에 할 수 있었어요. '다녀오세요' 인사해주고 '다녀오셨어요' 맞아주는 마요 씨가 있었기에 제가 여행자가 될 수 있었습니다.

다음에는 제가 해주고 싶어요. 마요 씨에게 '다녀오세요' '다녀오셨어요'라고 진심을 담아 인사해주고 싶어요.

가쿠노다테의 사람들 모두가 마요 씨가 오기를 기다려요. 마요 씨가 오면 분명 모두 이렇게 말해줄 겁니다. 또 와주셨군요, 다녀오셨어요 인사하고 웃으며 손을 흔들어줄 거예요.

마요 씨, 오래오래 살아서 여행을 떠나주세요.

사랑하는 사람과 파란 하늘 아래 활짝 핀 벚꽃나무 아래를 웃으며 여행해주세요.

저는 오늘 여행을 했습니다.

당신이 다시 한번 여행을 떠날 그날을 위해서.

그날 밤, 요로즈야 엔터테인먼트의 사장실.

'대리 여행 오카에리·가쿠노다테 편'이 재생 중인 노트북 화면을 바라보던 이치카와 씨가 코를 훌쩍이며 몸을 돌렸다.

"아, 왜 이러지. 감기가 오려나."

"잇짱, 왜 그러나. 설마 우는 건 아니지?"

그렇게 말하는 사장님도 눈이 빨갰다. 수면 부족과 감동으로 눈이 충혈된 것 같았다.

"울기는요. 감기 때문이에요. 감기."

감기 핑계를 대던 이치카와 씨가 화면에 시선을 둔 채로 툭 한마디를 던졌다.

"오카짱, 정말 잘했네."

갑작스러운 칭찬에 나는 아래만 바라본 채 아무 대꾸도 하지 못했다.

"이 녀석도 잘하기는 했지만, 그래도 역시 내 편집이 훌륭해서 아니겠어?"

"네네, 맞습니다."

사장님이 뻔뻔하게 자랑을 늘어놓자 이치카와 씨는 그제야 사장님을 바라보며 건성으로 맞장구를 쳐주었다. 나는 줄곧 시선을 내리깔고 입을 열지 않은 채였다.

"왜 그래, 오카짱. 왜 이렇게 기운이 없어. 대리 여행 오카에리 첫 업무도 잘되었는데. 의뢰인도 마음에 들어했다며,

그럼 좋은 거 아니야?"

맞는 말이었다. 마요 씨도 우노 씨도 내 여행의 결과물에 무척 기뻐해주었다. 두 사람 모두 좀처럼 눈물이 멈추지 않았다. 우노 씨는 고맙다며 몇 번이고 머리를 숙여 인사했다.

만족스러워했다는 것만큼은 틀림없었다. 첫 대리 여행은 분명히 성공적이었다.

그런데….

"사장님, 저 아무래도 다녀와야 할 것 같아요."

번쩍 고개를 쳐들며 말했다. 사장님과 이치카와 씨가 동시에 나를 쳐다봤다.

"다녀온다니, 어딜 간다는 거냐?"

"우노 화도관이요. …당주님을, 우노 카덴 씨를 만나러 가야겠어요."

"뭐? 대체 무슨 소리야."

사장님은 놀란 눈으로 나를 보더니 이내 헛웃음을 지으며 말했다.

"이번 여행 의뢰인은 마요 씨고 어머님도 충분히 만족하셨잖아. 가족 문제에 네가 뭘 안다고 끼어든다는 거냐. 쓸데없는 생각 하지 마."

"저도 알아요. 하지만 제가 마요 씨를 대신해서 여행을 한 건 파란 하늘과 벚꽃을 찍어서 감동적인 영상을 만들려는 게 아니었다고요. 쓸데없는 참견일지도 모르지만 저는 마요 씨가…."

마요 씨가 꼭 살아주었으면 좋겠다. 그 모습을 당주도 봐주었으면 좋겠다. 그리고 다시 한번 가족이 함께 여행을 떠났으면 좋겠다.

이것이 내 솔직한 마음이었다. 이렇게 말하고 싶었지만, 좀처럼 말로 표현할 수 없었다.

사장님 책상 위에 놓여 있던 결과물 DVD를 손에 쥐고 그 길로 회사를 나왔다.

아카사카역 계단을 뛰어 내려가 마침 플랫폼에 들어오는 지하철에 올라탔다. 네즈역에 도착해서 택시를 잡아타고 우노 화도관까지 가달라고 말했다. 핸드폰 시계를 보니 오후 9시가 넘어가고 있었다. 당주가 화도관에 있을 시간은 아니었지만 여기까지 왔으니 일단 가보는 수밖에 없었다.

만약 당주가 없으면 이 DVD를 경비실에 맡겨놓고 와야지. 그렇게라도 하는 게 아무것도 하지 않는 것보다 백 번 나았다.

택시가 우노 화도관에 도착했다. 문을 열고 차에서 내린 그때 눈앞에 서 있던 까만 승용차에 기모노를 입은 남자가 타는 것이 보였다. 제자로 보이는 사람들이 남자를 향해 공손하게 머리를 숙여 인사하고 있었다. 바로 알아차렸다.

당주다!

“기사님, 저 차를 따라가 주세요!”

내리려던 택시에 다시 올라타서 소리쳤다. 택시 기사는 영문도 모르고 황급히 차를 출발시켰다. 그 반동에 앞 좌석 등받이에 이마를 박고 말았다. 하지만 아파할 겨를도 없었다.

집이든 식당이든 어디서든 붙잡고 이야기해봐야지. DVD를 건네주기만 하려던 내 결심은 단번에 바뀌었다.

부끄러운 줄 알아야지 하며 당주가 우노 씨에게 했던 말이 마치 내가 들었던 것처럼 생생하게 되살아났다. 진심이 아니리라 믿고 싶었다.

강한 척하는 것뿐이다. 사실은 누구보다도 마요 씨를 걱정할 것이다. 솔직하게 표현을 못 하다 보니 부인에게도 모질게 행동하게 되는 것이리라.

차는 당주의 자택이 있는 요요기우에하라로 향하는가 싶더니 전혀 다른 방향을 향해 달렸다. 어디 식당이라도 가는 건가 생각했는데 전혀 생각지도 못한 곳에서 차가 멈추었다.

오차노미즈의 대학병원.

나는 택시 안에서 가만히 숨을 죽이고 상황을 살폈다.

당주가 차에서 내렸다. 함께 차에서 내린 사람이 커다란 무언가를 당주에게 건넸다. 양손 가득 그걸 받아 든 당주는 혼자서 병원 출입구로 들어갔다.

"손님, 어떻게 할까요? 내리실 건가요? 아니면…."

"내릴게요."

서둘러 돈을 내고 택시에서 내려 당주를 따라 병원 출입구로 향했다.

"면회시간은 끝났습니다."

병원으로 들어가려는데 경비원이 막아섰다.

"앗, 저기… 우노 유파 사람인데요. 당주님이 차에 물건을 두고 가셔서요."

"아, 그러시군요. 당주님 방금 들어가셨습니다. 여기 이름을 적어주세요."

순간적으로 둘러댔는데 경비원이 금방 태도를 바꾸었다. 경비원이 내민 출입기록에는 '우노 21:30'이라고 이름과 방문 시각이 적혀 있었다. 나는 바로 출입처를 확인했다.

507호실.

의아했다. 마요 씨 병실은 508호실. 그 바로 옆 병실 호수였다. 나는 적당히 이름을 적고 잰걸음으로 병실로 향했다.

먼저 5층에 올라가 있던 엘리베이터가 1층으로 내려왔다. 엘리베이터 문이 열리고 안에 올라타는 순간 짙은 향기가 느껴졌다.

이건… 꽃향기?

도무지 무슨 영문인지 알 수 없었다. 하지만 생생한 꽃향기가 엘리베이터 안에 남아 있었다. 당주가 들고 간 커다란 짐이 떠올랐다. 종이로 감싸져 있던 한쪽 끝에 살짝 삐져나와 있던 작고 하얀 무언가….

엘리베이터가 5층에 도착했다. 복도를 걸어가다가 문득 작고 하얀 것이 바닥에 떨어져 있는 것이 보였다. 손으로 집어 들고 살펴보았다.

벚꽃… 꽃잎?

나는 최대한 발소리를 내지 않고 복도를 걸었다. 간호사실 앞에 도착해서 창문 너머로 간호사인 다카쿠라 씨가 있는 걸 발견했다. 내가 온 걸 본 다카쿠라 씨가 놀란 얼굴로 바로 나왔다.

"어머, 오카에리 씨. 늦은 시간에 어쩐 일이세요. 아까 오셨을 때 뭐 두고 가셨어요?"

"부탁이에요. 하나만 알려주세요."

나는 고개를 흔들고 조용하게 부탁했다.

"마요 씨의 아버지… 우노 유파의 당주가 지금 507호실에 들어가셨죠? 마요 씨는 알고 계시나요?"

다카쿠라 씨는 내 말을 듣자마자 곤란한 표정을 지었

다. 하지만 이내 "오카에리 씨에게는 말씀드려도 되겠죠"라며 입을 열었다.

"어머님과 마요 씨에게는 절대로 말하지 않겠다고 약속해주세요."

그렇게 다짐을 받더니 나를 간호사실 안으로 데리고 들어가 조심스레 이야기를 들려주었다.

당주는 3개월 전부터 마요 씨가 입원한 병실 바로 옆 507호실을 빌렸다. 특실은 워낙 비싸다 보니 병실이 비어 있을 때가 많긴 하지만, 혹시라도 다른 환자가 그 방을 원하면 바로 비워주겠다는 조건으로 돈을 내고 빌린 것이다. 그리고 절대 가족에게는 말하지 말아달라고 간호사들에게 부탁했다. 3일에 한 번, 자신이 그 병실에 꽃을 장식한다는 사실을.

딸은 움직일 수 없는 대신 청각과 후각이 다른 사람들보다 훨씬 예민합니다. 그런 딸의 병실에 꽃향기를 전해주고 싶습니다.

제가 딸아이 병실에 꽃을 장식하면 딸아이 마음이 더 힘들어질지도 모릅니다. 이제 자신의 손으로는 꽃을 만질 수도 없다는 사실에 더욱 절망할지도 모르지요.

그러니 적어도 벽 하나 건너에서라도 딸의 숨이 붙어 있는 한, 딸아이의 감성을 믿고 꽃향기를 전해주고 싶습니다.

그렇게 당주는 텅 빈 병실에 꽃을 채워왔다. 천리향, 동백꽃, 수선화, 백합, 장미… 눈이 휘둥그레질 정도로 커다란 꽃다발을 들고 나타나서는 고요한 물속 같던 병실에 혼자서 묵묵히 꽃을 장식했다. 간호사들은 507호실 문을 열어두고 항상 반쯤 열린 상태로 두는 마요 씨 병실까지 꽃향기가 전달되도록 신경 썼다.

"마요 씨가 항상 꽃향기를 전부 맞히더라고요. 얼마 전에는 수선화였는데 오늘은 장미향이 나네요 하면서요. 산소마스크를 쓰게 된 후에도 옆 병실에 무슨 꽃이 있는지 궁금하다면서 마스크를 벗고 확인하기도 하고…"

옆 병실에 계신 분이 부럽네요. 항상 저렇게 꽃에 둘러싸여 계시니. 가족과 친구들에게 사랑받는 행복한 분인가 봐요.

그 행복한 향기를 조금이나마 함께 느낄 수 있어서… 저도 참 행복하네요.

마요 씨는 이렇게 얘기했다고 한다.

그래서 이 병동에 오면 항상 꽃향기가 났구나.

세계적으로 알려진 화도가인 아버지. 하지만 누구보다도 표현에 서투른 아버지가 오직 하나뿐인 딸을 위해 장식한 꽃.

누구에게도 보이지 않고 감탄받을 일도 없는 꽃. 그래도 다른 어떤 작품보다도 아름답고 애정이 듬뿍 담긴 꽃.

"아, 당주님 지금 나오시네요."

다카쿠라 씨가 간호사실 천장에 달린 모니터를 보며 말했다. 보안 카메라 화면 속에 복도로 나온 당주의 모습이 보였다. 간호사실 앞을 지나갈 때를 기다려 나는 밖으로 나왔다. 발소리를 죽인 채 기모노를 입은 당주의 뒤를 따라갔다.

"…당주님."

엘리베이터 홀에서 곧게 뻗은 뒷모습을 향해 속삭이듯 말을 걸었다.

어깨가 들썩이는 모습을 보고 이름을 밝혔다.

"오카입니다. 대리 여행을 다녀온 오카에리예요."

당주가 조용히 뒤를 돌아보았다. 깊은 주름이 새겨진 단정한 얼굴. 당주다운 위엄이 넘치는 얼굴이 나를 보자마자 부드럽게 풀렸다. 그 표정에 놀라는 기색은 없었다.

당주는 나를 바라보며 차분히 인사했다.

"딸아이를 대신해서 가쿠노다테에 여행을 가주셨다고 들었습니다. 아내와 딸이 이상한 부탁을 드려서 죄송합니다."

"아직 제 여행은 끝나지 않았습니다."

내 말을 들은 당주는 이해할 수 없다는 표정이었다. 나는 손에 쥐고 있던 벚꽃잎을 당주에게 내밀며 말했다.

"이 꽃이 피는 장소로 마요 씨가 아버지, 어머니와 함께 다시 여행을 가야 해요. 그런 마요 씨에게 '잘 다녀오세요' 라고 배웅해야지만 비로소 제 여행이 끝났다고 할 수 있습니다."

당주는 가만히 내 얼굴을 바라보았다. 그 눈동자에는 마요 씨 눈동자에서와 같은 빛이 흔들렸다. 간절한 바람을 담아 나는 말을 이었다.

"그날을 위해서라도 옆 병실이 아니라 마요 씨 병실에 꽃을 장식해주세요."

일부러 멀리 북쪽 지역에서 공수해온 눈물이 날 만큼 아름다운 이 수양벚꽃을.

당주는 입가에 미소를 지었다. 그 어떤 말보다도 다정한 그 미소가 아버지 마음을 잘 말해주었다.

"그리고 이것도요. 이번 여행의 결과물입니다. 꼭 한번 봐주시면 좋겠어요."

나는 가방 속을 뒤져 DVD를 꺼내 건넸다.

당주는 눈앞에 내민 DVD를 보더니 다시금 살짝 웃으며 중얼거렸다.

"저는 오늘 여행을 했습니다. …당신이 다시 한번 여행을 떠날 그날을 위해서."

앗? 이거 어디선가 들어본 말인데….

나는 눈을 깜박이며 당주를 쳐다보았다. 중후한 미소가

멋쩍은 웃음으로 바뀌었다. 그리고 말했다.

"오늘 아침 일찍 퀵으로 오카에리 씨의 회사 사장님이 제게 보내주셨습니다. 그 결과물을요."

당신이 봐주지 않으면 이 여행은 완성되지 않습니다. 그러면 우리 회사는 망할지도 모릅니다. 부디 도와주세요라는 메모와 함께.

"정말이지 대리 여행을 시작한 건 좋은데 말이야. 지출이 엄청나다고. 노트북이 22만 엔다가 편집 프로그램이 10만 8,800엔, 보자기가 2,600엔, 퀵서비스가 5,000엔. 그뿐이야? 네즈에서 오차노미즈까지 택시비가 2,000엔…. 에리카, 대체 이건 뭐야?"

전자계산기를 시끄럽게 두드리며 논노 씨가 끊임없이 불평을 늘어놓았다. 나는 거대한 고물 컴퓨터를 바라보며 대답했다.

"여행에 필요한 교통비예요."

"이건 도쿄에서 쓴 거잖아?"

"그래도 여행 경비예요."

논노 씨는 기가 차 했지만, 나는 생긋 웃으며 대답했다.

"그래, 그건 그렇고. 대리 여행 보수는 언제 입금되는데?"

논노 씨의 질문에 나는 "글쎄요"라며 말을 아꼈다.

내 핸드폰으로 최고의 보수가 도착한 건 그날 오후였다. 간호사인 다카쿠라 씨로부터 '벚꽃 피다'라는 제목의 메일이 도착했다.

내년 봄에는 가쿠노다테로 여행을 떠나겠다는 의욕에 넘쳐 있답니다. 아버지, 어머니와 함께.

첨부된 사진에는 당주와 어머니가 활짝 웃는 얼굴로 마요 씨를 둘러싸고 있었다. 마요 씨 머리맡에는 활짝 핀 수양벚꽃이 장식되어 있었다.

no. 7

여보세요, 엄마? 나야.

나, 여행하고 왔어. 가슴 뭉클한 멋진 여행이었어.

응, 대리 여행 맞아. 전에 전화로 잠깐 얘기했지? 새로운 일을 시작했거든.

여행을 떠나고 싶은데 가지 못하는 사람의 의뢰를 받아서 내가 대신 여행을 가는 거야.

그런 부탁을 하는 사람도 있냐고? 나도 그렇게 생각했는데 진짜 있더라고. 뭐, 세상에는 이런 사람도 있고 저런 사람도 있으니까. 이상한 일이긴 하지만 의외로 잘될지도 모른다고 텟페키 사장님이 기대하고 계셔.

그거야 그렇지. 연예계 일이랑은… 좀 많이 다르지.

아니, 아니야. 연예계에서 은퇴하거나 한 건 아니고 잠깐 쉬어가는 김에 이런 일도 해볼까 생각한 거야. 조만간 꼭 큰 건이 들어올 거야. 모두 깜짝 놀랄 만큼 엄청난 일을 할 거라니까. 시간은 조금 걸릴지도 모르겠지만 기다려줘.

기억하고 있어. 아빠와 약속한 일인걸.

그냥 잠깐 쉬어가는 거야. …인생이라는 여행은 기니까 이런 시간도 있어야지.

그럼, 엄마. 할머니랑 케이타한테도 안부 전해줘.

에리카가 다시 여행을 시작했다고도 말해주고.

사장실에서 걸걸한 목소리로 노래 부르는 소리가 들렸다. 무슨 노래인지 모르겠지만 벌써 한 시간 넘게 똑같은 부분만 계속해서 흥얼거렸다.

"사장님, 무슨 일 있으신가? 왜 저렇게 기분이 좋으시지?"

고물 컴퓨터를 보고 있다가 슬슬 더는 노랫소리를 들어주기가 힘들어져 옆 책상에서 전자계산기를 두드리는 논노 씨에게 들리게 일부러 큰 소리로 혼잣말을 해보았다.

"기분이 좋을 만도 하지."

논노 씨가 반응했다. 사장님처럼 금방이라도 노래를 불러제낄 것 같은 목소리로.

"우노 유파 당주님이 입금을 해주셨거든."

"아, 그래요? 돈이 들어왔구나."

반사적으로 자리에서 벌떡 일어날 뻔한 걸 겨우 참고 일부러 태연한 목소리로 대꾸했다.

"제대로 일한 거잖아? 그럼 돈이 들어오는 게 당연하지. 왜 그런 반응이야?"

논노 씨는 흐흥 하고 웃고는 노란 고무줄을 손가락에 끼우고 한쪽만 잡아당기더니 핑 소리와 함께 날렸다.

"아야! 저 좀 괴롭히지 마세요. 그래도 회사에 유일한 연예인인데…."

날아온 고무줄은 내 이마에 명중했다. 얼얼한 아픔에 투정을 부리다가 내심 궁금했던 질문을 던졌다.

"그래서 보수는 어느 정도 되나요?"

"글쎄다. 사장님이 에리카가 알면 기고만장할 테니까 절대 알려주지 말라고 했거든. 나는 말 못 하니까 그렇게 알아."

새침한 얼굴로 전자계산기를 두드리며 논노 씨가 말했다.

나는 침을 꿀꺽 삼켰다. 저 말로 미루어 보았을 때 '엄청난 금액'일 것 같은 느낌이었다. 아무래도 사장님한테 직접 물어볼 수밖에 없겠는데.

사장실 문 앞에 서자 안에서는 여전히 앵무새처럼 똑같은 구절만 반복되는 노랫소리가 들려왔다. 몇 번이나 노크해도 대답은 없었다. 살짝 문을 열고 안을 들여다보았다.

텟페키 사장님이 거대한 만두처럼 생긴 양쪽 귀에 이어폰을 꽂은 채 흐뭇한 얼굴로 노트북을 보며 타닥타닥 키보드를 두드리고 있었다. 내가 바로 앞에 서 있는데도 모르는 눈치였다. 언제까지고 기다릴 수도 없는 노릇이라 한쪽 이어폰을 잡아 빼버렸다.

그제야 얼굴을 든 사장님이 싱글벙글 웃으며 입을 열었다.

"오, 에리카. 와 있었냐."

"당연히 와 있었죠. 저도 이 회사 직원이니까요. 아침 10시에 출근해서 앉아 있었다고요."

"뭘 그렇게 딱 맞춰 오고 그래. 안 그래도 돼. 너는 우리 회사에 소속된 유일한 여행자니까 말이다."

'연예인'이 아니라 '여행자'란다. 우노 씨가 보낸 돈을 보고 해볼 만하다고 생각한 건가.

"마침 잘됐다. 너한테 보여줄 게 있어. 잠깐 이리 와봐."

"뭔데요?"라며 손짓을 따라 사장님 쪽으로 다가갔다. 노트북 화면 가득 당장이라도 울음을 터트릴 것만 같은 표정으로 하늘을 올려다보는 내 얼굴이 떠 있었다. 언제나 그랬지만 사장님은 내 얼굴이 가장 이상할 때만 콕 집어서 영상을 멈추는 신기한 능력이 있었다. 대체 왜 하필 이 장면에서 멈추는 건데요? 하고 따지고 싶은 얼굴이 나올 때만 딱 맞춰 영상을 멈추고는 '자, 이다음 전개 말인데요…'라며 아무렇지도 않게 회의를 진행하는 것이다. 이것도 나름 재주라면 재주였다.

내가 턱에 매실장아찌를 붙인 채 멈춰 있는 화면 얼굴과 똑같은 표정으로 쳐다본 모양이다.

"왜 그런 표정이냐. 내가 만든 홈페이지가 어떠냐?"

"홈페이지요? 사장님이 만드셨다고요?"

"그럼, 내가 했지. UFO도 내가 따왔다."

"URL이겠죠. U 말고는 다 틀렸잖아요."

의기양양하게 말하는 사장님 말에 바로 지적했지만, 사장님은 아랑곳하지 않고 말을 이었다.

"WWW쩜타비야오카에리쩜JP다."

"쩜이 아니라 닷이거든요."

지금 고쳐주지 않으면 아마 평생 저렇게 홈페이지 주소를 말하고 다닐지도 몰랐다.

"그게 그거지. 하여튼 시끄럽기는. 됐고, 빨리 와서 보기나 해."

사장님이 딸깍 마우스를 클릭했다.

그러자 화면을 꽉 채울 정도로 클로즈업되어 있던 울 것 같은 내 얼굴이 웃는 얼굴로 바뀌면서 '맑아졌다!'라고 외치는 소리가 들렸다. 경쾌한 BGM과 함께 내가 가쿠노다테와 다마하다 온천에서 촬영한 영상이 잇따라 나오고 그

밑으로 자막이 나타났다.

전설의 여행 방송 '소소 여행'이 폐지되었다고?

말도 안 돼….

여행하는 오카에리를 더는 볼 수 없다니.

오카에리 다시 여행을 떠나줘!

전국의 오카에리 팬들을 위해 여행자 오카 에리카 부활!

상상을 뛰어넘는 특별한 여행을 떠납니다.

오로지 당신을 위해서!

대리 여행 오카에리 마침내 개업!

당신을 대신해서 오카에리가 전국 어디로든 여행을 떠납니다!

여행 의뢰 절찬 모집 중!

★개업 기념 이벤트 중! 가격은 언제든 문의 주세요!★

나는 눈을 찌푸리며 화면을 응시했다. 카메라를 향해 웃으며 손을 흔드는 내 모습이 서서히 사라지더니 갑자기 뜬금없이 의자에 다리를 꼬고 앉아 있는 논노 씨가 나타났다. 요염한 눈빛으로 '문의는 홈페이지로 해주세요. 기다릴게요'라며 전설의 뇌쇄적 윙크를 날리면서 영상이 끝났다.

"어떠냐. 이 영상을 홈페이지랑 유튜브에 올릴 거다."

사장님은 퍽 만족스러워 보였지만, 나는 어깨에서 힘이 쭉 빠지는 기분이었다. 개업 기념 이벤트라니 대체 뭔가 싶었다.

제1회 대리 여행 서비스(서비스라는 말이 어색했지만 이건 의뢰인이 만족할 만한 여행을 대행하는 서비스업이라는 텟페키 사장님의 판단에 따라 그렇게 부르기로 했다) 완료 후 앞으로 이 일을 어떻게 해 나갈지에 대한 회의가 있었다.

출석자는 사장님, 논노 씨, 전 소소 여행 감독 이치카와 씨 그리고 나. 이치카와 씨에게는 쓸데없는 부담을 주는 것 같아 마음이 불편했지만, 첫 대리 여행 때도 많은 도움을 받았던 터라 믿음직스럽기도 했다.

"그런데 말이죠, 대리 여행은 여행 대리점 자격이나 면허가 필요한 것 아닌가요? 여행 대리점에 가보면 벽에 그런 면허증 같은 것들이 붙어 있었던 것 같은데."

"우리는 항공권이나 기차표를 취급하는 건 아니잖아요? 호텔 예약을 하는 것도 아니고. 오히려 우리가 여행 대리점을 이용하는걸요. 서비스 종류가 다른 거 아닌가요?"

이치카와 씨의 갑작스러운 현실적 문제 제기에 논노 씨가 그럴듯하게 대답했다. 그러자 이치카와 씨도 그건 그렇네요 하며 바로 수긍했다.

“나도 눈이 빨개질 때까지 인터넷을 뒤져봤는데 이 대리 여행 비즈니스를 하는 데는 진짜 한 군데도 없었다고. 이거야말로 특허감이지.”

사장님이 자랑스럽게 단언했다. 그 말을 들은 논노 씨는 “그럼, 특허를 신청해야겠네요”라며 진지한 얼굴로 노트를 꺼내 메모했다. 이치카와 씨는 팔짱을 낀 채 새삼스레 감탄했다.

“확실히 엄청 특수한 서비스이기는 하네요. 연예인이 의뢰인을 대신해서 전국 어디든 간다니, 정말 이런 건 텟페키 사장님과 오카짱 콤비가 아니면 아무도 생각 못 할 겁니다.”

“위험구역에 잠입해야 한다거나 위험한 업무 대행은 거절할 거예요.”

혹시 몰라 미리 말해두었다. 어디까지나 일은 내가 직접 선택하고 싶었다.

이치카와 씨는 쓴웃음을 지으며 진지하게 말했다.

“그런데 말이야, 오카짱. 여행은 원래 본인이 직접 가서 체험하는 거잖아? 매정한 소리인지는 모르겠지만, 아무리 연예인인 오카에리가 나서 준다고는 해도 자기 대신 여행을 가달라고 부탁하는 사람이 그렇게 많을까 싶단 말이지. 게다가 연예인을 움직이려면 돈도 꽤 드는데 말이야. 이번에 우노 씨 경우에는 정말 운이 좋았던 게 아닐까.”

이치카와 씨 말이 백번 옳았다.

여행을 부탁해야만 하는 절실한 이유가 있고 보수를 지불할 만큼 돈이 있는 사람. 이 나라에 그런 사람이 얼마나 있을까.

말이 좀 그렇지만 이번 우노 씨의 경우는 정말 넝쿨째 굴러들어 온 호박이랄까, 소가 뒷걸음질 치다 쥐를 잡은 격이었다. 그리고 나도 돈을 받아야겠다는 생각보다는 마요 씨를 돕고 싶은 마음이 더 커서 한 일이었다. 결과적으로 돈을 한 푼도 받지 못했더라도 전혀 불만이 없었을 것이다. 경제적으로 여유가 있는 의뢰인이 자신의 즐거움이나 만족을 위해 여행을 의뢰한다면 기쁘게 보수를 받겠지만, 돈은 없는데 도저히 지나칠 수 없는 딱한 사정이 있는 사람이 여행을 의뢰해온다면? 사장님도 나도 그런 면에서는 모질지 못하니 결국 돕게 되지 않을까.

여기까지 생각이 미치자 나도 모르게 "비즈니스가 아니라 자선사업이 되어버릴 수도 있겠네요"라는 솔직한 속내가 튀어나왔다. 이치카와 씨도 곤란한 웃음을 지으며 말했다.

"마치 블랙잭처럼 말이지."

"어머, 그런 걱정은 하지 마. 에리카는 천사처럼 해도 내가 악마가 돼서 반드시 돈을 받아낼 테니까."

논노 씨가 새빨간 립스틱을 칠한 입을 우악스럽게 벌려

잡아먹는 시늉을 했다. 하지만 원조 육식녀인 논노 씨도 정작 그럴 땐 악마가 될 수 없는 사람이란 걸 너무 잘 안다.

"사장님, 보수는 어느 정도로 생각하십니까?"

이치카와 씨의 물음에 사장님이 잠시 고민하더니 콧바람을 내뿜으며 "흠, 시가려나"라고 대답하자 이치카와 씨는 어이없다는 듯 웃었다.

"무슨 횟집이에요?"

"의뢰인과 상담해서 결정해야겠지. 에리카 말처럼 돈깨나 있는 사람이 뭔가를 기념하기 위해서나 여흥을 위해 의뢰한다면 웬만큼 보수를 받아도 문제없겠지만. 어려운 사람들에게서 돈을 뜯어내는 일은 절대 할 수 없어. 예를 들어, 곧 돌아가실지도 모르는 어머니와 만나고 싶은데 돈이 없어서 만나러 가지 못하는 의뢰인을 대신해서 고향으로 여행을 간다던가…."

"늙은 아버지의 병을 고치려고 약초를 찾으러 산에 가는 여행이라든가…."

사장님 말에 이치카와 씨가 고개를 끄덕이며 덧붙이자 사장님도 그렇지 하고 맞장구를 쳤다.

"급식비도 못 낼 정도로 가정형편이 어려운 아이들 대신 디즈니랜드에 가서 실컷 놀고 미키마우스와 사진도 찍는 여행…."

하아, 사장님도 이치카와 씨도 나도 깊게 한숨을 쉬었다. 논노 씨만 어처구니가 없다는 표정으로 우리를 쳐다보았다. 그리고 허리에 양손을 얹은 채 한심하다는 듯 말했다.

"당신들 진짜 바보예요? 앞으로 어떤 의뢰가 올지는 해보지 않으면 모르는 거잖아. 쓸데없는 걱정 할 시간 있으면 어떻게 해야 고객들을 끌어모을지 궁리나 하는 게 어때요?"

반박할 수 없는 옳은 말에 일단은 먼저 홈페이지를 만들어보자는 말이 나왔다.

그러나 IT 지식이라고는 눈곱만큼도 없는 우리가 홈페이지를 만들 수 있을 리가 없었다. 결국 또 이치카와 씨에게 도움을 요청했고 이치카와 씨는 조감독인 오쿠무라 씨를 보내주었다.

오쿠무라 씨는 요즘 젊은이답게 IT 지식이 풍부해서 텟페키 사장님에게 도메인 취득부터 홈페이지 만드는 방법까지 간단하면서도 세세하게 알려주었다. 기사와 블로그 업로드 같은 홈페이지 운영 전반은 기본적으로 텟페키 사장님이 전담하기로 했다.

사장님이 최종적으로 정리한 '대리 여행' 서비스 내용은 이렇다.

영업은 기본적으로 인터넷으로만 한다. 의뢰인은 언제,

어디로, 어떤 목적으로, 왜 오카에리에게 여행을 의뢰하고 싶은지를 메일로 보낸다. 보낼 때는 간단한 설문에 대답해야 한다. 이름, 주소, 나이, 전화번호, 직업. 마음 같아서는 연 수입이 얼마인지도 설문에 넣고 싶었지만 참기로 했다.

우리는 받은 메일을 심사해서 일주일에 최대 1건만 의뢰를 받는다. 손님을 가려 받는다는 오해를 살지도 모르지만 정성을 다해 서비스를 제공하려면 이 정도가 한계다.

보수는 상담 후 정하기로 했다. 금액은 의뢰인에 따라 천차만별이 될 것이다. 수천만 원짜리 일도 있겠지만, 경비조차 안 남는 일도 있을 수 있다. 이런 경우는 '블랙 잭 케이스'*로 부르기로 했다. 어차피 어쩌다 운 좋게 시작하게 된 사업인 만큼 이걸로 떼돈을 벌겠다는 마음보다는 양심을 우선시하기로 한 것이다.

의뢰인이 결정되면 요로즈야 엔터테인먼트 사무실로 불러서 사연을 구체적으로 듣는다. 이때 여행 갈 곳을 대략 정하고 결과물은 어떤 형태가 좋은지 물어본다.

여행 결과물의 형태와 어떻게 전달할지는 전적으로 의뢰인의 희망에 따른다. DVD, 보고서, 메일, 편지, 그림엽서, 전

* 데즈카 오사무의 만화 〈블랙잭〉의 천재외과의처럼 부자들에게는 고액을 보수로 받지만 가난하고 선량한 사람들에게는 무료로 봉사한다는 방침.

화, 화상전화…. 무엇이든 여행 결과를 전달할 방법과 최종 형태를 의뢰인이 정한다.

여행이 끝나고 내가 이 결과물을 의뢰인에게 전달하면 임무는 종료된다.

"계약서를 쓴다든가 보수 입금은 결과물 전달로부터 한 달 이내라든가 이런 중요한 것들이 전부 빠져 있는 것 같은데요."

서비스 내용과 방침을 듣던 논노 씨가 지적했다.

"일단 의뢰인을 만나보고 그런 것들이 필요한 사람인지 아닌지 내가 판단하면 돼. 내가 이 업계에서 여태 어떻게 버텨왔는데. 어떤 사람인지 정도는 딱 보면 척이지."

사장님은 자신만만했다. 그 말대로 저 부리부리한 눈이 사람 보는 눈만큼은 정확했다.

"어떠냐, 에리카. 이 정도면 괜찮겠지?"

사장님의 물음에 네 하고 고개를 크게 끄덕였다.

"여행만 잔뜩 하고 정작 돈은 한 푼도 못 받게 될 수도 있다. 그래도 괜찮냐?"

다시 한번 고개를 끄덕였다.

"여행은 제가 하고 싶어 하는 거지 억지로 하지는 않을 거니까요."

내 말을 들은 사장님도 만족스럽게 고개를 위아래로 흔

들었다.

어디에 가든 어떤 여행이든 설레지 않을 리 없다. 여행하는 일상으로 다시 돌아갈 수 있다니 그것만으로도 기쁘고 두근거렸다.

그것이 누군가의 부탁으로 떠나는 여행이라도 내게 억지로 떠나는 여행은 없다. 나는 언제든 기꺼운 마음으로 여행을 떠날 것이다. 내가 생각하고, 느끼고, 맛보고, 실컷 즐길 것이다. 그러다 보니 문득 대리 여행의 의뢰인이 될 사람은 나와 정반대가 아닐까 싶었다.

여행하고 싶어도 할 수 없는 사람, 또는 하고 싶지 않은 사람.

그런 사람들은 도대체 어떤 이들일까.

'대리 여행 오카에리'의 유일한 영업창구인 홈페이지는 결국 이치카와 씨의 애정이 담뿍 담긴 엄격한 감수 아래 조감독 오쿠무라 씨의 편집을 거치고 나서야 겨우 세상의 빛을 보게 되었다.

BGM으로는 상쾌한 어쿠스틱 기타곡을 골랐고, 정말 죄송했지만 영상에서 논노 씨가 나오는 장면은 삭제하고 내가 여행지에서 만난 사람들과 즐겁게 이야기 나누는 사진과 카메라맨 안도 씨가 제공해준 전국 각지의 풍경 사진

등을 편집하여 새로운 영상을 만들었다. 홈페이지 디자인도 오쿠무라 씨의 친구인 웹디자이너가 무료로 수정해준 덕분에 사람들의 클릭을 부르는 멋진 디자인으로 탈바꿈했다.

"이렇게 기발한 비즈니스를 사람들이 보고만 있을 리 없다. 곧 엄청나게 메일이 쏟아져서 너도 정신없이 바빠질 테니 각오해라."

결국 우노 씨에게서 얼마를 받았는지는 듣지 못했지만, 사장님은 '금방 또 여행을 떠나게 될 테니 준비 잘하고 있어'라며 준비금을 마련해주었다. 나는 잔뜩 들떠서 돈을 받자마자 밋짱과 미미짱에게 연락해 초여름에 어울리는 메이크업과 스타일링을 상의했다. 그리고 오랜만에 쇼핑도 하면서 재충전했다.

얼마 지나지 않아 사장님 예상은 멋지게 적중했다.

홈페이지가 개설된 직후부터 엄청난 양의 메일이 들어온 것이다. 그러나 그 대부분은 스팸메일이었다. '이거, 왜 이래?'라며 화들짝 놀란 사장님의 호출에 오쿠무라 씨가 바로 날아온 덕분에 스팸은 바로 차단되었다.

하지만 이번에는 대리 여행에 대해 의문을 품거나 야유하는 메일만 잔뜩 들어왔다. '정말 오카에리가 여행하는 거야?' '사기 아냐?' '진짜라면 증거를 보여라' 등과 같이 단

순히 궁금해하거나 진짜인지 의심하는 메일이 있는가 하면, '데이트해줘' '같이 온천 가자' '모 레스토랑에서 3일 내로 풀코스를 먹고 와' '비행기 일등석을 타고 사우디아라비아에 가서 하루에 130만 엔짜리 스위트룸에 3일간 투숙해' 처럼 다분히 악의적인 요청이나 애초에 불가능한 일을 의뢰하는 메일도 있었다. 결론적으로 대부분 회신할 가치조차 없는 메일이었다. 진짜 의뢰인이 보낸 진심이 담긴 요청 메일은 단 한 통도 없었다.

"아무래도 말이야. 우노 씨 같은 경우는 정말 예외였던 것 같아. 기적이라고나 할까. 생각해보면 이치카와 씨가 말한 대로라니까. 그런 일이 그렇게 많이 일어날 리가 없어."

부사장 전용 고물 노트북으로 아침부터 밤까지 문의 메일 내용만 체크하던 논노 씨가 짜증을 내며 투덜거렸다.

나는 마우스를 딸깍거리며 수상한 메일을 삭제하면서 "그러네요"라고 힘없이 대꾸했다.

처음에는 사장님도 '이건 네가 할 일이 아니야'라며 메일 내용 체크는 안 해도 된다고 했지만, 지금은 그런 말을 할 때가 아니었다. 조금이라도 현실성이 있는 메일을 누가 처음으로 찾아낼지 사장님과 논노 씨와 나는 요 며칠간 경쟁이라도 하듯이 컴퓨터를 붙잡고 씨름했다.

"역시 제대로 된 요금표가 있어야 했다니까. 없으니까 아무도 안 믿는 거라고."

딸깍, 딸깍, 딸깍, 딸깍. 마우스를 클릭하며 논노 씨가 중얼거렸다.

"역시 그런 걸까요?"

딸깍, 딸깍, 딸깍, 딸깍. 나도 질세라 클릭을 멈추지 않으며 대답했다.

"생각해봐. 보수는 상담 후 책정이라니. 우리가 무슨 탐정사무소나 법률사무소냐고. 게다가 연예기획사까지 끼어 있다고 하면 엄청난 돈을 내야 할 것 같잖아?"

"아, 그건 그렇네요."

"그리고 아이돌 출신이 여행한다는 것도 말이야. 현직 아이돌이면 또 모를까 오카 에리카잖아? 사람들이 일기예보 언니로 착각하는 사람인데? 이걸로 되겠냐고."

"…."

"상큼하고 어린 애들이 여행해준다면야 보고 싶겠지만. 서른 살도 훌쩍 넘은 안 팔리는 연예인으로 괜찮으려나 몰라."

평소 같으면 논노 씨가 아무리 독설을 퍼부어도 아무렇지 않을 텐데 지금은 그 말이 비수가 되어 가슴에 꽂혔다. 나는 화가 폭발하려는 걸 간신히 참으며 묵묵히 클릭만 했다.

논노 씨는 아랑곳하지 않고 독설을 이어가며 나를 후벼 팠지만 이내 잠잠해졌다.

허무맹랑한 메일을 삭제하는 데 모두가 열중한 나머지 고요해진 사무실. 하지만 이 조용함은 그리 오래가지 않았다.

대리 여행 홈페이지를 개설하고 한 달여가 지났을 즈음부터 드디어 진짜 같은 문의가 들어오기 시작한 것이다. 신청 양식에 있는 '어떻게 대리 여행을 알게 되셨습니까?'라는 질문에 '지인으로부터 들었다' '트위터에서 보았다'라는 답변이 늘었다. 다마하다 온천의 타이시 씨가 이야기해주고, 마요 씨가 트위터에 글을 올리고, 소소 여행 패밀리인 이치카와 씨, 밋짱, 미미짱이 열심히 블로그에서 홍보하고 입소문을 퍼트려준 덕분이었다. 입소문만큼 강력한 광고는 없다고 입버릇처럼 말하던 사장님의 말을 증명이라도 하듯이 어느새 진심이 담긴 의뢰가 훌쩍 늘었다.

그리하여 나도 드디어 본격적으로 여행자로서 일을 다시 하게 되었다. 그토록 꿈꾸었던 일상, 여행이 중심이 되고 여행이 곧 생활인 일상이 다시 시작되었다.

다양한 의뢰인, 다양한 사연이 있었다. 연로하신 부모님의 금혼식을 축하하러 추억이 서린 고향에 가고 싶다든가, 멀리 떨어져 있는 연인에게 메시지를 전하고 싶다든가 하는 마음이 따뜻해지는 여행. 각 지역의 음식과 술을 먹고 마시고 비교해달라는 조사 목적의 여행. 병으로 세상을 떠난 딸이 유언으로 '저 대신 저희 엄마와 온천 여행을 가주세요'라고 부탁한 눈물 없이는 말할 수 없는 여행도 있었다.

매번 여행을 떠나기 전에 의뢰인과 면담을 했다. 의뢰인은 대부분 텟페키 사장님의 우락부락한 얼굴을 보고 지레 겁을 먹었다. 심지어 사장님의 얼굴을 보자마자 돌아가겠다는 사람마저 있었다. 하지만 일단 왜 여행을 의뢰하고 싶은지 이야기를 나누기 시작하면 끝에 가서는 자기 말을 귀 기울여 들어주고 때로는 진심 어린 조언을 아끼지 않는 사장님을 완전히 믿게 되었다. 원래는 의뢰인에게서 보수를 받을 수 있을지 없을지를 살펴보려고 면담에 참석하기로 했던 논노 씨도 의뢰인을 편안하게 만들고 분위기를 띄우는 역할로 크게 활약했다. 감사하게도 거의 모든 여행에서 예상보다 높은 보수를 받았다. 개중에는 도저히 돈을 받을 수 없는 사례도 있었다. 이럴 땐 텟페키 사장님이 '사례는 고맙다고 한마디만 해주시면 됩니다'라고 멋있는 대사를 날리기로 했다.

대리 여행으로 새삼 깨닫게 된 일이 있다. 바로 사람의 수만큼이나 셀 수 없이 많은 여행이 존재한다는 것이다.

어찌 보면 당연한 일인지도 모른다. 하지만 나는 여행을 하고픈 누군가를 대신해 여행을 시작하고 나서야 비로소 그 당연한 사실이 무척이나 멋지다는 생각이 들었고 때로는 가슴이 뭉클해지기도 했다. 같은 계절, 같은 장소에 가더라도 여행의 이유나 목적이 다르면 전혀 다른 여행이 되었다. 나는 어떤 여행에서든 마음 가득 기쁨과 행복을 마음껏 누렸다.

그렇게 대리 여행을 이어왔다.

진실한 마음으로 하나둘 의뢰인을 대신해서 여행을 떠나다 보니 어느새 대리 여행을 시작한 지도 반년이 훌쩍 지났다. 의뢰인들이 대리 여행 홈페이지에 남겨준 정성스러운 후기 덕분에 대리 여행의 평판도 나날이 높아졌고, 논노 씨의 표현을 빌리면 '제대로 된' 의뢰도 끊이지 않고 들어왔다.

언제까지고 이렇게 여행을 계속할 수 있으면 좋겠다.

전직 아이돌이었던 연예인 오카 에리카는 이미 모두의 기억에서 사라졌을지 모른다. 친근하고 장난기 가득한 얼굴로 곳곳을 돌아다니며 각지의 음식을 와구와구 먹어대던 텔레비전 속 내 모습이 완전히 잊히는 것도 시간문제였다.

그래도 어딘가의 누군가를 위해 여행하는 여행 대리인 오카에리를 어딘가의 누군가가 꼭 기억해주면 좋겠다. 그러면 나는 다시 힘을 내서 '다녀오겠습니다!' 하고 힘차게 손을 흔들며 떠날 수 있을 테니까.

여보세요, 엄마? 나야.

응, 나는 잘 지내. 건강하게 여행하고 있어.

대리 여행이 무척 잘되고 있거든. 다양한 사람 대신 여기저기 여행해. 어떤 여행이었는지 하나하나 엄마한테 다 말해주고 싶다. 하지만 다 얘기하려면 밤새 해도 부족할지도 몰라.

여행을 한 번 할 때마다 한 뼘씩 성장하는 기분이 들어.

내일도 모레도 또 여행을 떠날 거야. 응, 몸조심할게.

가족에게도 안부 전해줘. 엄마도 감기 조심하고 너무 무리하지 마.

그럼, 또 전화할게. 다녀올게.

no. 8

스무 번째 업무를 무사히 마친 날 저녁.

"수고했으니까 회식하러 가자. 내가 쏜다."

텟페키 사장님이 웬일로 회식을 가자고 했다.

논노 씨가 "어머, 나는?"이라며 귀가 솔깃해서 따라오려 했지만, 사장님의 단골 라멘집인 '잇텐바레'에 간다는 소릴 듣더니 대놓고 뚱한 표정을 지었다.

"쩨쩨하기는. 프렌치 요리 풀코스 정도는 먹어야 하는 거 아니에요?"

"벌써 밤 11시가 다 됐는데, 지금 시간에 어디서 풀코스를 판다고 그래."

"이 시간까지 야근을 풀코스로 시킨 게 누군데 그래?"

논노 씨는 잔뜩 빈정거리더니 쌩하니 집으로 가버렸다.

"하여튼 저 녀석은 저 나이가 돼서도 허영심이 여전하다니까. 아이돌 시절에 너무 오냐오냐했더니 그때 버릇이 지금도 남아 있는 것 같아."

아카사카의 밤거리를 걸어가면서 사장님이 투덜거렸다. 대형 연예기획사들이 서로 차지하려고 쟁탈전을 벌였다느니, 꽃미남 배우 A, B, C가 동시에 프러포즈했다느니 하는 논노 씨의 아이돌 시절 무용담은 본인에게서 귀에 딱지가 앉도록 들었지만 어디까지가 진실인지 알 수 없었다. 아니, 사실은 대부분 거짓말일 거라고 생각했다.

"논노 씨가 그렇게 대단했어요?"

"처음 1, 2년은 그랬지. 너랑 똑같아. 이 업계는 정말 피도 눈물도 없는 곳이라 잘나갈 때는 다들 달라붙어서 온갖 비위를 맞춰주다가 인기가 떨어지면 썰물처럼 순식간에 사라져버려. 그야말로 잔혹한 세계지."

내가 묻자 사장님은 한숨을 쉬며 말했다.

그건 나도 충분히 겪었다. 일이 없어졌을 때 그 쓸쓸함은 지금 떠올려도 속이 쓰렸다.

"뭐, 그래도 우리는 목숨을 부지하고 있으니 다행이지 않냐. 그런 잔혹한 세계에서 일하는 것보다 사람들에게 사랑과 용기와 감동을 전달하는 대리 여행이 백만 번 더 낫다."

사장님이 으하하하 하고 입을 크게 벌려 웃었다. 나도 눈 뜨고 코 베일 만큼 각박한 연예계에서 고생하는 것보다 좋아하는 여행을 다니며 의뢰인에게 고맙다는 말도 듣는 대리 여행이 훨씬 즐겁고 기분이 좋았다.

텟페키 사장님 뒤를 따라 검은 미닫이문을 열고 잇텐바레로 들어섰다.

"어서 옵쇼! 오, 텟페키 사장, 오랜만이네."

카운터 안쪽에서 검은색 티셔츠를 입은 주인장이 활기차게 맞아주었다.

"그러게 주인장, 오랜만일세."

사장님도 기분 좋게 대답했다. 여기까지는 평소와 다를 바 없었다. 그런데 다음이 달랐다. 카운터석 맨 끝 구석에 웅크리고 앉아 있던 얼굴이 휙 이쪽을 향했고, 그 순간 가슴이 철렁했다.

"어? 텟페키 사장님. 안녕하십니까, 수고 많으십니다."

이쪽을 쳐다본 건 다름 아닌 게다모리 겐이었다.

"어머, 겐짱."

"웬일이냐, 겐. 네가 여길 다 오고. 혼자서 라멘 먹으러 온 거냐?"

나는 무심코 애교 섞인 목소리가 되었다. 나이 탓인지 예기치 않게 전 남자친구를 만나면 꼭 이렇다.

오래전에 키워준 은혜도 모르고 요로즈야 엔터테인먼트를 배신하고 가버린 배우인데도 사장님은 잘 자란 조카라도 만난 것처럼 친근하게 다가갔다.

"요 앞 TVS에서 촬영하느라 내내 갇혀 있었더니 폭발할 것 같아서 잠시 땡땡이치러 나왔어요."

사장님은 아무렇지 않게 겐짱 바로 옆에 앉았다. 나는 사장님 옆에 가만히 앉아 물만 마셨다. 딱히 나쁜 짓을 한 것도 아닌데 이상하게 식은땀이 났다.

"주인장, 맥주 2병이랑 파된장라멘 곱빼기로 2개 줘. 계란도 넣어서. 술잔은 이쪽에 앉은 꽃미남 것도 가져다주고."

사장님이 거침없이 주문하자 가게 주인도 "네엡!" 하고 시원스레 대답했다.

"아, 저는 괜찮습니다. 아직 촬영이 남아서요."

"무슨 소리야, 천하의 게다겐한테 뭐라 그럴 사람이 어딨다고. 자, 얼른 마셔."

겐이 사양하는데도 사장님은 겐짱의 술잔에 거품이 잔뜩 들어가게 맥주를 따르고 "자, 너도"라며 내 쪽으로 맥주병을 내밀었다.

"자자, 오늘은 그동안 고생한 에리카를 위해 마련한 자리다. 축하를 겸한 자리기도 하니, 자자, 빨리 건배하자고."

"오오, 축하요? 뭘 축하하는 건데?"

사장님의 어깨너머로 겐짱의 묘한 시선이 날아들었다. 나는 술 한 모금 마시지 않았는데 얼굴이 빨갛게 달아올랐다.

여행을 하고 있어.

여행을 떠나고 싶은데 가지 못하는 사람을 위해 내가 계속 여행을 다니거든. 그게 벌써 스무 번이 넘었어. 그걸 축하하는 거야.

있는 그대로 이렇게 말하면 된다. 그런데 좀처럼 입이 떨어지질 않았다.

"이 녀석이 정말 멋진 일을 하고 있거든. 그걸 축하하는 거다."

사장님이 말을 끝내자마자 자자, 그러니까 건배 하며 일방적으로 거품이 가득한 겐짱과 내 술잔에 자신의 술잔을 쨍! 부딪쳤다. 겐짱은 맥주에는 입을 대지 않은 채 의미심장한 미소를 지었다.

"알고 있어. 대리 여행이지?"

다시 한번 사장님 어깨너머로 내게 물었다. 그의 말끝에서 아주 약간이지만 경멸의 울림이 느껴졌다. 마치 '그렇게까지 해서 여행하고 싶은 거야?'라고 말하는 것처럼 들려서 나는 아까보다도 한층 더 얼굴이 화끈거렸다.

"바로 그거다. 대리 여행."

빈 술잔을 기세 좋게 테이블에 내려놓은 사장님이 단호하게 말했다.

"에리카는 여행하는 데만큼은 최고의 배우다. 그저 그런 꽃미남 배우보다야 훨씬 낫지."

"아, 그런가요."

겐짱은 시큰둥하게 대꾸하더니 후후 하고 코웃음을 치며 말했다.

"뭐 제가 봤을 때도 대리 여행은 꽤 신선하긴 하더라고요. 저도 인기가 떨어지면 그런 거나 하면서 먹고살 수 있겠구나 싶기도 하고. 애초에 너무 유명한 사람은 할 수 없는 거잖아요, 그런 일."

그러더니 묻지도 않은 말까지 덧붙였다.

"아, 그리고 저희 사장님도 저랑 똑같은 생각이더라고요."

숙명의 라이벌인 도키와 센이치의 등장에도 사장님은 평정심을 잃지 않았다. 자신의 술잔에 맥주를 더 따르더니 꿀꺽꿀꺽 소리를 내며 마시고 거품이 남아 있는 잔을 다시 테이블에 내려놓고 기분 좋은 목소리로 말했다.

"어이, 겐. 너처럼 유명해지면 여행하고 싶어도 못 할 때가 있지? 정 여행이 하고 싶으면 우리한테 부탁하러 와라. 언제든지 대환영이다."

"고맙습니다."

겐짱은 인사를 하더니 바로 자리에서 일어섰다.

"계산서는 두고 가라. 여긴 내가 쏠 테니."

"제가 할 말입니다."

사장님 말에 겐짱은 자신이 먹은 계산서와 사장님의 라멘 그릇 옆에 있던 계산서를 꾸깃꾸깃하게 움켜쥐었다.

"축하하는 자리라면서요? 제가 사겠습니다. 그럼, 에리짱, 또 봐."

겐짱은 흘깃 내게 눈길을 주더니 계산대에 5천엔 짜리 지폐를 던지고 잔돈도 받지 않은 채 가게를 나가버렸다.

나는 눈앞에 놓인 파된장라멘 그릇만 쳐다보고 있었다.

기념할 만한 스무 번째 업무 완료일. 이번에도 의뢰인이 만족하는 여행을 해냈다는 사실이 너무나 뿌듯하고 행복해서 결과물인 DVD를 몇 번이나 돌려보고 홈페이지에 올라온 후기까지 빠짐없이 읽느라 하루 종일 빵 하나밖에 못 먹어서 무척 배고팠는데, 갑자기 식욕이 싹 사라졌다.

"뭐 해? 얼른 먹어. 다 불어버리겠다."

내가 고개만 숙이고 있는 걸 알면서도 텟페키 사장님은 아무렇지 않게 후루룩후루룩 소리를 내며 면을 빨아들였다. 그 옆에서 아무도 몰래 조용히 한숨을 내쉬었다.

나 왜 이러지. 지금 아주 실망스럽다.

나는 지금 두 가지 일로 큰 충격을 받았다. 하나는 겐짱이 대리 여행을 마음속으로 경멸한다는 사실을 알아버린 것. 그리고 또 하나는 나 자신이 당당하게 가슴을 펴고 '나 대리 여행하고 있어'라고 말하지 못했다는 것.

인기 배우인 겐짱에게 대리 여행 따위는 우스워 보일 수도 있다. 연예계에서 일이 없어지자 기사회생을 노리고 시작한 게 고작 대리 여행이라니 정말 밑바닥까지 갔구나 싶을지도 모른다. 이 업계 사람이라면 차라리 깔끔하게 벗어버리는 걸 대단하다고 여길 테니까. 그런데 지금 나는 벗지도 않고, 홈쇼핑에 출연하지도 않고, 고깃집을 개업하지도 않고, 국회의원으로 출마하지도 않는다. 심지어 결혼을 하는 것도 아니다. 통상 인기가 사라진 연예인들이 선택하는 것들을 다 비껴간, 그 누구도 상상하지 않았던 일을 내가 하는 셈이다. 비웃을 테면 비웃으라지.

그보다 더 한심한 건 내가 아주 잠깐이라고는 해도 여행을 부끄럽게 생각했다는 사실이다. 이것이 다른 무엇보다도 내게 큰 충격이었다.

전 남자친구에게 나는 지금 여행을 하고 있다고 당당하게 말하지 못하다니. 아무리 겐짱이 요즘 눈부신 활약을 펼치는 인기 배우여도 그렇지, 내가 하는 일이 그보다 하찮은 일이라고 스스로도 생각했던 걸까.

어깨가 축 늘어져 좀처럼 젓가락을 들 기분이 아니었다.

"오카에리짱, 그거 벌써 다 불었는데 다시 해줄까?"

주인장이 걱정스러운 얼굴로 물었다. 사장님은 마지막 면발을 삼킨 다음 말했다.

"괜찮으니까 신경 쓰지 말게. 옛날 친구가 출세한 걸 보고 울적해진 모양이니까 놔둬."

사장님이 내 복잡한 심경을 한마디로 정리해버렸다.

그때 등 뒤에서 드르륵 문소리가 나더니 익숙한 목소리가 들렸다.

"텟페키 사장님, 많이 기다리셨죠."

절묘한 타이밍에 이번에는 이치카와 씨가 등장했다.

"어이, 잇짱. 기다렸다네. 여기 와서 앉아."

사장님은 어느새 들뜬 목소리로 방금까지 겐짱이 앉아 있던 카운터석 맨 끝 구석 자리에 이치카와 씨를 앉혔다.

"뭐예요, 이치카와 씨랑 약속이 있었던 거예요?"

"이제 말할 기분이 드나?"

무심코 입을 열자 사장님이 웃으며 물었다. 생각해보니 가게에 들어온 후 '어머, 겐짱' 이외에는 아무 말도 하지 않았다.

"상의하고 싶은 일이 있어서 텟페키 사장님한테 전화했더니 오늘 축하할 일이 있어서 라멘 먹으러 갈 거니까 이리로 오라고 하시더라고."

"축하할 일이 있으니까 라멘이라뇨."

나는 이치카와 씨의 말을 듣고 쓴웃음을 지었다. 논노 씨 말대로 어차피 갈 거라면 프렌치 요리 풀코스가 더 좋았으련만. 그랬으면 겐짱과도 만날 일 없었을 텐데 말이다.

"그런데 상의할 일은 뭔가? 설마 잇짱도 대리 여행 의뢰하려고? 내가 잇짱은 싸게 해줄게."

새로 나온 술잔에 맥주를 따르면서 사장님이 말했다. 이치카와 씨는 잘 마실게요 하고는 거품이 가득한 맥주를 마신 후 크게 심호흡을 한 번 하더니 다짜고짜 나를 향해 물었다.

"오카짱, …딱 한 번만 다시 하지 않을래? 소소 여행."

오후 6시 정각에 딱 맞춰 요로즈야 엔터테인먼트의 전화가 울렸다.

책상 앞을 지키던 논노 씨가 엣헴, 헛기침을 한 뒤 전화를 받았다.

"네, 요로즈야 엔터테인먼트입니다."

평소와 전혀 다른 공손한 목소리로 무언가 이야기하더니 "네, 내려가겠습니다" 하고 수화기 너머 상대에게 고개 숙여 인사하고 딸깍 전화를 끊었다.

"차가 도착했대. 지금 내려오라고 하네."

바로 옆 책상에 정자세로 앉아 있던 나는 고개를 까딱하고 일어섰다.

논노 씨는 "사장님~ 차가 밑에 와 있대요~"라고 사장님을 부르더니 찍찍 슬리퍼를 끌면서 사장실로 들어갔다. 3초도 지나지 않아 눈 뜨고 못 봐줄 정도로 화려한 체크무늬 재킷에 까만 바지, 빨간 넥타이 차림의 사장님이 나타났다.

"아, 사무직은 이럴 때 서럽다니까. 모처럼 고급 프렌치 레스토랑에 가는데 나만 못 가고."

"다음에는 꼭 데려갈게. 너무 서운해하지 마."

구둣주걱을 사장님한테 건네면서 논노 씨가 푸념하자 사장님은 커다란 베개 같은 발을 가죽구두 안으로 밀어 넣으며 달래주었다.

"오늘은 서로 간만 볼 거야. 원래 내 공격은 서서히 먹히거든. 처음에는 가볍게 펀치를 때리다가 이때다! 싶은 순간에 결정적 한 방을 빡! 먹여야지. 라이트 스트레이트로 녹다운시킬 테니 두고 보라고."

사장님 말을 들은 논노 씨는 "사장님, 정말 바보예요?"라며 한심하다는 표정으로 한숨을 쉬었다.

"상대는 소소 여행이 부활할지 말지 명줄을 쥐고 있는 스폰서님이라고요. 녹다운시키면 어떡해요?"

"아, 그런가?"

사장님이 멋쩍게 웃었다.

사무실 바로 앞에는 새까만 차가 서 있었다. 아이돌 시절에 몇 번 타보았던 대형 고급 세단이었다. 스폰서 후보 기업이 우리를 배려해서 식사 장소까지 타고 오라고 보내준 것이다. 운전기사가 차에서 내려 정중하게 뒷좌석 문을 열어주었다. 사장님이 먼저 탄 다음 내가 차에 오르자 묵직한 소리와 함께 문이 닫히고 차가 미끄러지듯이 출발했다. 버스와 지하철에 익숙해져서 그런지 자리가 너무 안락해서 오히려 불편했다.

오카짱, 텟페키 사장님. 소소 여행 부활에 도전해보지 않으실래요?

일주일 전 잇텐바레의 카운터석에서 소소 여행 패밀리의 아버지 역을 자처했던 이치카와 감독은 우리에게 이렇게 말했다. 선뜻 믿기 어려운 말이었다.

원래 소소 여행의 유일한 스폰서였던 에도 소스 회장이 오카 에리카가 요즘 하고 있는 일에 관심이 있다는 게 소소 여행 스폰서 담당이었던 광고대리점 반츠의 영업과장 도쿠다 씨가 에도 소스의 사장실로부터 입수한 정보였다.

내 실수로 스폰서(정확히 말하면 에도 소스 홍보실)의 노여움을 사는 바람에 방송이 폐지될 수밖에 없었던 경위를 누구보다 잘 아는 도쿠다 씨도 처음에는 반신반의했다. 하지만 최근 내가 대리 여행이라는 수상하면서도 획기적인 일을 한다는 이야기를 듣고 대리 여행 홈페이지의 여행 리포트와 의뢰인들의 후기 등을 체크해보니 '이거라면 혹시나?' 하는 생각이 들었다나. 어떤 점이 회장님 눈에 들었는지는 모르겠지만, 잘될 것 같은 가능성이 있으면 일단 연결하고 보는 게 도쿠다 씨 방침이다. 그래서 원래 소소 여행을 담당했던 아케보노TV의 후지시마 프로듀서와 이치카와 감독에게 '에도 소스 가능성 있음'이라고 소식을 전한 것이다.

대리 여행이 시작된 이후에도 내가 캐스팅될 만한 방송이 있는지 언제나 주의 깊게 살펴보던 이치카와 씨는 도쿠다 씨 말을 듣자마자 지금이다! 싶어서 달려들었다. 그리고 오카에리가 얼마나 마음이 따뜻해지는 여행을 하는지, 여행을 떠나고 싶지만 가지 못하는 의뢰인을 대신해서 얼마나 열심히 전국을 도는지를 구구절절 이야기했단다. 예전 같았으면 '여행지에서 아무도 연예인인지 몰라보는 시점에서 애초에 틀려먹었어'라는 소리나 듣고 초고속으로 폐기되었을 테지만, 한번 밉보였던 에도 소스 회장마저 관심을 보인다는 소리를 듣고 나니 후지시마 씨도 마음이 움직인 모양이었다.

그렇게 이치카와 씨의 제안으로 '연말 특집방송! 〈소소 여행 스페셜〉 오카에리가 돌아왔다! 열도 북쪽에서 남쪽까지 로컬 기차와 버스로 전하는 웃음과 인정 그리고 사랑과 눈물, 용기와 감동 가득한 여행'이라는 지나치게 긴 제목의 기획이 시동을 걸고 있었다.

"이야, 솔직히 난 좀 놀랐다. 잇짱한테 이야기를 듣는 순간 설마 싶더라니까."

승용차 뒷좌석에서 하얀 커버가 씌워진 팔걸이에 팔꿈치를 올려놓고 앉은 텟페키 사장님이 속닥였다. 나도 고개를 끄덕였다.

"저도 놀랐어요. 아무리 그래도 제목이 너무 긴 것 아니에요?"

"바보 녀석, 그쪽이 아니라 에도 소스 회장님 말이야."

이치카와 씨 말대로라면 에도 소스의 에다 회장은 창업자인 에다 키치사부로의 자녀이자 2대 사장이다. 전쟁이 끝나고 회사를 급속도로 성장시켜 증권시장에 상장하고 해외 진출을 이뤄내는 등 수많은 업적을 세웠다. 독신으로 지내온 까닭에 혈연관계의 후계자는 없었지만, 우수한 직원에게 사장직을 물려주고 자신은 일찌감치 회장으로 물러났다. 그러나 여전히 경영에 미치는 영향력이 막대하다고 했다.

"소스 제조에 필요한 채소를 직영 농장에서 직접 재배하고, 음식 체인점을 만들어서 회사를 크게 성장시켰지. 중국이나 동남아시아에서도 소스와 조미료를 현지 생산해서 '에도'라고 하면 모르는 사람이 없을 정도란다. 게다가 음악과 춤도 무척 좋아하셔서 '극단 이계二季'의 스폰서도 맡고 계시지. 아오조라 히바리나 기타지마 이치로의 활동도 지원하는 연예계의 숨은 조력자이기도 하셔."

사장님은 에도 소스 회장의 업적을 늘어놓으며 침이 마르도록 칭찬했다.

"그런 분이 어쩌다가 너 같은 애한테 관심을 두게 되셨는지…."

그러더니 마치 세상에 이런 신기한 일도 다 있네 하는 듯한 말로 끝을 맺었다. 나는 제가 어때서요 하려다 참았다.

고급 세단은 긴자 나미키도리에 있는 세련된 레스토랑 앞에서 멈췄다. 듣자하니 이 별 3개짜리 레스토랑도 에도 소스에서 운영하는 가게란다. 눈부시게 멋진 입구에서는 양복 차림의 남성 두 명이 딱딱한 차렷 자세로 우리를 맞이했다.

"요로즈 사장님과 오카 에리카 씨 맞으시죠? 기다리고 있었습니다. 저는 에도 소스 비서실 실장을 맡고 있는 혼다라고 합니다."

"저는 홍보실장인 야마시로입니다. 바쁘실 텐데 멀리까지 와주셔서 정말 감사합니다."

두 사람은 기분 나쁠 정도로 공손한 태도로 동시에 명함을 내밀었다.

"아, 그러시군요. 제가 요로즈입니다."

사장님은 체크무늬 재킷 안주머니에서 명함을 꺼내 양손에 하나씩 명함을 내밀었다. 두 사람 모두 '전 프로복서, 현 사장'이라는 이상한 직함을 보더니 표정이 잠시 굳었다.

"저 야마시로라는 사람이 소소 여행을 폐지한 당사자이다. 회장님을 위해서라면 뭐든 하지."

복도를 걸어가면서 사장님이 슬쩍 귓속말로 알려주었다. 등을 곧게 펴고 발맞춰 앞서 걸어가는 두 사람을 보니 회장이 사내에서 영향력이 얼마나 큰 인물인지가 한눈에 보였다.

검은 나비넥타이를 맨 레스토랑 직원이 가장 안쪽에 있는 개별 룸의 문을 노크하고는 조용히 열었다. 등에 길쭉한 막대기라도 넣은 것처럼 꼿꼿한 자세로 혼다 씨가 안쪽을 향해 말했다.

"실례하겠습니다. …회장님, 두 분을 모셔왔습니다."

먼저 사장님이 인사를 한 다음 나도 인사하고 조용히 룸으로 들어갔다. 얼굴을 들어 정면을 바라본 순간 깜짝 놀랐다.

뜻밖에도 테이블 중앙에 떡하니 앉아 있는 사람은 기품이 느껴지는 할머니였다.

백발을 연한 보라색으로 물들이고 고급스러운 베이지색 기모노를 입었다. 테이블 위로 모아둔 손에서는 몇 캐럿쯤 되어 보이는 옐로다이아몬드가 박힌 반지가 빛났다. 움푹 팬 눈이 지그시 이쪽을 노려보고, 아니 바라보고 있었다. 무엇이든 꿰뚫어볼 것만 같은 깊은 눈빛으로.

"초대해주셔서 감사합니다. 요로즈야 엔터테인먼트의 요로즈입니다."

그렇게 유명한 회장이 여성이라는 사실을 미리 알았는지 사장님은 딱히 놀라는 기색도 없이 인사했다.

"아, 처음 뵙겠습니다. 저는 오카 에리카라고 합니다. 뵙게 되어서 정말 황송합니다."

내가 아는 한 가장 정중한 인사를 한다고 했는데 어째 사극에서나 나올 법한 인사가 되어버렸다.

"에다 에츠코입니다. 와주셔서 감사합니다."

표정 하나 변하지 않고 회장이 인사했다. 직원이 회장 바로 맞은편에 있는 의자를 빼주는 바람에 어쩌다 보니 자리에 앉았다. 그리고 테이블보가 덮인 길쭉한 테이블을 둘러싸고 앉은 사람들을 찬찬히 살펴보았다.

회장의 오른쪽 옆에는 아케보노TV의 후지시마 프로듀서가 있었다. 방송 폐지를 선언할 때와 달리 한 번도 본 적 없는 긴장한 얼굴이었다. 왼쪽에는 반츠의 도쿠다 과장. 변함없이 가면을 쓴 것 같은 얼굴이지만 오늘은 평소보다 훨씬 더 딱딱하게 굳어 있었다. 후지시마 씨 옆에는 이치카와 감독. 텟페키 사장님은 후지시마 씨에게 오늘 초대에 응하는 대신 반드시 이치카와 씨가 동석해야 한다는 조건을 내걸었다. 스폰서와 회식하는 자리에 감독이 함께 참석하는 일은 드물지만, 이번에는 이치카와 씨의 기획 덕분에 만들어진 자리인 만큼 꼭 같이 가야 한다는 게 사장님 바람이었다. 그리고 사장님 옆에는 혼다 실장, 내 옆에는 야마시로 실장이 입을 꾹 다문 채 앉아 있었다.

우아… 이 굉장한 중압감은 뭐지.

퐁 하고 샴페인을 따는 소리가 나고 짙은 초록색 병이 서빙되었다. 샴페인 잔에 금빛 액체가 채워졌다.

"그럼, 오늘을 기념하며…."

에다 회장이 손에 잔을 드는 타이밍을 유심히 재고 있던 혼다 씨가 왠지 모르게 어색한 건배사를 외쳤다.

"건배!"

쨍, 쨍 소리와 함께 잔들이 부딪쳤다. 나는 마시지 않고는 배길 수 없는 것처럼 꿀꺽꿀꺽 샴페인을 들이켰다.

건배가 끝난 후 테이블에는 다시 적막감이 맴돌았다. 이런 자리에서는 누가 처음으로 입을 여는 것이 맞을까. 평소 같았으면 으하하 하고 호탕하게 웃을 사장님조차 숨죽이고 사냥감을 기다리는 사냥꾼처럼 잔뜩 긴장한 채 경직되어 있었다. 나는 혹시 내가 먼저 뭐라도 말을 해야 하나 싶은 생각에 무슨 말을 해야 할지 열심히 머리를 굴렸다.

"오카에리 씨는 데뷔한 지 얼마나 되셨죠?"

회장이 먼저 극히 평범한 질문을 던졌다. 앗 하고 당황한 나는 머릿속으로 계산을 서둘렀다.

"네, 이래저래 벌써 15년째가 되었습니다. 데뷔했을 때가 열여덟 살이고 올해로 서른두 살이 되었지요."

나보다 먼저 사장님이 대신 대답했다. 나는 안도의 한숨을 내쉬었다. 그런데.

"당신에게 묻지 않았는데요."

회장이 사장님을 향해 단호한 어투로 말했다. 사장님은 아, 네 하고 그답지 않게 풀이 죽었다.

"앨범도 낸 적이 있다고 들었어요. 노래하는 건 좋아하나요?"

한 회사의 대표답게 사전에 내 경력을 모두 조사하고 온 듯했다. 노래를 좋아하냐는 간단하면서도 가벼운 질문에서 왠지 모를 친근감이 느껴졌다.

"네, 무척 좋아합니다. 하지만 앨범은 딱 한 장밖에 내지 못했습니다. …인기가 없어서 전혀 팔리지 않았거든요."

"그런가요. 팔리지 않은 이유는 뭐라고 생각해요?"

입사 면접이 바로 이런 느낌일까. 하지만 입에 바른 소리나 세상 돌아가는 이야기만 늘어놓는 게 아니라 곧바로 관심 있는 부분을 물어오는 회장의 태도에 이 나이대 사람들만이 지닌 특유의 저돌적인 면을 느꼈다.

"제가 노래보다도 더 좋아하는 것이 있었기 때문이라고 생각합니다."

테이블 너머에서 회장의 눈빛이 내게 쏟아졌다. 나는 그 시선을 똑바로 마주하면서 그것이 무엇이냐는 질문이 나오기도 전에 말을 이었다.

"그것은 바로 여행입니다."

순간 테이블 주위의 공기가 바뀌었다. 회장의 눈동자에서 빛이 번뜩이는 것이 보였다. 회장이 궁금해하는 것에 대한 충분한 답이 되도록 나는 평소의 나로 돌아와 이야기를 시작했다.

저는 여행을 좋아합니다.

언제부터인지 잘 모르겠지만… 아니, 아마도 고향인 북쪽 가장 끝에 있는 섬에 살았을 때부터 하늘을 날아다니는 바닷새처럼, 조류를 타고 헤엄쳐 오는 바다표범처럼 어디든 멀리 떠나서 바다 너머로 가보고 싶다는 꿈이 있었습니다.

그래서 연예인이 되고 나서 가장 행복했던 일이 모르는 마을에 갈 수 있다는 것이었습니다. 지하철을 타고 버스를 타고 멀리멀리 이동해서 그 마을에 사는 누군가를 만나고 이야기하고 맛있는 음식을 먹는 것이 너무 좋았습니다. 물론 예쁜 옷을 입고 노래하거나 사진을 찍는 일도 즐거웠어요. 하지만 그것보다도 마음껏 여행할 수 있다는 사실이 정말 기뻤습니다.

그래서였는지 모르겠지만 아이돌로는 오래 활동하지 못했습니다. 그래도 소소 여행에 나가게 된 건 제 인생에서 가장 큰 행운이었어요. 네, 맞습니다. 회장님 회사에서 협찬해주셨던 그 방송입니다. 그 방송에 출연하면서 제 인생은 크게 바뀌었습니다.

그 방송에서 저는 멋진 스태프들과 만날 수 있었습니다. 프로듀서인 후지시마 씨, 감독인 이치카와 씨. 방송이 계속되도록 도와주신 도쿠다 씨. 그 외에도 젊고 활기가 넘치던 스태프들. 마치 유랑 여행단 단원이 된 것처럼 저희는 전국 각지를 돌아다녔습니다. 모든 여행이 얼마나 가슴 벅찬 경험이었는지 제 부족한 말솜씨로는 도저히 표현할 수 없어 안타까울 따름입니다.

아쉽게도 방송은 종료되었습니다. 하지만 소소 여행은 제게 아주 소중한 사실을 알려주었습니다.

여행이 얼마나 멋진 일인지를요.

연예인이든 아니든, 일이든 아니든, 저는 여행을 계속하고 싶다고 방송이 끝난 후 생각했습니다. 여행에 직함은 중요하지 않으니까요. 맨 얼굴로 혼자 하늘 아래, 바람 속을 누비면 된다고 생각했습니다. 어디에 가든 그리운 풍경과 그리운 사람들이 맞이해줄 테니까요.

그러다가 우연한 만남과 텟페키 사장님의 아이디어로 대리 여행을 시작하게 되었습니다.

처음에는 두근두근하면서도 조마조마했습니다. 대리 여행이 가능할까? 하는 생각도 들었어요. 하지만 어느 순간 저도 모르게 즐기고 있는 저를 발견했습니다. 즐겁지 않은 여행은 여행이 아니라는 생각이 들었습니다.

여행을 의뢰한 분들의 사연은 각양각색입니다. 그렇지만 심각하게 고민하는 여행을 원하는 사람은 단 한 사람도 없습니다. 아름다운 풍경을, 환한 웃음을, 반짝반짝 빛나는 추억을. 한 사람도 빼놓지 않고 모두 바로 이걸 원합니다.

의뢰인에게 기쁨을 전달하고 싶다는 마음으로 저는 여행을 해왔습니다.

그런데 결국 기쁨을 느끼는 사람은 항상 저, 여행하는 접니다.

내가 이야기하는 내내 회장은 요리에는 손도 대지 않은 채 가만히 귀를 기울였다. 그 때문에 다른 사람들도 모두 음식을 한 입도 먹지 못하고 있다는 걸 뒤늦게 알아차렸다.

"앗, 죄송합니다. 갑자기 주절주절 떠드는 바람에. 여행 이야기만 나오면 항상 이렇거든요. …요리가 다 식었겠어요."

겸연쩍게 말했다. 후쿠시마 씨와 도쿠다 씨가 어깨에서 힘을 푸는 게 느껴졌다. 소소 여행에 대해 말할 때 혹시라도 내가 이상한 소리를 할까 봐 긴장했던 모양이다.

"요리는 언제든지 먹을 수 있습니다."

회장의 조용한 목소리가 울렸다.

"하지만 오카에리 씨로부터 여행 이야기를 들을 수 있는 건 지금과 나머지 한 번뿐이지요."

다시 한번 테이블 주위의 공기가 얼어붙었다. 텟페키 사장님이 양손에 들었던 나이프와 포크를 테이블 위에 내려놓았다.

"실례지만, 그건 무슨 말씀입니까? 여행 이야기를 듣는 게 나머지 한 번뿐이라뇨?"

에다 회장은 한참 동안 텟페키 사장님의 얼굴을 쳐다보았다. 그리고 내게 시선을 돌리더니 무언가를 시험하기라도 하듯이 천천히 말을 꺼냈다.

"우리 회사가 다시 당신네 방송의 스폰서가 되는 조건으로… 제가 대리 여행 의뢰인이 되겠습니다."

앗 하고 내 입에서 작은 탄성이 새어 나왔다. 나뿐만 아니라 후지시마 씨도, 도쿠다 씨도, 이치카와 씨도, 그리고 텟페키 사장님도 순간 입을 틀어막았다.

무거운 긴장감이 테이블에 가득 차기를 기다리기라도 한 듯 에다 회장은 조금 뒤에 엄숙히 선언했다.

"정식으로 의뢰하겠습니다. 오카에리 씨, 저 대신 대리 여행을 떠나주시겠습니까?"

기다렸습니다, 그 도전장 받아들이지요!라고 텟페키 사장님이 금방이라도 덥석 승낙할 것만 같은 기분이 들어서 순간 등골이 서늘했다. 하지만 그래도 역시 무엇이 제일 중요한지를 누구보다 잘 아는 사장님은 침착하게 "먼저 의뢰 내용을 알려주셨으면 합니다"라고 대답했다.

회장은 잠시 텟페키 사장님을 쳐다보았지만, 이내 내게 시선을 돌리고 온화한 목소리로 말했다.

"갈 곳은 시코쿠. …에히메현, 우치코초입니다. 알고 계시나요?"

에히메에는 소소 여행 촬영으로 가본 적이 있다. 그때는 마쓰야마·도고온천이 메인 촬영지였다. 우치코는 전통적인 거리 풍경이 아름다운 곳으로 촬영지로 검토하기도 했지만, 예산 문제로 가지 못해서 아쉬웠던 기억이 있다. 그래서 나는 바로 대답했다.

"가본 적은 없지만 알고 있습니다. 전국에서 가장 먼저 전통 거리 풍경을 보존하고자 적극적으로 나섰던 마을이라고 들었어요. 명소로는 흰 벽과 나마코 담장*이 이어지는 거리. 중요문화재로 지정된 상가와 오래전 모습 그대로 남아 있는 극장이 있고요. 또 계단식 논도 아름답다고 들었습니다. 특산품은 음… 전통 양초와 우산, 전통 종이가 유명하고 음식은 유부초밥이랑 대야 우동, 도미밥."

못 가게 되어 아쉬운 마음에 언젠가 꼭 가고야 말겠다며 가이드북과 인터넷에서 조사했던 게 이렇게 도움이 될 줄이야. 우치코라는 말만 듣고 마치 연상 게임이라도 하듯 우치코의 명물을 줄줄이 읊어댄 효과는 기대 이상이었다. 회장은 눈을 반짝이며 한층 높아진 목소리로 감탄했다.

"어쩜 그리 잘 알고 계시나요?"

* 일본의 담장 디자인 중 하나로 흰색 격자무늬가 특징.

"이 녀석은 여행 이야기만 나오면 항상 이렇습니다."

사장님이 뿌듯해하며 말했다. 이때는 아직 평소보다 조금 차분한 호감 가는 사장님 느낌이었다. 나는 이어서 회장에게 물었다.

"언젠가 꼭 가보고 싶었던 곳이었거든요. …그런데 왜 우치코에 가고 싶으신 건가요?"

무난한 이야기들이 이어지자 그제야 사람들이 나이프와 포크를 움직이기 시작했다. 회장도 에피타이저로 나온 푸아그라 파테를 작게 잘라 입에 넣은 후 식기를 그릇 위에 내려놓고 답했다.

"저와 먼 친척 되는 여성이 그곳에 살고 있는 것 같습니다. …당신과 꼭 닮은 이력이 있는 사람이에요."

네에 하고 일단 맞장구를 치긴 했지만 잘 이해가 가지 않았다. 나와 닮은 이력이라니?

회장은 무릎 위에 펼쳐두었던 냅킨을 들어 입가를 닦더니 흘깃 텟페키 사장님을 쳐다보았다. 그리고 다시 나를 보며 말했다.

"전직 아이돌 가수였다는군요."

음식 접시와 입 사이를 분주하게 움직이던 텟페키 사장님의 왼손이 딱 멈췄다. 회장은 나를 바라보며 말을 이어갔다.

“저는 직접 만나본 적은 없지만… 이야기를 들어보니 어렸을 때 수학여행으로 도쿄에 왔다가 길에서 연예기획사 사람에게 스카우트되어 가수로 데뷔했다고 합니다. 그러다가 여러 일이 있어서 고향인 시코쿠에 돌아갔고요. 데뷔했던 게 벌써 35년도 전이지만 말이죠.”

“정말 오카에리와 비슷하네요. 그분의 예명은 뭐였습니까?”

후지시마 씨가 끼어들어 묻자 회장은 나를 향하던 시선을 텟페키 사장님에게 옮기며 말했다.

“덴가와 마리라는 이름이었다네요. 알고 계시나요?”

꿀꺽 하고 사장님 목이 크게 울리는 소리가 들렸다. 옆을 쳐다보니 사장님이 고개를 떨군 채 딱딱하게 굳어 있었다.

“오카에리 씨는 알고 계세요?”

회장이 이번에는 내 눈을 보며 다시 한번 물었다. 나는 고개를 좌우로 흔들며 솔직히 대답했다.

“35년 전이면 아직 저는 태어나지도 않았을 때라서요. 아, 그래도 혹시 곡명을 들으면 알지도 모릅니다. …후지시마 씨는 아세요?”

후지시마 씨는 목에 뭐라도 걸린 듯한 얼굴이었다. 어라? 의아해하며 이치카와 씨를 보니 역시나 똑같은 표정으로 굳어 있었다. 반츠의 도쿠다 과장만이 변함없는 얼굴로 묵묵히 푸아그라 파테를 먹고 있었다.

"데뷔곡은 〈외톨이의 스캣〉. 두 번째 싱글은 〈아이러브유는 한밤중에〉. 다음에 나온 노래가 〈석양에 보내는 키스〉…."

홍보실장인 야마시로 씨가 재킷 안주머니에서 꺼낸 수첩을 보면서 잇따라 곡명을 읽어내렸다. 어느 것 하나 들어본 적이 없는 노래였다. 그건 즉 팔리지 않는 아이돌…이었다는 걸까.

"잘 모르는 것 같네요. 그럴 수밖에요. 당신이 태어나기도 전의 일이고 3곡만 내고 그만두었으니 말이죠. 저는 그 당시에도 아오조라 히바리나 기타지마 이치로의 활동을 지원했지만, 아이돌 가수에게는 전혀 관심이 없었습니다. 그래서 설마 먼 친척이 연예계에 있는 줄은 꿈에도 몰랐답니다. 게다가 알아차리기도 전에 은퇴해버렸으니."

네에 하고 나는 또 모호하게 맞장구를 쳤다. 아직도 회장이 뭘 말하고 싶은지 잘 알 수 없었다. 에츠코 회장은 먼 친척인 여성이자 전직 아이돌 가수인 덴가와 마리의 행방을 찾으려는 걸까.

다시금 테이블 주위의 공기에 미묘한 긴장감이 맴돌았다. 분위기를 바꿔보려는 듯 야마시로 실장이 회장님 뒤를 이어 이야기를 시작했다.

"알고 계시겠지만, 우리 회사는 2년 후 창업 85주년을 맞이합니다. 그래서 이번 기회에 회사의 역사를 편찬하려고 작업 중이지요. 그런데 창업자인 에다 가문의 역사를 샅샅이 조사하다가 우연히 먼 친척 중에 과거에 연예인이었던 분이 있다는 사실을 알게 되어서…."

에다 가문의 피를 이은 사람은 이미 모두 타계하여 현재 살아 있는 사람은 에츠코 회장뿐이었다.

에츠코 회장은 1930년 출생. 에도 소스의 창업자 에다 키치사부로 초대 사장과 부인 타에 씨의 장녀로 태어났다. 그 뒤 세 자매가 더 태어났지만 둘째와 셋째는 도쿄 대공습에 휘말려 사망했다. 넷째인 미에코 씨는 세 살 때 아이가 없던 먼 친척 부부의 양녀가 되어 고치현으로 가서 살게 되었다.

에츠코 회장의 아버지 키치사부로 씨는 가가와현에서 가난한 농부의 아들로 태어났다. 결혼 후 도쿄로 상경했고 작은 식당에서 요리사로 시작하여 에도 소스를 창업했다. 전쟁이 끝난 뒤 회사는 급성장했고 홀로 남은 자녀인 에츠코 회장이 2대 사장이 되어 회사를 물려받았다. 에츠코 회장은 결혼하지 않고 독신으로 지내다가 60세가 되었을 때 창업 이래 줄곧 회사를 지켜온 임원에게 사장직을 물려주고 자신은 회장으로 물러났다. 그 후 부모님마저 돌아가시자 에츠코 회장은 천애 고아가 되고 말았다.

회사의 역사를 편찬하려고 에다 가문의 역사를 조사하기 시작한 에츠코 회장은 문득 네 살 아래의 막내 여동생 미에코 씨가 어떻게 살고 있는지 궁금해졌다. 에츠코 회장이 초등학교 1학년일 때 어린 동생은 맛있는 간식과 장난감이 아주 많은 아저씨 집에 놀러 간다며 한 번도 본 적 없는 친척 아저씨를 따라 신나서 집을 떠났다. 다른 여동생들은 모두 부러워했지만 에츠코 회장은 왠지 모를 불안감에 가슴이 먹먹했다. 이유는 모르지만 앞으로 두 번 다시 여동생과 만나지 못할 거라는 생각이 들어서 당시에 살고 있던 초가집 문 앞에 서서 떠나가는 작은 뒷모습을 향해 큰 소리로 외쳤다.

미에코! 빨리 돌아와야 해!

여동생은 휙 돌아보더니 활짝 웃으며 응!이라고 명랑하게 대답했다. 어머니가 자신의 기모노를 찢어 만들어준 남색 바탕에 하얀 잔무늬가 있는 원피스. 처음 입어보는 양장 나들이옷이 마음에 들었는지 짧은 치맛자락을 휘날리며 빙그르르 돌아 보이기도 했다. 그것이 영원한 이별이 될 줄은 두 사람 다 알 까닭이 없었다.

그 뒤 전쟁으로 다른 자매들을 잃고 에도 소스가 대기업으로 커가는 동안에도 부모님은 미에코 씨에 대해서는 일절 이야기를 꺼내지 않았다.

다만, 딱 한 번 어머니가 에츠코 회장에게 이런 이야기를 한 적이 있다. 임종 직전의 일이었다. 이미 남편을 떠나보내고 오랫동안 병원에 있던 어머니가 오늘 밤이 고비라는 이야기가 나왔을 때 에츠코와 둘만 있게 해달라며 의사에게 부탁했다. 어머니는 머리맡에 앉은 에츠코 회장을 향해 야윈 손을 내밀더니 치맛자락을 붙잡고 속삭였다.

에츠코, 너에게는 자매가 3명 있단다. 기억나니?

그리고 그대로 조용히 숨을 거두었다.

에츠코 회장은 이것이 어머니 유언이라 생각해 장례식에 여동생을 부르려고 수소문했다. 하지만 여동생이 양녀로 들어간 먼 친척의 행방은 전쟁으로 더는 찾을 수가 없었다. 결국 미에코 씨의 소식은 찾지 못한 채 흐지부지되어버렸다.

어머니가 돌아가셨을 때 나이인 여든 살을 앞두고 에다 가문의 역사를 돌아보면서 에츠코 회장은 이번에야말로 기필코 미에코 씨의 행방을 찾겠다고 결심했다. 이 방면의 전문가에게 의뢰하여 철저히 조사한 결과 의외의 사실과 맞닥트렸다.

미에코 씨는 고치시의 교외에 살던 양부모와 함께 전쟁 전만 해도 소박하게 살았다. 하지만 전쟁이 가족의 생활을 뒤바꾸었다. 양부는 전쟁에 징집되어 남쪽 지방의 어느 섬에서 전사했고 양모는 고치 대공습으로 인한 화재로 크게 다쳐 피난처인 유스하라 마을에서 전쟁이 끝나는 걸 보지 못한 채 절명했다. 열한 살이었던 미에코 씨는 유스하라 마을의 농가에 맡겨졌고 이내 그 집 아들과 결혼했다. 그 뒤 딸을 얻었지만 겨우 스물다섯 살에 병으로 세상을 떠났다. 처절하고 슬픈 너무나 짧은 인생이었다.

그리고 남겨진 미에코 씨의 외동딸.

"…그분이 덴가와 마리… 씨인가요?"

한참을 머뭇거리다가 묻자 에츠코 회장은 천천히 고개를 끄덕였다.

"본명은 마리코라고 합니다. 구니사와 마리코, 53세. 지금은 우치코에서 '야마모모'라는 커피숍을 경영한다는군요."

…거기까지 알다니. 다 알면서도 직접 만나러 가기가 망설여지는 것이다.

어찌 생각하면 당연한 일이다. 어디의 누군지도 모를 할머니가, 아니 이름만 대면 다 아는 대기업 에도 소스 회장이 임원들을 줄줄이 이끌고 고급 승용차를 타고 커피숍 앞에 나타나 '내가 당신 어머니의 언니, 그러니까 당신 이모랍니다'라고 말한들 어리둥절하기밖에 더 할까. 애초에 마리코 씨는 자기 어머니의 출신도 모를 수 있었다.

같은 낯선 사람이라도 조금이라도 젊은 여자가 아무렇

지도 않게 친근하게 다가가는 게 경계심을 줄이기에는 더 나을지도 모른다.

다시 말해, 여행의 목적은 에츠코 회장의 살아 있는 유일한 혈육인 마리코 씨를 만나러 가기 위함인 듯했다.

"그러면 우치코에 가서 마리코 씨의 동태를 살펴보고 오는 게 이 여행의 목적이라고 봐도 될까요?"

원래 '여행의 목적'을 확인하는 건 텟페키 사장님의 몫이다. 하지만 오늘은 어쩐 일인지 두 번째 에피타이저가 나왔을 즈음부터 사장님이 이상할 정도로 조용해졌다. 에츠코 회장의 조카가 과거에 아이돌이었다는 사실을 알았는지에 대한 질문에도 답이 없었다. 35년 전이라면 사장님도 이미 연예계에 몸담고 있었을 때다. 요로즈야 엔터테인먼트를 세우기 전, 그러니까 라이벌인 도키와 센이치와 함께 대형 연예기획사인 요네자와 프로덕션에서 일했을 무렵일 텐데.

"어머, 동태를 살펴본다니. 그건 탐정들이나 하는 일 아닌가요? 당신은 여행자잖아요."

회장은 이렇게 말하며 웃었다. 하긴 우여곡절을 겪어온 에다 가문의 역사를 듣다보니 나도 모르게 탐정이라도 된 기분이 들었나 보다.

"조카인 마리코와 만나서… 함께 동생의 묘에 가주었으면 합니다. 묘가 어디에 있는지까지는 알아내지 못했지만… 거기에 가서 이걸."

거기까지 회장이 말하자 혼다 실장이 발밑에 두었던 서류 가방에서 보랏빛 비단보를 꺼냈다. 회장은 그 작은 꾸러미를 혼다 씨에게 건네받아 나에게 내밀었다.

"이것을 동생의 묘 앞에 올려주세요."

나는 아무 말 없이 그 꾸러미를 양손으로 받아들었다. 아무것도 안 든 것처럼 무척 가벼웠다.

"이건…?"

"여동생의 묘에 가게 되면 그때 풀어보세요. 그전까지는 절대 풀어봐서는 안 됩니다."

내 질문에 회장님은 엷은 미소를 지으며 말했다. 어디선가 들었던 전래동화에서 나왔을 법한 수수께끼 같은 말이었다. 나는 또 말없이 고개를 끄덕였다.

"결과물은 어떻게 할까요?"

결과물을 어떻게 할지를 확인하는 것도 원래는 사장님 역할이지만, 사장님이 여전히 입을 굳게 다물고 있어서 내가 대신 물었다. 회장은 다시 한번 미소를 지었다.

"안에 담긴 물건이 사라진 그 비단보를 결과물로 받지요."

회장과의 식사는 아무런 걸림돌 없이 매우 순조롭고 편안하게 흘러갔다.

"그러면 일주일 후, 결과물을 기대하겠습니다."

에츠코 회장은 레스토랑의 눈부신 입구에서 나와 텟페키 사장님을 배웅하면서 말했다.

등을 곧게 펴고 똑바로 선 회장의 모습에서 일흔아홉으로는 도저히 보이지 않는 정정함과 상대방을 주눅 들게 하는 강인함이 느껴졌다. 나는 네 하고 대답하고 옆에 선 텟페키 사장님을 슬쩍 쳐다보았다. 입을 꾹 다문 사장님 이마에는 송골송골 식은땀이 맺혀 있었다. 회장은 텟페키 사장님 입에서 '이 의뢰 받아들이겠습니다'라는 한마디가 나오길 기다리는지 뚫어져라 사장님 얼굴을 응시했다.

그 서늘한 시선을 피하려는 듯 사장님은 깊이 허리를 숙여 인사하더니 종종걸음으로 대기하고 있던 승용차로 향했다. 나도 허둥지둥 사장님을 좇아갔다.

대체 무슨 일이지. 사장님 태도가 영 이상했다.

처음 두세 마디 말을 꺼낸 게 전부고 식사 내내 무뚝뚝한 표정으로 입을 꾹 닫고 있었다. 중간중간 네 라든가 아, 같이 별 의미 없는 맞장구만 치고 평소와는 전혀 달랐다. 원래는 여행 의뢰인과 면담할 때마다 '이 사람 입 좀 다물게 해. 의뢰인이 말을 못 하잖아'라며 듣다 못한 논노 씨가 차를 가져다주면서 내게 귓속말을 할 정도로 수다를 멈추지 않는데 말이다.

소소 여행 부활의 기회가 걸린 이번 임무가 너무나 막중한 나머지 갑자기 배가 아파지기라도 한 걸까.

아니면 역시 고급 프렌치 요리가 사장님의 입에 맞지 않았을까.

고급 세단 뒷좌석에 앉아 문을 닫으려는데 누군가 "잠깐만"이라며 문을 잡았다. 이치카와 씨였다.

이치카와 씨는 배웅하러 나와 있는 에츠코 회장과 혼다 실장, 야마시로 실장, 도쿠다 과장, 후지시마 씨를 의식했는지 서두르는 말투로 차 안을 향해 말했다.

"텟페키 사장님, 어떻게 하실 겁니까. 이대로 가버리면 이 의뢰를 수락한 게 된다고요."

네? 하고 화들짝 놀란 건 나뿐이었다. 그도 그럴 것이 에츠코 회장이 직접 의뢰한 건인 데다가 소소 여행 부활의 기회가 걸려 있었다. 이 의뢰를 받아들이지 않는다는 건 있을 수 없는 일이다.

"무슨 말씀이세요, 이치카와 씨. 모처럼 얻은 기회인데 당연히 해야죠. 네? 그렇죠? 사장님?"

이렇게 말하고 사장님을 쳐다본 순간 나는 더 당황했다. 무릎 위에 팔꿈치를 댄 사장님이 양팔로 네모난 대머리를 감싸고 있었다. '생각하는 사람'이 아니라 '고민하는 사람'이라도 된 것 같은 모양새였다.

"사장님? 왜 그러세요? 어디 안 좋으신 거예요?"

어찌할 바를 몰라 이치카와 씨를 쳐다보니 아무 말 없이 나중에 전화할게 하는 손동작을 해 보였다. 내가 고개를 까딱하자 이치카와 씨는 뒷좌석 문을 닫았다.

달리기 시작한 차 안에서도 사장님은 계속 아무 말도 없었다. 사무실에 도착하자 차에서 내린 사장님이 드디어 입을 열었다.

"오늘은 먼저 들어가 보마."

그러더니 괴로운 표정으로 바로 택시를 잡아타고 가버렸다.

대체 무슨 일일까.

한숨을 내쉬고 사무실 빌딩 안으로 들어가려는 찰나 가방 안에서 핸드폰이 울렸다. 핸드폰을 꺼내 화면을 보니 이치카와 씨였다. 전화를 받은 내가 말을 꺼내기도 전에 이치카와 씨의 다급한 목소리가 귀에 꽂혔다.

"오카짱, 지금부터 이야기가 길어질 거야. 시간 괜찮아?"

나는 무심코 고개를 끄덕였다. 마치 그 모습이 보이기라도 한 것처럼 이치카와 씨가 이야기를 시작했다.

"소소 여행을 부활시키고 싶어서 내가 나서서 오카짱과 에다 회장의 만남을 주선해놓고 이런 말 하게 돼서 정말 미안한데. 그런데 말이지, 오카짱. 제발 부탁이야. 이번 이야기는 없었던 일로 해줘."

전혀 예상하지 못했던 이야기에 놀랄 수밖에 없었다. 이게 무슨 말이지?

"이번 이야기라는 게… 대리 여행 말씀하시는 건가요?"

"그래, 에다 회장이 의뢰한 대리 여행 말이야."

설마 아니겠지 싶어 물었는데 이치카와 씨는 진지한 말투로 대답했다. 듣고 싶지 않은 농담이라도 들은 것처럼 절로 쓴웃음이 나왔다.

"그런… 말도 안 돼요. 벌써 미에코 씨 묘에 올릴 비단보까지 받아왔는걸요. 이대로 돌려드릴 수는…."

"알아. 아는데. 내가 어떻게든 책임질 테니까. 제발 부탁이야, 오카짱. 만약 네가 우치코에 가게 되면…."

"어떻게 되는데요?"

그만 나도 모르게 가시 돋친 목소리가 튀어나왔다. 소소 여행 패밀리의 든든한 아버지 역할을 해주던 이치카와 씨에게서 이런 부탁은 듣고 싶지 않았다.

한참 망설이던 이치카와 씨가 큰 결심이라도 한 듯 어렵게 말을 꺼냈다.

"텟페키 사장님이 더는 이 업계에서 일할 수 없게 될지도 몰라."

no. 9

차창 유리에 머리를 기댄 채 덜컹덜컹 흔들리는 기차의 리듬에 몸을 맡겼다. 지금 또 질리지도 않고 여행 중인 나.

여행을 떠나는데 이런 기분인 적은 처음이었다.

뭉게뭉게 피어난 마음속 비구름이 개지 않은 채로 결국 여행에 나섰다.

배웅 나온 사람도, 손을 흔들어주는 이도 없고 웃는 얼굴로 손을 흔들지도 않고. 하네다 공항에서 마쓰야마 공항으로 홀로 떠났다.

이 얼마나 쓸쓸한 여행의 시작인지.

마쓰야마 공항에서 마쓰야마역까지 버스로 이동하고 마쓰야마역부터는 이렇게 기차를 타고 가는 중이다. 창밖으로 스쳐가는 한적한 풍경을 바라보면서도 마음이 조금도 들뜨지 않았다. 원래 같았으면 역에서 산 도시락을 먹거나 이 지역에서 태어난 작가의 책을 읽거나 하면서 앞으로 여행할 곳에 대해 잔뜩 기대를 부풀렸을 텐데. 가장 즐겁고 마음이 들뜨는 시간이었을 텐데.

내가 지금 가는 곳은 에히메현 기타군 우치코초.

꼭 한번 와보고 싶었던, 꾸미지 않은 소박한 멋이 있는 작은 보석상자처럼 아름다운 마을이다. 그리고 텟페키 사장님에게는 절대 나를 보내고 싶지 않았던 장소이기도 하다.

지금부터 여행 의뢰인인 에츠코 회장의 유일한 혈육인 조카를 만나러 간다. 그 사람은 나처럼 전직 아이돌이었다고 한다. 그리고 지금은….

지금은 어떻게 살고 있을까.

그걸 누구보다 궁금해하는 사람은 나도, 에츠코 회장도 아닌 텟페키 사장님이었다. 그리고 그걸 가장 알고 싶지 않은 사람도 아마 텟페키 사장님일 것이다.

나는 에츠코 회장의 여행 의뢰를 얼떨결에, 아니 당연하게 받아들였다. 소소 여행 부활이 걸린 여행 의뢰를 받아들이지 않는다는 선택지는 애초에 존재하지 않았다.

하지만 그 직후에 이치카와 씨로부터 전화로 충격적인

이야기를 들었다.

네가 우치코에 가게 되면… 텟페키 사장님은 더는 이 업계에서 일할 수 없게 될지도 몰라.

이치카와 씨의 이야기를 듣고 귀를 의심했다.

덴가와 마리. 아니, 구니사와 마리코. 텟페키 사장님이 스카우트해서 연예계에 데뷔시킨 아이돌이었지만, 단 2년만 활동하고 깨끗하게 은퇴했다. 텟페키 사장님의 아이를 갖게 되어서.

그리고 10년 후 사장님과 마리코 씨 부부는 이혼했다. 두 번 다시 내 앞에 나타나지 말라는 말을 남기고 마리코 씨는 고향으로 돌아갔다고 했다.

당장은 믿기 어려웠다. 그러나 이치카와 씨는 에츠코 회장이 텟페키 사장님과 조카 사이에서 과거에 있었던 일을 모두 알고 이 일을 맡긴 게 확실하다고 말했다.

"분명히 이미 모두 조사했을 거야. 그래서 텟페키 사장님에게 본때를 보여주고 싶어서 이 여행을 의뢰한 거라고."

전화기 너머로 이치카와 씨는 추리소설 결말을 미리 알아버린 것처럼 분한 목소리로 말했다.

"잠깐만요. 사장님과 마리코 씨가 원래 부부였단 건 알겠어요. …자기가 스카우트한 아이돌 가수와 아기가 생겨서 결혼한 게 물론 칭찬받을 일은 아니지만 벌써 몇십 년이

나 지난 일이잖아요? 그런데 에다 회장님은 왜 이제야 텟페키 사장님한테 본때를 보여주려고 한다는 거예요?"

내 물음에 이치카와 씨는 "오카짱은 뭘 몰라도 한참 모른다니까"라며 한숨을 쉬었다.

"에다 에츠코 회장으로 말할 것 같으면 이 업계에서 고지식하기로 둘째가라면 서러워할 사람이라고. 국민 가수인 아오소라 히바리랑 기타지마 이치로도 에다 회장의 전폭적인 지원을 받는 대신 절대 가십이나 사건 사고에 이름이 거론되는 일이 없게 회사에서 엄격하게 관리한단 말이야. 결과적으로는 그 덕에 국민 가수가 되기는 했어도 여태 결혼도 못 했잖아. 에다 회장은 바로 그런 사람이라고. 과거에 있었던 일이라고는 해도 자기의 유일한 혈육인 조카가 힘든 일을 겪었다는 걸 알면 몇십 년이 지났어도 복수의 칼날을 갈 게 분명해."

"아니, 그러니까."

나는 목소리를 높였다.

"도대체 왜 복수를 하는데요? 마리코 씨에게 어떤 힘든 일이 있었는데요? 아기가 생겨서 책임지려고 결혼한 거잖아요? 그게 나쁜 일이에요?"

"그건…"이라며 이치카와 씨는 말끝을 흐렸다.

"결혼한 다음에 여러 가지 일이 있었어. 이런저런 일이 있어서 마리코 씨가 고향으로 돌아간 거야. 아이의 유골과 함께."

그 말을 듣는 순간 꽁꽁 얼었던 얼음이 산산조각 나는 듯한 차가운 충격이 가슴속을 파고들었다.

사장님과 마리코 씨 사이에서 태어난 외동딸. 무슨 사정이 있었는지는 모르겠지만 그 딸은 일찍 목숨을 잃고 말았다. 고작 열 살이라는 나이에.

"벌써 20년도 더 지난 일이야. 그때 나는 초짜 조감독이라서 텟페키 사장님한테 항상 신세만 지고 있었어. 텟페키 사장님이 요로즈야 엔터테인먼트를 설립하고 인기 배우와 가수를 육성하겠다며 의욕을 불태우던 시절이었지. 딸을 잃고 슬픔에 빠진 부인 쪽에서 먼저 이혼하자고 한 거라고 들었어."

"그랬군요…."

목소리가 침울하게 가라앉는 걸 어찌할 수 없었다.

"그러면 오히려 사장님이 힘드셨던 거 아닌가요? 아이를 잃은 것도 모자라 부인마저 이혼하자고 한 거잖아요? 그런데 왜 회장님은 사장님을 원망하시는 건데요?"

이치카와 씨는 머뭇거리며 말을 잇지 못했다. 무언가 내게 말할 수 없는 사정이 있는 모양이었다. 나는 더욱더 막막해졌다.

이치카와 씨와 통화하면서 알게 된 건 이번 여행에는 아주아주 복잡한 사정이 얽혀 있다는 것뿐이었다.

내가 이 여행 의뢰를 받게 되면, 에츠코 회장은 텟페키 사장님이 연예계에서 더는 일할 수 없게 만들지도 몰랐다. 이치카와 씨의 상상대로라면 내가 마리코 씨를 만나러 갔을 때 그녀가 아직도 텟페키 사장님을 용서할 수 없다든가 지금도 죽이고 싶을 만큼 밉다든가 하는 반응을 보이면 에츠코 회장이 요로즈야 엔터테인먼트를 업계에서 추방하려고 힘을 쓸 수도 있었다.

물론 그런 일은 절대 없어야만 했다. 어쩌면 이 의뢰를 거절하는 게 나았을지도 모른다.

지금까지 내가 알지 못했던 것뿐이지 에츠코 회장은 이 업계에서는 어마어마한 영향력과 고지식한 성격으로 유명한 것 같았다. 후지시마 프로듀서와 반츠의 도쿠다 과장이 절절매는 것만 봐도 알 수 있었다. 업계에서 30년 가까이 활동해온 이치카와 씨가 이렇게 두려워하는 걸 보면 실제로 앙갚음할 속셈으로 무슨 일을 꾸밀지도 몰랐다.

하지만 나는 아무리 생각해도 에츠코 회장이 텟페키 사장님에게 본때를 보여주려고 여행을 의뢰한 건 아닐 것 같았다.

확실한 근거가 있는 것은 아니었다. 그저 에츠코 회장님의 당당한 자세와 인간으로서의 품격 그리고 건네받은 보랏빛 비단보의 가벼움이 내게 그렇게 말해주는 것 같은 기분이 들었다.

저는 당신이 그저 여행을 하고 왔으면 해요. 그립고 아름다운 여행, 가슴이 벅차오르는 여행을.

여동생의 묘에 가게 되면 그때 풀어보세요. 그전까지는 절대 풀어봐서는 안 됩니다.

비단보를 받아들었을 때 회장이 한 말. 전래동화의 한 구절 같은 그 말이 계속 마음속에 메아리쳤다.

그리고 '여행본능'이 말하는 소리가 울렸다. 자, 고개를 들고 발걸음을 옮겨라, 여행을 떠나라.

가야 하는지, 말아야 하는지.

평소라면 여행 의뢰를 받고 가장 먼저 상담했을 사장님이 이번에는 가장 큰 걸림돌이었다. 이름 그대로 철벽과도 같은.

나는 '우치코에 갔을 경우'와 '우치코에 가지 않았을 경우' 양쪽을 비교하면서 나중에 어떻게 될지를 신중하게 검토했다.

만약 가지 않는다면 소소 여행 부활 이야기는 이슬처럼 사라진다. 이것만은 확실하다. 확률 100%.

만약 간다면 사장님이 이 업계에서 이슬처럼 사라진다.

하지만 이건 이치카와 씨의 상상에 지나지 않는다. 확률은 0 혹은 100.

그렇다면.

이치카와 씨와 통화를 끝내자 도저히 사무실로 돌아갈 기분이 들지 않았다. 지하철을 타고 집으로 돌아와 침대에 몸을 던진 후 이리저리 머리를 굴렸다. 엄마에게 전화해서 상의해볼까도 생각했지만, 오히려 쓸데없는 걱정만 끼칠 것 같아서 하지 않았다.

그러다가 새벽녘까지 잠들지 못했다. 창밖이 밝아올 무렵 겨우 잠이 드는 바람에 늦잠을 자 버렸다. 그리고 한참 늦게 헐레벌떡 사무실로 뛰어갔다.

사장님을 만나면 제대로 물어봐야지. 에츠코 회장의 여행 의뢰를 받을지 말지.

그렇게 결심하고 회사에 나갔는데 평소라면 모든 스포츠 신문이 어지럽게 펼쳐져 있을 사장실의 책상이 깨끗하게 정리되어 있었다.

"사장님 어디 들렀다 오신대요?"

그럴 일은 없을 거라는 사실을 알면서도 논노 씨에게 물었다.

"오늘 휴가야. 배가 아프다는 것 같더라고. 유통기한 지난 도시락도 잘만 먹으면서. 먹어보지도 않은 프렌치 요리를 먹어서 그런가 봐."

그러더니 논노 씨는 새침한 얼굴로 나를 보며 "너도 배 아파서 늦게 온 거지?"라고 물었다.

나는 더욱더 걱정되기 시작했다.

어제 일은 텟페키 사장님에게 상상 이상으로 큰 충격을 주었는지도 몰랐다.

"그래서 에도 소스 회장님과의 회식은 어떻게 됐어? 소소 여행은 언제부터 다시 하는 거야? 아케보노TV에서도 당연히 좋아하지? 출연료 이야기도 벌써 했어?"

책상 앞에 힘없이 앉아 있는 내게 논노 씨가 질문 세례를 퍼부었다. 하지만 맥이 풀려서 도저히 대답할 기운이 나지 않았다. 논노 씨는 영문을 모르겠다는 표정을 지었다.

"얼굴이 왜 그래? 설마 없었던 이야기로 하자든가 그런 건 아니지?"

"그런 건…."

말을 하려는데 귓속에서 이치카와 씨의 비통한 목소리가 되살아났다.

이번 이야기는 없었던 일로 해줘.

아니, 없었던 일로 할 수는 없었다. 벌써 결과물을 어떻게 할지까지 다 결정했는걸.

안에 담긴 물건이 사라진 비단보를 결과물로 받도록 하

지요 하던 회장의 미소. 그 미소를 믿어볼 수밖에 없었다.

"논노 씨, 항공권 예약 좀 부탁드려도 될까요?"

한참을 멍하니 컴퓨터 화면만 바라보던 나는 황급히 옆 책상에서 전자계산기를 두드리는 논노 씨에게 말했다. 논노 씨는 씩 입꼬리를 올리면서 웃더니 "그럴 줄 알았어"라며 손끝으로 전자계산기를 힘차게 두드렸다.

"자자, 이번 여행 의뢰지는 어디야? 북쪽? 남쪽? 설마 해외? …그런데 이건 누가 의뢰한 건데?"

그랬다. 원래 어제의 식사는 에츠코 회장과 소소 여행 부활 이야기를 하려는 것이었다. 설마 회장에게 직접 여행 의뢰를 받아올 거라고는 논노 씨도 상상하지 못했을 것이다.

"사실은 어제 식사하다가 에다 회장님이 직접 여행을 의뢰하셨어요. 이 여행이 잘 끝나면 다시 소소 여행 스폰서가 되어주신다는 조건으로요."

그 말을 듣고 논노 씨는 귀가 솔깃해졌다.

"진짜? 대박이네. 보수도 기대해볼 만하겠는데? 갈 곳은 어딘데?"

"시코쿠요. 에히메현 우치코초."

"어머, 좋겠네. 거기 엄청나게 멋진 곳이잖아. 의뢰 내용은 뭐야?"

그러고 보니 논노 씨와 상의하는 것도 하나의 방법이었

다. 섹시 아이돌 시절까지 포함하면 요로즈야 엔터테인먼트에서 일한 지도 30년이 훌쩍 넘었다. 사장님의 결혼과 이혼에 얽힌 일도 알지 모른다. 여기까지 생각이 미치자 나는 작정하고 이야기를 꺼냈다.

"사실은 말이죠, 에다 회장님의 유일한 혈육인 조카가 우치코초에 살고 있는데, 그분을 만나고 와달라고 하더라고요. 그리고 또 그분 경력이 꽤 흥미로워요."

"오, 어떤데?"

논노 씨는 평소보다 훨씬 들떠 있었다. 이때를 틈타 단숨에 말해버려야지.

"전직 아이돌 가수였대요."

"어머, 꼭 너 같네."

"그렇죠? 덴가와 마리라는 예명이었대요."

연예계 가십이라도 듣는 것처럼 동그랗게 뜬 눈을 빛내며 흥미진진해하던 논노 씨의 얼굴에 순식간에 검은 그림자가 드리웠다. 역시 알고 있던 것이다, 논노 씨도.

"에다 가문의 역사를 조사하다가 먼 친척 집에 양녀로 보내진 여동생의 딸, 그러니까 조카가 살아 있는 걸 최근에야 알게 되었다고 하더라고요. 그 사람이 원래 아이돌이었던 덴가와 마리 씨고요. 에다 회장님은 마리 씨가 연예계에서 활동할 땐 전혀 몰랐대요."

논노 씨가 급격히 차가워진 말투로 "아, 그래"라고 대꾸하더니 물었다.

"그래서 그 의뢰는 받기로 한 거야? 사장님이 해도 괜찮다고 하셨어?"

나는 고개를 좌우로 흔들었다.

"된다, 안 된다 말도 없이 어제 식사가 끝나자마자 바로 집으로 가셨어요. 그 후론 연락도 없으시고요."

논노 씨는 흠 하고 시큰둥하게 반응하더니 전자계산기로 시선을 옮기고는 입을 꾹 다물어버렸다.

너무나 갑작스러운 기분 변화에 나는 조바심이 났다. 이대로는 진실이 뭔지 물어본들 아무 대답도 듣지 못할 것이 뻔했다.

"저기, 그래서 모레 출발하는 마쓰야마행 항공권은…."

일단 화제를 돌려보았지만 논노 씨는 다시 전자계산기를 두들기며 중얼거렸다.

"네가 사면 되잖아."

네? 나는 나도 모르게 되물었다.

"그러니까 네가 직접 사라고. 우치코든 어디든 네 마음대로 가버려. 사장님 의견은 상관없이 네가 가겠다고 정한 거잖아."

탕! 하고 전자계산기를 손바닥으로 내려친 논노 씨가

벌떡 일어섰다.

"너는 그런 애가 아닌 줄 알았는데. 사장님 마음보다 의뢰인의 부탁이 더 중요한 거야?"

어안이 벙벙했다. 이런 논노 씨의 모습은 처음이었다.

논노 씨는 의자에 걸려 있던 숄더백과 재킷을 집어 들더니 나를 향해 말했다.

"나 오늘은 그만 퇴근할 거야. 기분 나빠서 더는 못 있겠어. 내일도 안 올 거야."

"자… 잠깐만요. 왜 이러는 건데요? 이상하잖아요. 사장님도 논노 씨도. 왜 그렇게까지 이 여행을…."

황급히 쫓아 나서는 나를 뿌리치려는 것처럼 논노 씨는 차가운 목소리를 뱉었다.

"그럼, 좋은 여행 되길 바라. 네 마음대로 다녀오든가 말든가."

바로 코앞에서 쾅 하고 문이 닫혔고 논노 씨는 가버렸다.

그렇게 여행에 나선 나는 곧 우치코역에 도착했다.

대체 어떤 진실이 기다리고 있을까. 아니 그보다 3일 동안 마리코 씨와 만날 수 있기는 한 걸까.

과연 마리코 씨는 어떨까? 피가 이어진 이모가 존재한다는 사실을, 그 사람이 내로라하는 기업인이라는 사실을 알게 되면? 놀랄까?

그리고 찾아온 내가 전직 아이돌 출신 여행자라는 걸 알게 되면.

나를 발굴한 사람이 마리코 씨를 발굴했던 사람이자 전 남편인 요로즈 텟페키라는 사실을 알게 되면.

커피숍 '야마모모'는 지극히 평범한 마을의 상점가 한 모퉁이에 자리 잡고 있었다.

우치코역에서 걸어서 7, 8분 정도면 도착하는 상점가는 오래된 가게들이 늘어서 있고, 군데군데 하얀 벽과 까만 기와지붕이 대비되어 늠름한 정취를 풍기는 집도 보였다. 유명한 '전통 건축물 보존지구'는 좀 더 가야 했지만, 소박한 분위기가 감도는 거리를 걷다 보면 왠지 모르게 그리운 기분이 들었다. 누구에게든 '다녀왔습니다'라고 말하고 싶어지는 느낌이랄까.

그 커피숍은 지어진 지 몇십 년은 넘어 보이는 오래된 건물의 1층에 있었다. 문 앞에는 작은 액자가 걸려 있었다. 액자 속에는 붓글씨로 '야마모모'라고 쓴 흰색 전통 종이가 끼워져 있었다. 커다란 창문 밖에 서서 안을 들여다보았다.

오후 2시, 점심시간이 끝난 어중간한 시간이어서 그런지 가게 안에는 사람 그림자도 보이지 않았다. 카운터 안쪽으로 고개를 숙인 중년 여성의 얼굴만 보였다. 저 사람이 마리코 씨인가.

인터넷에서 덴가와 마리의 사진을 몇 개 찾았다. 하늘하늘하고 봉긋한 소매와 미니스커트 아래로 늘씬하게 뻗은 팔다리가 마치 앙상한 나뭇가지처럼 보이고, 수수한 인상이기는 하지만 예쁘장한 여자아이. 노래는 빈말로라도 잘한다고는 할 수 없었다. 그 시절 아이돌답게 가면을 씌워 놓은 것처럼 부자연스러운 미소가 왠지 서글프게 느껴졌다. 정말 지독히도 인기가 없었는지 영상은 좀처럼 찾을 수 없었다. 속도위반 결혼으로 은퇴한 것도 기사 한 줄 나지 않았던 모양이다. 전혀 인기를 얻지 못한 채 연예계에서 모습을 감추게 된 건 결혼 후의 텟페키 사장님과 마리코 씨에게는 오히려 다행이었는지도 몰랐다.

문득 고개를 든 여성과 눈이 마주쳤다. 생긋 웃어 보이는 얼굴에 용기를 얻어 문을 열고 가게 안으로 들어갔다. "어서 오세요"라는 친절한 인사 소리가 들렸다. 나는 창문 근처 테이블에 자리를 잡고 앉았다.

자, 이제 어떻게 이야기를 꺼내면 좋을까.

연예인 오카 에리카라는 사실은 먼저 밝히지 않는 편이 좋을 것 같았다. 전직 아이돌이라는 걸 알고 어느 회사 소속인지를 궁금해하기라도 하면 대답하지 않을 수도 없는 노릇이었다.

아니, 어쩌면 내가 말하지 않아도 먼저 알아차릴지도 모른다. 예전에는 연예인이기도 했으니 연예인에 대해 잘 알지도 모르는 일이다.

너무 방심했다. 변장이라도 하고 왔으면 좋았을 텐데. 혼자 우치코 여행을 결정하고 오는 바람에 미처 이런 것까지 신경 쓸 여유가 없었다. 시작부터 영 조짐이 안 좋았다.

"주문 어떻게 하시겠어요?"

갑자기 들린 목소리에 화들짝 놀랐다. 카운터 안에 있던 여성이 물이 담긴 유리컵이 놓인 쟁반을 들고 옆에 서 있었다. 나는 테이블 위에 있는 전통 종이에 손글씨로 적힌 메뉴로 시선을 돌렸다.

"아, 주문이요, 해야죠. 음, 이거. 크림 새알심 안미쓰랑 레몬 스쿼즈 주세요."

"어머, 아주 새콤달콤한 조합이네요."

여성이 키득대며 웃었다.

"그, 그런가요. 너무 시려나요? 그러면 과일 파르페랑 크림소다로 할게요."

"네네, 파르페와 크림소다…. 이건 또 너무 달지 않겠어요?"

재밌다는 듯이 웃으며 여성은 전표에 주문 내용을 적었

다. 그리고 물었다.

“손님은 도쿄에서 오셨어요?”

“네, 뭐.”

나는 고개를 숙인 채 이도저도 아닌 대답을 했다.

“피곤하신가 봐요. 그렇게 단 게 당기는 거 보면. 하지만 이제 괜찮을 거예요. 여기까지 왔으니까.”

나는 고개를 들어 여성을 쳐다보았다. 호리호리한 체형에 작은 얼굴, 살짝 퀭한 느낌의 볼. 아이돌 시절의 모습이 희미하게 남아 있는 이 사람은 역시 덴가와 마리, 구니사와 마리코 씨였다.

마리코 씨는 엷은 미소와 함께 내 얼굴을 쳐다보았다. 나는 다시 얼굴을 숙이고 물어보았다.

“그게 무슨 말씀이세요?”

“이 마을은요, 바쁘다거나 큰일이라거나 더는 못 하겠다는 마음을 풀어주는 곳이거든요. 실제로 저도 그랬고요. 이 마을에서 정말 큰 도움을 받았어요.”

마리코 씨는 카운터로 돌아가 냉장고를 열고 아이스크림 상자를 꺼내는 등 바쁘게 손을 움직이며 말을 계속했다.

“저는 여기 출신이 아니에요. 태어난 곳은 고치예요. 고치에서도 중심부에서 서쪽으로 멀리 떨어진 시골 마을이죠.”

어쩌다보니 마리코 씨는 자연스럽게 자신에 대해 이야기하기 시작했다.

나는 귀가 솔깃하여 물었다.

"와, 그러시군요. 서쪽 어디요?"

"말해도 모를걸요. 유스하라라는 곳이에요. 정말 아무것도 없는 산속 마을."

모를 리가 없다. 사전에 확실히 조사하고 왔으니까.

"알아요, 유스하라. 나무 목 변에 목숨 수 자를 쓰고, 초원의 원 자를 쓰지요? 울창한 숲속에 계단식 논이 펼쳐진 녹음이 무척 풍부한 곳이라고 들었어요. 시코쿠 카르스트가 유명하지만, 저는 유신의 길에 더 관심이 가더라고요. 사카모토 류마 같은 막부 말기의 지사들이 나라를 개혁하는 첫걸음을 내디뎠던 길이라니 정말 멋져요. 그 길이 지금 우리가 사는 곳으로 이어지는 거잖아요."

"우아, 굉장한데요."

그릇 뚜껑을 열려던 마리코 씨가 손을 멈추더니 진심으로 감탄했다.

"유스하라의 한자까지 정확하게 알다니 진짜 대단해요. 손님, 요즘 유행하는 역사 오타쿠 그런 거예요?"

"아니요, 그런 건 아니고…."

나는 손사래를 치려다가 말고 마음을 바꾸었다.

"네, 맞아요. 완전 역사 오타쿠예요, 유신이 제 전문이죠."

역사를 좋아하지도 않는다면서 유스하라 주변을 잘 알고 있으면 오히려 더 수상해 보일지도 모른다. 차라리 지금은 역사 오타쿠인 척하기로 했다.

"와!"

마리코 씨는 눈을 동그랗게 떴다.

"유신 전문이라니 멋지네요! 그럼, 요시무라 도라타*로와 나스 신고 중에는 어느 쪽이 좋아요?"

"네?"

이번에는 내 눈이 동그래졌다. 이 질문은 우치코, 유스하라, 마리코 씨에 대한 조사내용 중 어디에도 해당하지 않았다.

"어느 쪽이냐면 말이죠, 저는 그러니까 가츠 가이슈라勝海舟**든가…."

난처한 나머지 떠오르는 아무 사람이나 대면서 얼버무릴 때 갑자기 문이 확 열리더니 아주머니 다섯 명이 우르르 몰려 들어왔다. 그리고 순식간에 나는 아주머니들에게 둘

* 요시무라 도라타로吉村虎太郎, 나스 신고那須信吾 모두 일본 막부 말기 지사들의 이름이다.

** 메이지 시대의 고위관리였던 인물.

러싸였다.

"거봐! 내 말이 맞잖아! 진짜 오카에리짱이네!"

"진짜네! 정말 오카에리짱이야!"

"무슨 일이에요? 왜 우치코에 왔어요? 소소 여행으로 온 거예요?"

아주머니들은 맞다, 맞아, 오카에리짱이야 하고 입을 모아 외치며 내 손을 덥석 잡고 흔들거나 어깨를 끌어안고 핸드폰으로 사진을 찍기 시작했다. 나는 그저 아주머니들이 하는 대로 당하고 있을 수밖에 없었다.

"저기 여러분, 무슨 일이세요? 손님이 놀라시잖아요."

한바탕 소동에 놀란 마리코 씨가 아주머니들 사이로 끼어들었다.

"마리코 씨, 진짜 몰라요? 이 사람 오카에리짱이잖아요. 그 맨날 여행 다니는 연예인 말이에요."

아주머니 한 명이 호들갑스럽게 말했다.

대리 여행을 시작한 뒤로 이렇게 바로 내가 누군지 알아봐준 사람은 처음이었다. 당연히 이제까지는 악수해달라든가 같이 사진 찍자는 요청도 전혀 없었는데 왜 하필 지금일까. 나쁜 짓을 하다가 들켜버린 어린아이처럼 한껏 어깨를 움츠린 채 고개를 숙인 나를 보며 마리코 씨는 당황한 기색이었다.

"네? 이 사람이 연예인이라고요? 거짓말이죠? 너무 평범하잖아요."

마리코 씨의 말이 가슴을 푹 찔렀다. 이렇게 된 바에야 차라리 솔직히 정체를 밝히는 편이 낫겠다 싶었다. 나는 벌떡 일어나서 마리코 씨를 마주 보았다.

"소개가 늦었습니다. 저는 오카 에리카라고 합니다. 다들 오카에리라고 부르죠. 직업은… 전직 아이돌, 지금은 여행자입니다."

텟페키 사장님 명함에 '전 프로복서, 현 사장'이라고 쓰여 있는 것처럼 친절하게 자기소개마저 했건만 마리코 씨는 여전히 전혀 모르겠다는 얼굴이었다.

"소소 여행이라는 방송 프로그램에 오랫동안 출연했어요. 여기저기 여행을 다니면서 각지의 맛있는 음식이나 명소를 소개하는 프로그램인데요. 매주 토요일 아침 9시 반부터 9시 55분까지 방송했고, 스폰서는 소스는 역시 에도소스."

나는 마리코 씨 얼굴을 지그시 쳐다보며 설명을 보탰다. 하지만 아직도 전혀 모르는 눈치였다. 이렇게까지 말했는데도 모르다니 이제는 조금 서글퍼지려고 했다.

"마리코 씨는 아마 모를 거예요. 이 사람은 텔레비전을 전혀 안 보거든. 텔레비전은 시끄러워서 싫다고 하고 영화도 다 거짓말이라 싫다나."

다른 아주머니가 끼어들었다. 마리코 씨는 쓴웃음을 지었다.

"맞아요. 제가 집에 텔레비전도 없고 컴퓨터도 없거든요. 아, 핸드폰도 안 써요. 너무 구식이죠?"

"그럼 오카에리짱을 모를 만도 하네."

이제야 이해가 간다는 듯 또 다른 아주머니가 끼어들었다.

"그런데 오카에리짱은 왜 여기 있는 거예요? 촬영하는 건가? 이 가게가 텔레비전에 나와요?"

"아, 그게 말이죠…."

"역사 오타쿠래요. 우치코의 역사에 관심이 있어서 몰래 왔다고 하더라고요. 그러니까 여러분도 오카에리짱이 여기 있다는 건 비밀로 좀 해주세요. 네?"

앗, 엄청난 임기응변. 그런데 지금 내가 마리코 씨의 도움을 받아도 되는 건가.

"맞아요! 전에 촬영 때문에 마쓰야마에 온 적이 있는데 시간이 없어서 우치코에는 못 들렀거든요. 그 뒤로 너무 오고 싶었어요. 느긋하게 거리 풍경을 보면서 산책도 하고 마을 분들과 수다도 떨고 맛있는 음식도 먹고. 마침 이번에 2박 3일 일정으로 에히메에 오게 돼서 겨우 소원을 이뤘지 뭐예요."

거짓말은 아니었다. 소소 여행에서 마쓰야마를 방문한 뒤로 정말 그렇게 생각하고 있었다. 이런 식으로 오게 돼서 복잡한 심경이기는 하지만.

"우아, 오카에리짱은 일할 때나 쉴 때나 항상 여행 중이구나."

아주머니 한 명이 감탄하며 말했다. 다른 아주머니들도 역시 하며 연신 고개를 주억거렸다.

"꼭 그거 같네, 참다랑어 말이야. 참다랑어는 잠시도 쉬지 않고 이동하는데 유일하게 멈출 때가 바로 죽을 때래."

갑작스럽게 날아든 엉뚱한 말에 나와 마리코 씨는 얼굴을 마주 본 채 웃음을 터트렸다. 푸하하 하고 시원하게 웃던 마리코 씨가 "거참 기똥차네!"라고 말했다. 이 지역에서는 멋지고 굉장한 걸 두고 기똥차다고 하는 모양이었다. 강렬하면서도 귀에 쏙쏙 들어와 박히는 말이었다. 꼭 우치코의 사람들처럼 느껴지는 그 말이 마음에 쏙 들었다.

"자, 그럼 여러분. 이제 좀 진정하시고 이 기똥찬 참다랑어 씨에게 우치코의 매력을 좀 알려주세요."

당연하지 하며 입을 모아 외친 아주머니들은 기세를 몰아 커피며 안미쓰 등을 주문하고 우치코에 대한 즉석 강좌를 시작했다.

에히메현의 거의 정중앙에 위치한 기타군 우치코초. 에도시대부터 검양옻나무 유통으로 번창하였고 목랍과 전통 종이 등을 생산하였다. 지금까지도 중심부에 남아 있는 거리 풍경은 에도시대부터 메이지시대에 걸쳐 건축된 상인들의 집이다. 쓸데없는 장식이나 간판 없이 하얀 벽과 까만 기와지붕만이 대비되는 정갈한 아름다움이 돋보이는 이 집들을 일본에서 가장 먼저 거리 풍경 보존을 시작한 주민들이 한마음으로 지켜왔다.

아주머니들 말을 들어보면 주민들이 거리를 현대적인 모습으로 바꾸는 것을 용납하지 않았다고 한다. 어디에서나 볼 수 있는 모습으로 바꾸는 것이 아니라 여기에서만 볼 수 있는 전통의 모습을 보존하겠다는 생각이 지금의 우치코를 만들어온 것이다.

"30년도 더 된 일인데 그때 이 작은 지방 마을에서 그런 생각을 했다는 것만으로도 기적이라 할 수 있지. 낡고 오래되어 아무도 찾지 않는 마을을 구하려면 최대한 도쿄처럼 현대적으로 바꿔야 한다는 게 당시 지방 사람들의 생각이었으니까."

마리코 씨가 말하자 아주머니들은 자랑스러운 표정으로 일제히 고개를 끄덕였다.

"그래서 말이지, 우리 마을 사람들의 노력을 외국에서도 인정해서 미슐랭가이드에서 1번 별까지 받았다니까."

한 아주머니가 자랑스럽게 말하기가 무섭게 다른 아주머니가 바로 '1번 별이 아니라 별 1개겠지'라고 지적하는 바람에 다 같이 웃음이 터졌다.

"굉장해요. 세계에서도 인정받다니… 기똥차네요!"

내가 감탄하자 "그렇지"라며 아주머니들의 콧대가 한껏 높아졌다. 마리코 씨도 환하게 미소 지었다.

"오카에리 씨, 앞으로의 일정은 어떻게 돼요?"

"특별히 정한 건 없는데요. 여러분 말씀을 듣고 나니 거리의 공기를 마시고 싶어졌어요. 느긋하게 아무 목적 없이 걸어보려고요."

내 대답을 듣고 마리코 씨는 생긋 웃었다.

"저도 함께해도 될까요? 1번 별을 받은 거리 풍경을 안내해드리고 싶어졌거든요."

전혀 생각지도 못했던 제안에 나도 모르게 "진짜요?"라고 큰 소리로 외쳤다.

마침 타이밍 좋게 도착한 아르바이트 여성에게 가게를 부탁하고 아주머니 군단의 배웅을 받으며 마리코 씨와 나는 거리로 나왔다.

달아오른 뺨에 맞닿는 서늘한 11월의 바람이 무척 기분 좋았다. 근처에 있는 오래된 전통 과자 가게와 에히메의 향토음식인 마루즈시*를 파는 생선가게. 그리고 마을의 자랑인 전통 건축물 보존지구. 마리코 씨는 "여기 봐요, 정말 멋지죠?" "기똥차죠?"라며 즐겁게 안내해주었다. 마리코 씨의 호리호리한 옆모습을 바라보며 왠지 모르게 나까지 기분이 들떴다.

아이돌 시절에도 예뻤다. 하지만 지금은 나이를 먹고 훨씬 더 아름다워진 느낌이다.

멋진 사람이다. 시원스럽게 활짝 열려 있는 창문처럼. 마리코 씨를 통해 불어오는 우치코의 바람이 상쾌하기 그지없었다.

좁은 길 양쪽으로 반듯하게 자리 잡은 하얀 벽의 건물들. 그 사이를 헤매다 보니 그리운 추억들이 스멀스멀 떠올라 가슴속을 채웠다. 오래된 거리 풍경 덕분만은 아니었다. 언젠가 나도 엄마와 이렇게 여행하겠구나 하는 마음이 들었기 때문이다.

내 엄마는 쉰여덟 살. 마리코 씨보다 나이도 더 많고 누가 봐도 시골 아주머니이지만 이상하게도 아주 살짝 마리코 씨가 엄마와 닮았다는 생각이 들었다.

* 초밥용 밥 대신 콩비지를 사용해 만드는 스시.

입을 크게 벌리고 푸하하 웃는 모습이라든가, 여름날 언덕 저편으로 저물어가는 커다란 석양을 가리키며 굉장하지?라고 마치 자기가 준비하기라도 한 것처럼 뽐내며 말하는 모습이라든가. 꾸밈없는 자연스러운 표정과 말투가 기억 저편에 담아두었던 엄마에 대한 기억을 살며시 불러일으켰다. 그저 함께 걷고 있을 뿐인데 어느새 내 가슴에는 그리움이 가득 차올랐다.

길바닥에 테이블을 깔고 곶감을 팔고 있는 사람이 보였다.

"아, 저 곶감 정말 좋아해요. 잠깐만요. 금방 가서 사올게요."

나는 벅차오르는 그리움에서 도망치듯이 곶감을 파는 아주머니를 향해 달려갔다.

"한 봉지만 주세요."

지갑을 꺼내려고 루이비통 가방을 열었는데 순간 착각해서 보랏빛 비단보를 잘못 꺼내고 말았다. 나도 모르게 앗 하고 작게 소리를 냈다.

그랬다. 이것이 내 임무였다.

이것을 마리코 씨 어머니의 묘에 바쳐야 한다.

마리코 씨와 함께 있는 시간이 너무나 즐거운 나머지 여기에 온 목적을 깜빡 잊을 뻔했다.

어쩌면 마리코 씨는 전직 아이돌이라고 소개한 내 직업을 듣고 과거의 자신이 떠올라 필요 이상으로 내게 신경을 써주는지도 몰랐다. 휴가로 여행을 온 내가 마음껏 즐기고 돌아갈 수 있도록 애쓰는 건 아닐까.

이제 괜찮을 거예요. 여기까지 왔으니까.

만나고 얼마 되지 않아 마리코 씨가 한 말이 떠올랐다.

이 마을은요, 바쁘다거나 큰일이라거나 더는 못 하겠다는 마음을 풀어주는 곳이거든요.

실제로 저도 그랬고요. 이 마을에서 정말 큰 도움을 받았어요.

"무슨 일 있어요? 혹시 동전 필요해요?"

등 뒤에서 마리코 씨의 목소리가 들렸다. 나는 황급히 지갑을 꺼내 돈을 내고 건네받은 봉지에서 곶감 하나를 꺼내 내밀었다.

"여기, 이거 하나 드셔보세요."

"고마워요. 그럼, 저도 하나 드릴게요. 자, 여기요."

그렇게 말한 마리코 씨가 내게 건넨 것은 전통 종이로 만든 손바닥 크기만 한 메모지였다.

"우아, 이거 혹시 오즈 지역에서 만든 전통 종이인가요?"

"네, 저쪽 가게에서 사왔어요. 우치코 기념품으로 전통 양초들을 많이 사가는데 저는 이걸 가져갔으면 해서요."

겸연쩍은 눈빛으로 나를 바라보던 마리코 씨가 작은 목소리로 말했다.

"이게 저를 구해줬거든요."

노을로 물들어가는 거리를 나란히 걸어가며 마리코 씨는 옛 추억 이야기를 들려주었다.

젊은 시절 고향인 유스하라를 뛰쳐나와 무작정 도쿄로 갔다. 일하고 결혼하고 가정을 꾸렸다. 그 후 여러 일을 겪고 결국 다시 혼자 고향으로 돌아왔다. 벌써 20년도 더 된 이야기이다.

고독했고 외로웠다. 자포자기하는 심정이었다. 살아 있어도 아무런 의미가 없었다. 바로 그때 마리코 씨를 구해준 사람이 있었다.

"유스하라에서 손으로 떠서 종이를 만드는 전통 종이 공방을 운영하는 부부가 계셨는데요. 시간이 되면 좀 도와줄 수 있겠냐고 하시더라고요."

네덜란드인인 전통 종이 장인 얀 얀센 씨와 부인 치에코 씨. 젊은 시절 전국을 여행하던 얀센 씨는 이곳에서 멋진 두 가지를 발견했다. 하나는 전통 종이, 또 하나는 치에코 씨였다. 고치와 에히메에서 전통 종이 만드는 법을 배워 치에코 씨와 결혼한 다음 유스하라에 있는 작고 오래된 집을 샀다. 그 지역에서 나는 재료로 전통 종이를 만들고 체험

공방을 운영하면서 많은 사람에게 전통 종이의 우수성을 알렸다. 마리코 씨는 얀 씨 부부를 도우면서 전통 종이 제작에 관심을 두게 되었다.

"진심으로 전통 종이 제작에 도전해보고 싶다고 털어놓았더니 얀 씨가 자신이 젊었을 때 수련했던 우치코의 오즈 전통 종이 공방을 소개해주셨어요. 그래서 큰 결심을 하고 이곳으로 왔죠. 또다시 고향을 떠나야 한다는 게 아쉽기도 했지만 얀 씨 부부는 인생을 바꿔보라며 용기를 북돋아주셨어요."

전통 종이 제작을 배우고 전통문화를 소중하게 지키는 우치코의 사람들과 어울리면서 성격도 점점 외향적으로 바뀌었다. 마을 사람들은 다른 지역에서 온 마리코 씨를 오랫동안 알고 지낸 친구처럼 편하게 대해주었다.

마리코 씨는 야마모모를 경영하던 츠네 씨 소유의 아파트에서 살았는데, 혼자 살던 츠네 씨가 마리코 씨를 마치 딸처럼 대하면서 보살펴주었다. 마리코 씨도 어렸을 적 여읜 어머니를 모시는 마음으로 나이가 들어 움직일 수 없게 된 츠네 씨를 정성껏 간호하면서 마지막 순간까지 함께했다. 츠네 씨는 자신이 세상을 떠나면 마을 주민들의 쉼터인 야마모모를 다시 열어달라고 마리코 씨에게 유언했다.

츠네 씨의 유산은 먼 친척이라는 사람들이 나타나 모두

가져갔지만, 야마모모의 경영권을 물려받은 친척이 츠네 씨 유언을 받들어 마리코 씨에게 가게 경영을 맡겼다. 마리코 씨는 점장으로 고용되어 한동안 닫혀 있던 야마모모를 다시 열고 사용하지 않았던 2층을 하루 한 팀만 받는 민박집으로 꾸렸다.

이렇게 야마모모는 다시금 마을 사람들과 외지에서 온 사람들이 모여드는 장소로 되살아났다.

"그런 일이 있었군요. 그러면 이제 전통 종이 만들기는…."

내 질문에 마리코 씨는 아주 살짝 서글픈 듯 미소를 지었다.

"안타깝게도 저에게는 야 씨만큼 재능이 없었어요. 하지만 저도 전통 종이 제작에서 배운 게 있어요. 그건 말이죠, 이 세상에는 시간이 흐를수록 강해지고 아름다워지는 것이 있다는 사실이에요. 전통 종이도, 사람과의 인연도… 그리고 추억도."

마리코 씨는 나를 바라보며 웃었다. 그리고 우리의 머리 위 높은 곳에서 불타오르는 석양을 올려다보았다. 그 눈동자에는 수많은 태풍을 헤쳐온 사람만이 가질 수 있는 고요한 빛이 있었다.

시간이 흐를수록 강해지고 아름다워지는 것.

전통 종이, 사람과의 인연, 추억. 거기에 나는 또 하나, 마리코 씨를 넣고 싶었다.

운명에 저항하고 자신의 내면과 맞서 괴로워하면서도 마리코 씨는 이내 시간의 흐름을 받아들였다. 고향이, 이 마을이, 전통 종이와 여러 사람과의 만남이 마리코 씨를 그렇게 만든 것이 틀림없었다.

시간이 흐를수록 강해지고 아름다워지는 사람과의 인연.

나는 검붉은 빛으로 물든 마리코 씨의 얼굴을 보며 모든 것을 털어놓아야겠다고 생각했다.

당신과의 인연을 되살리고 싶어 하는 사람이 두 명 있어요. 한 명은 당신의 이모인 에츠코 회장 그리고 또 한 명은….

"저기, 오카에리 씨. 혹시 숙소를 아직 안 정했으면 오늘은 우리 커피숍의 2층에서 자고 가면 어때요? 마침 예약도 없으니 혼자서 여유롭게 묵을 수 있을 거예요."

갑자기 마리코 씨가 제안했다. 나도 모르게 고개를 끄덕이고 말았다. 실제로 숙소도 아직 잡지 않았다. 도무지 어떤 상황이 펼쳐질지 조금도 예측할 수 없는 여행이었으니까.

마리코 씨와 만나 과거 이야기를 다 들은 지금도 앞으로 어떻게 될지 전혀 감이 오지 않았다.

대체 어떻게 하면 좋지?

단둘이 걸어왔던 길을 되돌아가면서 마리코 씨도 나도 자연스럽게 아무 말을 하지 않았다. 야마모모가 가까워지자 심장이 괴로울 정도로 쿵쾅거렸다.

자신의 과거를 아무렇지도 않게 처음 만난 나에게 이야기해준 마리코 씨.

연예인인 내가 왜 몰래 우치코에 왔는지 그 이유조차 묻지 않았다. 과거 자기가 몸담았던 연예계에서 나도 힘들어하는 건 아닌가 싶어 배려해주려는 마음이 느껴졌다. 그래서 자신의 과거까지 다 털어놓고 '이제 괜찮을 거예요. 여기까지 왔으니까'라며 격려해준 것이다. 그 마음을 잘 알기에 더 괴로웠다.

어쩌면 이대로 훌쩍 여행을 떠나온 연예인인 척 아무것도 말하지 않고 돌아가 버리는 게 더 낫지 않을까.

마리코 씨는 지금 무척 평온한 삶을 살고 있다. 이제 와서 내가 이모님 메시지를 가지고 왔다고 한들 마리코 씨 마음을 들쑤시는 꼴밖에 되지 않을지도 모른다.

게다가 내가 요로즈야 엔터테인먼트 소속 연예인인 걸 알기라도 하면….

차마 결심하지 못한 채 야마모모 앞에 도착했다. 문을 열다 말고 마리코 씨가 휙 뒤를 돌더니 나를 똑바로 바라보며 조용한 목소리로 물었다.

"오늘은 여기서 묵어도 되지만 하나만 확인할게요. …혹시 그 사람 부탁으로 여기에 온 건 아니죠?"

나는 숨을 멈춘 채 마리코 씨와 마주 보았다. 내 눈을 똑바로 마주 보는 그 눈빛이 거짓말은 하지 말아 달라고 말하는 듯했다.

"분명히 나는 이 마을에 와서 바뀌었어요. 하지만 과거에도 지금도 그 사람을 증오하는 마음만은 바뀌지 않아요."

나는 평생 용서하지 않을 거예요, 요로즈 텟페키를.

no. 10

나는 야마모모 2층, 남향의 손님용 방 한가운데에 있는 고타쓰 속에 다리를 넣고 웅크리고 있었다.

째깍째깍 시곗바늘 소리만 울렸다. 올려다보니 커다란 검은색 기둥에 언제 적 물건인지 모를 벽시계가 걸려 있었다. 때마침 긴 바늘이 12를 가리키자 댕댕 종소리가 천천히 일곱 번 울렸다.

마리코 씨는 괜찮으면 오늘 자고 가라고 권했다. 하지만 당신이 온 이유가 그 사람의 부탁인지 아닌지 그것만 알려달라는 말도 함께였다.

마리코 씨가 '그 사람'이라고 부른 사람은 다름 아닌 헤어진 전 남편, 텟페키 사장님이었다.

나는 어안이 벙벙했다. 그도 그럴 것이 마리코 씨와 만난 뒤로 한 번도 사장님 이름을 꺼낸 적이 없는데. 게다가 일찌감치 간파당한 것도 모자라 마리코 씨는 내가 말을 꺼내기도 전에 텟페키 사장님을 거부했다.

"…어떻게?"

나는 이렇게 중얼거리는 게 고작이었다.

"자세한 이야기는 나중에 할게요. 일단 먼저 내 질문에 답해요. 당신, 그 사람 회사에 소속되어 있지요? 그 사람이 부탁해서 온 건지 아닌지, 그것만 알려줘요."

야마모모 입구 앞에서 우리 둘은 마주 본 채 그 자리에 한참을 그대로 서 있었다. 아저씨 한 명이 다가오더니 '어? 마리짱, 무슨 일 있어?'라고 물었다. 마리코 씨는 억지웃음을 지으며 '어머, 하가 씨, 어서 오세요. 들어오세요'라며 문을 열었다. 아저씨는 이상하다는 얼굴로 가게 안으로 들어갔다.

"대답하지 못한다는 건 역시 맞단 말이네요."

문이 닫히기가 무섭게 마리코 씨가 불쾌하다는 듯 중얼거렸다. 그리고 '왜 이제 와서…'라며 미간을 찌푸렸다. 나는 가방 속에서 보라색 비단보를 꺼냈다.

"아니에요. 사장님은… 텟페키 사장님은 제가 여기 온 것과 아무런 관계가 없어요. 오히려 제가 가지 않길 바라셨을 거예요. 저는 텟페키 사장님과 상관없이 어떤 분의 의뢰를 받아 여기에 왔습니다. 이것을…."

여기까지 말하고 비단보를 마리코 씨에게 내밀었다.

"이것을 마리코 씨 어머님 묘에 바치기 위해서 왔어요."

마리코 씨는 비단보를 바라보았다. 눈빛이 요동치고 있었다. 나는 모든 이야기를 숨김없이 털어놓을 심산이었지만, 마리코 씨의 작은 목소리가 먼저였다.

"알겠어요. 긴 이야기가 될 것 같으니 일단 오늘은 2층에서 자고 가요. 밤에 얘기하죠."

그래서 내가 지금 이렇게 야마모모 2층에서 마리코 씨를 기다리게 된 것이다.

커피숍 2층은 깜짝 놀랄 만큼 쾌적하게 꾸며져 있었다. 고타쓰 테이블 위에는 전통 종이에 손수 쓴 글씨로 된 안내문이 있었다. 안내문을 보면, 이 건물은 지금부터 300년 전에 지어졌다고 했다. 돌아가신 츠네 씨 가족이 대대로 살았지만 츠네 씨 때부터 커피숍으로 바꾸어 영업을 시작했고 2층은 창고로 썼다. 그러다가 훌륭한 기둥과 널찍한 공간을 아깝게 여긴 마리코 씨가 하루에 한 팀만 받는 아침 식사 포함 민박집으로 바꾸자는 아이디어를 내서 누구나 사용할 수 있는 공간이 되었다.

정말 공간이 넓었다. 거실과 작은방, 침실, 옷방까지. 모두 다다미방이지만 관리가 잘되어 있고 집 분위기와 잘 어울리는 전통식 인테리어로 통일되어 있었다. 곳곳에 놓인 전통 종이와 전통 양초로 만든 소품에서 마리코 씨의 세련된 감각과 우치코를 사랑하는 마음이 느껴졌다. 이 방에 묵게 된 여행자들은 분명히 이 방에서 편안히 휴식을 취하며 오길 잘했다고 생각할 것이다. 실제로 지금 나도 그러고 있으니까.

아니, 오길 잘했다고 생각하는 건 아직 일렀다. 임무를 수행하지 못했으니 말이다.

어쨌든 이제 더는 숨길 것도 없다. 있는 그대로 빠짐없이 모든 이야기를 털어놓자. 그렇게 결심하자 오히려 마음이 차분해졌다.

그건 그렇고 텟페키 사장님을 향한 마리코 씨의 감정은 무척 신경 쓰였다.

나는 이 마을에 와서 바뀌었어요. 하지만 과거에도 지금도 그 사람을 증오하는 마음만은 바뀌지 않았어요.

마리코 씨는 분명히 말했다. 마치 선전포고라도 하는 것처럼.

이치카와 씨는 딸이 세상을 떠난 후 두 사람이 이혼했다고 말했다. 두 사람 사이에 대체 무슨 일이 있었는지 알 수 없지만, 딸의 죽음으로 마리코 씨 마음이 텟페키 사장님에게서 멀어진 것만큼은 확실했다.

하나뿐인 딸을 잃었으니 그 슬픔이 어땠을지 감히 상상조차 할 수 없었다. 그러나 사장님의 성격을 생각하면 가장 사랑하는 사람이 절망에 빠져 있는 모습을 보고 무슨 일을 해서든 도우려고 애썼을 것이다. 그런 사장님의 노력이 통하지 않을 정도로 마리코 씨의 슬픔이 깊었던 걸까.

마리코 씨는 1층 카페를 7시에 닫은 다음 2층에 들르겠다고 했다. 다시 시계를 보니 7시 15분이었다. 곧 오시려나 하고 생각한 순간 배에서 꼬르륵 소리가 났다. 그러고 보니 비행기 안에서 샌드위치와 커피로 아침을 먹은 다음 오늘 먹은 것이라고는 과일 파르페와 크림소다 그리고 길거리에서 사 먹은 곶감 하나가 전부였다.

모처럼 우치코에 왔으니 유명한 음식을 먹고 싶었다. 도미밥이나 유부초밥이나 또 뭐가 좋을까 머리를 굴리던 그때 계단을 올라오는 발소리가 가까워지더니 장지문 너머에서 부르는 소리가 들렸다.

"오카에리 씨, 이 문 좀 열어줄래요?"

일어나서 장지문을 열자 덮밥 그릇 2개가 놓인 커다란 쟁반을 든 마리코 씨가 서 있었다.

"많이 기다렸죠? 우치코의 명물 도미밥이에요."

와 하고 절로 환호성이 터져 나왔다.

"어떻게 아셨어요? 저 지금 모처럼 우치코에 왔으니 도미밥이 먹고 싶다고 생각하던 참이었어요."

"하여튼 말을 참 잘한다니까."

마리코 씨가 웃으며 말했다.

고타쓰 위에 도미밥과 녹차, 오늘 산 곶감을 올려놓고 잘 먹겠습니다 하며 손을 모았다. 내가 연신 맛있어요, 너무 맛있어요 하며 감탄사를 늘어놓자 마리코 씨는 살짝 어이없어하며 초등학생한테나 할 주의를 주었다.

"꼭꼭 잘 씹으면서 먹고 있는 거죠?"

이런 점도 꼭 엄마를 떠올리게 했다.

내 고향인 레분섬은 성게알덮밥이 무척 유명하다. 하지만 성게알은 레분섬 사람들에게 귀중한 관광자원이자 상품이기도 했기에 정작 주민들은 좀처럼 성게알덮밥을 먹을 수 없었다. 우리 집 식탁에 매일같이 올라오는 반찬도 말린 생선뿐이었다. 하지만 1년에 딱 2번, 여름에 태어난 나와 남동생 케이타의 생일 때만큼은 배가 터지도록 성게알덮밥을 먹을 수 있었다. 케이타와 나는 경쟁이라도 하듯이 맛있다는 말을 계속하며 덮밥을 먹었다. 할머니와 아빠, 엄마는 평소처럼 말린 생선을 먹으면서 그런 우리 남매를 어이없다는 듯 웃으며 바라보았다. 초등학생이던 우리에게 엄마는 몇 번이고 꼭꼭 씹어서 먹으렴 하고 타이르곤 했다.

"이상해요. 왠지 모르게 마리코 씨와 있으면 고향에 계신 엄마가 떠올라요. 제 고향은 홋카이도의 레분섬이에요. 정말 외진 곳이고 저희 엄마도 마리코 씨와는 전혀 다른 시골 아주머니이지만…. 이상하게 그리운 느낌이 들어요. 우치코의 분위기 때문일까요?"

젓가락을 내려놓고 나도 모르게 떠들어댄 이야기를 들은 마리코 씨는 미소 지으며 말했다.

"기분 좋은데요. 오카에리 씨 같은 미인의 엄마라니."

"에이, 미인이라뇨. 저보다 마리코 씨가 훨씬 더 미인이시죠."

나는 손사래를 치며 대답했다.

"같은 전직 아이돌이라도 스타일이 전혀 다르잖아요. 저는 어느 쪽이냐면…."

"어차피 우리 둘 다 영 인기가 없었던 건 마찬가지잖아요. 벌써 다 알아봤겠지만 저는 오카에리 씨보다도 훨씬 인기가 없었어요. 뭐, 매니저가 최악이었으니 당연했지만요."

갑작스레 큼지막한 펀치가 치고 들어왔다. 역시 만만찮은 상대였다.

계속 펀치가 날아오기 전에 빨리 본론으로 들어가는 게 좋을 것 같았다. 나는 할 수 있는 한 가장 조심스럽게 말을 꺼냈다.

"저… 제가 요로즈야 엔터테인먼트 소속이라는 건 어떻게 아셨어요? 제가 연예인이라는 것도 처음에는 못 알아보셨잖아요."

"네, 그랬죠. 그래도 소소 여행이라는 프로그램 이름이랑 오카에리라는 연예인이 요로즈야 엔터테인먼트 소속이란 건 알고 있었어요. 3, 4년쯤 전에 마을의 관광 담당자가 소소 여행이라는 텔레비전 프로에서 우치코에 취재하러 오니까 전통 종이 공장이나 보존지구를 안내해주지 않겠냐고 제안한 적이 있었거든요."

담당자는 방송 프로그램의 개요가 적힌 기획서 같은 걸 마리코 씨에게 보여줬다. 거기에 내 이름과 소속 회사가 적혀 있었다고 한다. 마리코 씨는 단칼에 거절했다. 안내하는 역할로 텔레비전에 출연하는 것도 싫었지만, 요로즈야 엔터테인먼트에 소속된 연예인을 안내하는 것도 싫었다. 결국, 예산 문제 때문에 우치코 촬영이 취소되면서 취재 이야기도 없던 일이 되었지만.

"그래서 아주머니들이 당신을 보고 가게로 몰려와서 오카에리라는 둥 소소 여행이라는 둥 하면서 야단법석을 떠는 걸 보고 알았지요. 그리고 어쩌면 당신이 그 사람이 보내서 온 건 아닐까 하는 생각이 들었어요."

나는 반사적으로 몸을 움츠리며 나직이 중얼거렸다.

"보내서 오다뇨, 무슨 자객도 아니고."

"나도 같이 걸어보니까 자객이 아니라는 건 알겠더라고요."

마리코 씨가 싱긋 웃으며 말을 이었다.

"그 사람이 무슨 일을 꾸미는지는 모르겠지만, 적어도 당신은 진짜 여행자처럼 진심으로 마을을 즐기는 것처럼 보였거든요. 그래서 일단 오늘은 여기서 자라고 하고, 밤에 이야기를 해봐야겠다고 결심한 거예요."

마리코 씨의 말은 시원시원하고 거침이 없었다. 이런 모습은 에츠코 회장을 떠올리게 하기도 했다. 나도 숨기는 것 없이 있는 그대로 모든 걸 말하고 싶어졌다.

"그럼, 다시 한번 말씀드릴게요. 제가 여기에 온 건 절대 텟페키 사장님이 시켜서가 아닙니다. 사장님과는 아무런 관계가 없고 어떤 분의 의뢰를 받아 온 거예요."

마리코 씨가 나를 지그시 쳐다보았다. 그 표정에는 불안한 기색은 전혀 없고 오히려 호기심이 가득했다.

"벌써 반년이 지난 일이지만, 제가 유일하게 출연하는 방송이었던 소소 여행이 폐지되고 나서 앞이 막막해졌어요. 더는 연예인으로 먹고살 수 없을지 모른다는 사실보다도 앞으로 여행을 못 한다고 생각하니 눈앞이 깜깜하더라고요. 저는 여행하는 걸 세상에서 가장 좋아하거든요."

그래서 생각해낸 것이 대리 여행이고 여행을 떠나고 싶은데 가지 못하는 사람이나 꼭 오카에리에게 여행을 부탁하고 싶은 사람을 위해 의뢰받은 곳으로 떠나는 여행 대리인으로 활동하고 있다는 사실, 다양한 곳을 여행하며 각양각색의 결과물을 전달했다는 것까지 대략이나마 정리해서 이야기했다. 마리코 씨는 눈을 반짝이며 내 이야기를 들었다.

"대리 여행이라니. 재밌는 일을 생각했네요. 아무나 할 수 있는 생각이 아닌데. 그것도 결국엔 그 사람이 살아남으려고 떠올린 궁여지책이었던 거죠?"

마리코 씨는 감탄하는가 싶더니 짓궂게 물었다.

"네, 반은 그런데요. 반은 틀립니다."

나는 솔직하게 대답했다.

"돈도 없고 일도 없지만, 여행은 하고 싶은 제 진심이 만들어냈다고나 할까요. 또 여행으로 누군가를 돕고 행복하게 할 수 있다는 사실이 무엇보다 기뻤어요. 물론 저도요!"

여행을 함으로써 의뢰인뿐만 아니라 나도 도움을 받고 행복해질 수 있었다. 그것이 대리 여행의 가장 멋진 점이었다.

"그렇군요. 그러면 이번에는 누구를 행복하게 해주려고 우치코에 온 거예요?"

마리코 씨가 미소 띤 얼굴로 물었다. 이 질문이야말로 야마모모 입구에서 보랏빛 비단보를 본 순간부터 가장 묻고 싶었던 게 아니었을까. 그런데도 잠자코 내 설명이 끝날 때까지 기다리며 마음의 준비를 한 것이다.

이 사람은 정말 큰 사람이다. 나는 새삼 감탄하며 가방에서 비단보를 꺼내 고타쓰 테이블 위에 올려놓았다.

"이 비단보를 제게 맡긴 분… 그분의 성함은 에다 에츠코입니다. 에도 소스 창업자의 따님으로 연세는 일흔아홉 살 되셨어요. 현재는 에도 소스의 회장을 맡고 계시고요."

어머 하고 놀라는 표정으로 마리코 씨가 물었다.

"소스는 역시 에도 소스. 당신이 말했던 소소 여행의 스폰서 회사 맞죠?"

나는 고개를 끄덕이며 말했다.

"에츠코 회장님은 마리코 씨의 유일한 혈육이자 이모님이세요."

고타쓰 테이블에 턱을 괴고 있던 마리코 씨의 얼굴이 순간 얼어붙었다. 어떻게 대답해야 할지 모르겠다는 얼굴로 숨을 멈춘 채 가만히 나를 쳐다보기만 했다.

"사실은 얼마 전에 프로그램의 스폰서를 그만둔 에도 소스에서 다시 한번 스폰서를 검토해보겠다는 이야기가 있었어요. 이건 다시 말해 폐지되었던 방송이 부활할 수도 있다는 뜻이라서 저희는 무척 기뻤했지요. 그런데 에츠코 회장님과 만나서 이야기 나누는 자리에서 스폰서를 다시 해도 좋지만, 대신 한 가지 조건이 있다고 하시더라고요."

더는 아무것도 감추고 싶지 않았다. 나는 에츠코 회장과 나누었던 이야기를 하나부터 열까지 모두 털어놓았다.

끝까지 이야기를 들은 마리코 씨는 깊은 한숨을 내쉬었다. 그리고 조용히 눈을 감았다.

지금 예기치 못한 폭풍우가 마리코 씨 마음속에서 소용돌이치고 있다. 나는 그 폭풍우가 무사히 지나가기만을 바라는 마음으로 기다렸다.

"그래서 그 비단보를 저희 엄마 묘에 바치고 싶다고 에츠코 회장님이 말씀하셨다는 거죠?"

고타쓰 위에 놓인 비단보에 시선을 고정한 채 마리코 씨가 말했다. 나는 고개를 끄덕이고 덧붙였다.

"단, 묘 앞에 바치기 전까지는 절대 비단보를 풀어봐서는 안 된다고 말씀하셨어요."

고타쓰 위에서 손깍지를 끼고 있던 마리코 씨의 손가락이 미세하게 움직였다. 당장이라도 풀어보고 싶어서 안달이 난 손을 진정시키려는 것처럼 마리코 씨는 양손을 고타쓰 이불 속에 찔러넣고 나에게 말했다.

"그렇군요. 걸려들지 않을 수 없는 미끼네요. 이 비단보

안에 뭐가 들어 있는지 확인하려면 당신을 엄마의 묘에 데려가야 한다는 거잖아요. 역시 수완 좋은 회장님답네요."

맞는 말이었다. 어쩌면 에츠코 회장은 이렇게 마리코 씨를 유도하려고 비단보를 묘 앞에서 풀어보라고 한 건지도 모른다. 어쨌든 꼭 소설이나 드라마에나 나올 법한 갑작스러운 가족의 등장에 마리코 씨의 마음이 흔들리는 건 틀림없어 보였다.

나는 고타쓰에서 몸을 빼내어 마리코 씨에게 살며시 다가갔다.

"마리코 씨, 이 비단보를 바치기 위해 어머님 묘에 데려가 주시지 않을래요? 아마 마리코 씨 어머님도 아주 오래전에 헤어진 언니와 친엄마가 자신을 잊지 않고 기억해주었다는 걸 알면 무척 기뻐하실 거예요."

비단보에서 시선을 떼지 않은 채 마리코 씨는 전혀 움직이지 않았다. 마치 숨조차 쉬지 않는 것처럼 가만히 입을 다물고 아무 말이 없었다. 나는 마리코 씨의 대답을 기다렸다. 같이 가요 한마디를.

째깍째깍하는 벽시계의 시곗바늘 소리만이 울렸다. 얼마나 시간이 흘렀을까. 드디어 마리코 씨가 입을 열었다.

"…정말 너무하네요."

이 한마디에 가슴이 철렁했다.

너무나 힘겨운 목소리였다. 금방이라도 울음을 터트릴 것만 같은.

마리코 씨는 천천히 고개를 들더니 나를 바라보았다. 눈동자 속에서 증오의 불꽃이 타오르고 있었다.

"어린 엄마를 양녀로 보내놓고 죽을 때가 다 되어서야 생각났다고요. 그래서요? 양녀로 온 엄마가 얼마나 고생했는지 알기나 해요? 엄마를 잃은 제가… 딸을 잃은 제가 어떤 마음으로 살아왔는지 알기나 하냐고요. 회장님이… 당신이 대체 뭘 안다고!"

마리코 씨는 손바닥으로 고타쓰를 있는 힘껏 내리쳤다. 나도 모르게 어깨를 움츠렸다.

"부자들의 시간 때우기에 응해줄 생각 따위 없어요. 당신이 방송을 부활시키려고 여기에 온 것도 절대 용서할 수 없어요. 또 무엇보다 그 사람과 가까운 당신을 무덤에 데려갈 수는 없어요. 그 무덤 안에 있는 건 우리 엄마뿐만이 아니라고요. 미카도… 내 딸도 함께 있으니까요."

마리코 씨가 자리를 박차고 일어나 얼음장처럼 차가운 표정으로 말했다.

"내일 아침 식사는 준비해줄 테니 그것만 먹고 가줄래요? 체크아웃은 10시예요. 자, 그럼."

계단을 내려가는 발소리가 멀어졌다. 혼자 남은 방에 쨰

깍째깍 벽시계의 시곗바늘 소리만이 공허하게 울렸다.

에리코, 빨리! 빨리 일어나렴! 벌써 8시야. 얼른 일어나서 밥 먹어야지 안 그러면 또 지각한다.

네가 제일 좋아하는 계란말이 만들었으니까 따뜻할 때 먹어. 아빠는 벌써 나가셨어. 할머니랑 케이타도 기다리니까 얼른.

자, 빨리 일어나! 이제 그만하고 좀 일어나렴, 에리코.

유채꽃 색깔의 폭신한 계란말이. 따뜻한 된장국 냄새. 이불 속에서 꾸물대면서 그리운 꿈을 꾸었다.

엄마는 매일 늦잠을 자는 나를 깨우려고 아침 식사 준비를 마치면 항상 내 침대로 왔다. 못 말리겠다며 귀찮아하면서도 왠지 즐거운 듯한 목소리. 벌써 오래전 일인데 아직도 이불에 폭 싸인 채 들었던 일어나! 하는 엄마의 목소리가 귓가에 들리는 것만 같았다.

이렇게 행복한 꿈을 꾼 건 내 코가 아래층에서 풍겨오는 맛있는 냄새를 감지했기 때문이다. 살짝 눈을 뜨고 여행 중에 항상 가지고 다니는 휴대용 알람시계를 보았다. 8시 조금 전이었다.

아아, 그랬지. 나 지금 우치코에… 야마모모 2층에 있지.

완전히 레분섬 본가인 줄 알았네.

아래층에서는 아침 식사 준비를 마치고 내가 내려오기만을 기다릴 것이다. 그런데 마리코 씨가 그 자리에 있을지 없을지는 확실하지 않았다.

일어나서 몸단장을 마치고 1층으로 내려갔다. 300년이라는 역사를 간직한 전통 민가. 도로에 접한 1층은 커피숍 야마모모로 운영되고 있다. 안쪽에는 다다미방이 있고 복도를 따라 쭉 걸어가면 중정이, 더 깊이 들어가면 지금은 사용하지 않는 부엌과 목욕탕이 있다. 구석구석 먼지 한 톨 없을 정도로 관리가 잘된 모습에서 마리코 씨가 이곳을 얼마나 소중하게 여기는지가 보였다.

마치 우치코에 사는 것 같은 기분을 느끼게 해주는 이 숙소가 무척 마음에 들었다. 하지만 아침을 먹고 나면 돌아가야 한다. 마리코 씨에게 상처를 주고 말았으니까.

다다미방 중앙에는 커다란 좌식 탁자가 있었다. 그 위에 방금 만든 계란말이와 생선구이, 채소절임, 구운 김 그리고 뜨끈뜨끈한 된장국과 밥그릇이 놓여 있었다. 마리코 씨 모습은 보이지 않았다.

잘 먹겠습니다 하고 인사한 뒤 반찬을 하나씩 하나씩 맛보았다. 역시 고향에 있는 엄마가 떠오르는 맛. 소박하고 정성이 듬뿍 담긴 식사였다.

문득 아주 오래전 텟페키 사장님과 두 사람의 외동딸 미카도 똑같은 걸 먹었겠지 하는 생각이 들었다.

마리코 씨 어머니의 묘에는 겨우 열 살 때 목숨을 잃은 미카도 함께 묻혀 있다고 마리코 씨는 말했다. 그래서 그 사람과 관련된 당신을 데리고 갈 순 없다고. 날카로운 말이 칼날이 되어 가슴을 푹 찌르는 기분이었다.

무슨 일이 있었는지는 모른다. 하지만 마리코 씨는 이렇게나 텟페키 사장님을 증오한다. 사람 좋고 넉살도 좋은 데다가 배꼽을 잡을 만큼 재밌고 인정도 많은 텟페키 사장님. 다른 사람에게 사기를 당하면 모를까 누군가에게 미움받을 일 따위는 절대로 없을 법한 사장님을.

식사를 마친 다음 이미 몇 번이나 확인한 핸드폰을 다시 열어보았다. 역시나 사장님으로부터는 전화도 문자도 와 있지 않았다. 예전 같았으면 여행하는 내내 전화며 문자로 내 핸드폰을 잠시도 쉬지 못하게 했을 텐데.

바로 그 순간, 갑자기 손안에서 핸드폰이 울렸다. 사장님이다!라고 생각하며 액정화면을 봤는데 이치카와 씨였다. 황급히 전화를 받았다.

"네, 오카입니다."

"오카 짱, 지금 어디야? 설마 우치코는 아니지?"

절박한 목소리였다. 나도 모르게 고개를 숙이며 대답

했다.

"죄송해요. 바로 그 설마예요."

"이런…. 정말 갔구나. …지금 회사는 난리가 났어."

나는 깜짝 놀라 목소리가 커졌다.

"네? 왜요? 무슨 일 있어요?"

"텟페키 사장님이 그 이후로… 에다 회장님과 식사한 뒤로 행방불명되었어. 어젯밤에 아케보노TV에서 반츠랑 같이 소소 여행 특집방송 건으로 회의할 예정이었는데 연락도 없이 나타나질 않아서… 논노 씨도 필사적으로 찾아보고 있긴 한데 어딜 갔는지 도통 알 수가 없어."

나는 그대로 얼어붙었다.

사장님이 실종? 그런 바보 같은 일이.

"경찰에는 연락하셨어요?"

"아직 그렇게까지는…. 연예기획사 사장이 실종됐다는 게 알려지기라도 하면 어떤 기사가 날지도 모르는 일이고. 게다가 지금은 에도 소스나 아케보노TV와도 민감한 시기니까 일이 커지면 안 될 것 같아서 말이야."

내가 다급하게 묻자 이치카와 씨가 어두운 목소리로 대답했다.

이치카와 씨는 어젯밤부터 내 핸드폰에 계속 연락했지만 전혀 연결되지 않았다고 했다. 그러고 보니 2층에서는 핸드폰이 터지지 않았다. 난감해하던 이치카와 씨가 논노 씨에게 내가 어딨는지를 물어보려 전화했더니 '이제 그 애는 우리 회사 소속 연예인이 아니에요'라는 대답만 남기고 5초 만에 전화를 끊어버렸다고 했다. 으악, 나까지 골치가 아파질 지경이었다.

"어떻게 할 거야, 오카짱. 텟페키 사장님은 실종되고 논노 씨는 단단히 삐쳤고, 특집방송 기획 회의에도 오질 않아서 계획이 다 틀어지게 생겼다고. 거기에서 돌아와도 요로즈야 엔터테인먼트로 돌아갈 수 없을지도 몰라."

꿀꺽 침을 삼켰다. 그 말은 즉, 다시 말해….

"대리 여행도 폐업…인가요?"

"그렇게 되겠지."

주뼛거리며 묻자 뜻밖에도 냉랭한 대답이 돌아왔다.

"텟페키 사장님은 다 알고 있었을 거야. 에도 소스의 에다 회장님이 대리 여행을 의뢰했을 때부터 네가 결국 여행을 떠날 거라고 생각했겠지. 하지만 자기 입으로 잘 다녀오라고 할 수도 없고 그렇다고 가지 말라고 할 수도 없고. 아무것도 할 수 없으니 차라리 당분간 사라지는 게 낫다고 생각한 게 틀림없다고."

이치카와 씨 말이 가슴 깊은 곳에서 쿵 하고 울렸다.

소소 여행의 부활이 달린 중요한 여행 의뢰. 내가 이 의뢰를 거절할 리 없다는 걸 사장님은 이미 알고 계셨던 것이다.

하지만 이제 와서 마리코 씨와 자신의 관계를 털어놓을 수도 없고, 이런 일이 있었으니 가지 말아달라고 말할 수 있는 사람도 아니다, 텟페키 사장님은.

나는 터무니없는 일을 저질러 버렸다.

사장님 마음을 짓밟고 여기까지 와버렸다. 지금까지 수많은 여행을 하면서 많은 일이 있었지만 실패한 적은 없었다. 그래서 이번에도 분명히 어떻게든 될 거라고 막연히 믿었다.

그러나 이번만큼은 지금까지와는 전혀 달랐다.

결국, 마리코 씨 마음에도 상처를 입히고 말았다. 에츠코 회장에게 받은 비단보를 마리코 씨 어머니 묘에 바치지도 못했다.

에츠코 회장이 원하던 결과물을 가지고 돌아가지 못하면 이 여행은 실패로 끝난다. 그건 즉, 소소 여행 부활도 없던 이야기가 된다는 말이다. 반츠와 아케보노TV의 신용도 잃게 된다. 사장님과 논노 씨의 도움도 받을 수 없을 거고. 나는 앞으로 여행을 계속할 수 없게 될지도 모른다.

무엇보다 내가 제멋대로 행동한 탓에 너무 많은 사람에게 상처를 주고 말았다. 이 사실이 나를 가장 괴롭게 했다.

온몸에서 힘이 쭉 빠졌다. 온몸 구석구석까지 후회로 마비되는 것 같았다.

"뭐, 텟페키 사장님은 일이 좀 진정되면 돌아오실 거야. 내가 논노 씨랑 같이 조금 더 찾아볼게. 어차피 거기까지 갔으니 오카짱은 임무 완료하고 오라고."

대답할 말이 떠오르지 않았다.

이치카와 씨에게도 걱정과 민폐만 끼치고 있었다. 민망한 나머지 눈앞에 쥐구멍이라도 있으면 당장 들어가 숨고 싶을 정도였다.

"에츠코 회장님 여동생 묘에 가는 건 어려울 것 같아요. …마리코 씨에게 매몰차게 거절당했거든요."

나는 이치카와 씨에게 어젯밤에 있었던 일을 이야기했다. 자기 어머니 묘에는 딸도 함께 있다, 그래서 요로즈 텟페키 회사에 소속된 연예인을 데리고 갈 수는 없다고 한 마리코 씨의 말까지 전부. 하지만 마리코 씨가 얼마나 훌륭한 사람이고 이 마을에서 얼마나 즐겁게 열심히 살고 있는지도.

"그렇군. 마리짱, 건강하게 지내나 보네. …그래도 역시 아직도 텟페키 사장님을 용서하지 못했구나."

어딘지 씁쓸한 이치카와 씨의 목소리를 듣고 나는 작정하고 물어보았다.

"사장님과 마리코 씨 사이에 대체 무슨 일이 있었던 거예요? 가르쳐주세요. 이렇게 어정쩡한 상태로 이 여행을 끝낼 수는 없어요."

이번에는 전화 너머에서 이치카와 씨가 입을 다문 채 굳어버렸다. 그러더니 한참 있다가 체념한 듯한 목소리가 들렸다.

"그렇지. 대리 여행이 이렇게 그냥 끝나버리는 것도 너무하지."

그렇게 이치카와 씨가 드디어 입을 열었다. 지금부터 23년 전, 사장님과 마리코 씨에게 일어났던 비극적인 일에 대해.

두 사람이 만난 건 35년 전으로 거슬러 올라간다. 수학여행으로 태어나서 처음 도쿄에 왔던 마리코 씨를 당시 유행한 길거리 캐스팅을 하던 텟페키 사장님이 발견했다. 형식상으로는 프로듀서로서 재능이 있어 보이는 여학생을 스카우트한 셈이었지만, 사실은 첫눈에 반해버리고 만 것이다.

마리코 씨는 어머니를 일찍 여의고 홀아버지 밑에서 자랐다. 아버지는 외동딸이 연예인이 되는 것을 맹렬히 반대했지만, 아버지를 편하게 해드리고 싶다는 말로 간신히 설득한 마리코 씨는 기대에 부풀어 연예계에 데뷔했다.

하지만 결과는 신통치 않았다. 소질은 있었지만 텟페키 사장님이 너무 소중하게만 다룬 탓도 있었을 것이다. 마리코 씨도 어느새 사장님의 변함없는 마음에 끌리게 되었다.

마리코 씨 배 속에 새로운 생명이 자라나고 있다는 사실을 안 사장님은 망설임 없이 결혼을 결심했다. 마리코 씨 본가를 찾아가 마리코 씨 아버지 앞에 무릎을 꿇고 한평생 마리코를 행복하게 해주겠다고 다짐했다. 아버지는 내내 묵묵부답이다가 딱 한마디, 부디 딸과 손녀를 행복하게 해달라고 말하며 눈물을 흘렸다. 사장님도 마리코 씨도 행복하게 살겠다며 눈물로 맹세했다.

마리코 씨는 연예계를 은퇴하고 사장님과 결혼하여 무사히 여자아이를 낳았다. 사장님은 딸 이름을 미카美歌라고 지었다. 아름다운 노래처럼 누구에게나 사랑받고 모두의 마음을 평온하게 하라는 의미였다. 미카가 얼마나 애지중지 자랐을지 보지 않아도 눈에 선했다.

얼마 뒤 사장님은 독립하여 요로즈야 엔터테인먼트를 설립했다. 한창 연예계가 호황을 누렸을 때이기도 해서 여러 인기 배우와 아이돌을 배출하며 요로즈야 엔터테인먼트는 급격하게 성장했다.

"생각해보면 그때가 텟페키 사장님의 전성기였지. 만날 때마다 이렇게 말했어. 사랑하는 아내와 딸을 위해서라면

난 무엇이든 할 거야라고. 요로즈야 엔터테인먼트를 일본에서 제일가는 회사로 만들고 마리의 고향 집을 으리으리한 저택으로 다시 지어 나이가 들면 거기에서 다 함께 살 거라고 말이야."

그런데 미카가 열 살이 되던 해 사고가 일어났다. 미카가 학교에서 돌아오던 길에 트럭에 치여 의식불명에 빠진 것이다.

텟페키 사장님이 수억 엔이 투입된 액션 블록버스터 영화 촬영으로 시코쿠의 산속에 가 있던 때였다. 회사의 간판 배우가 스턴트맨 없이 위험한 장면을 촬영하는 걸 보고 있었다. 배우도 그리고 사장님도 그 장면 하나에 모든 것을 걸었다. 말 그대로 돈도, 목숨도.

바로 그때, 사장님 귀에 미카가 사고를 당했다는 소식이 들어갔다.

"그 순간 텟페키 사장님이 어떻게 반응했는지 나는 몰라. 하지만 중요한 장면의 촬영이 끝날 때까지 텟페키 사장님은 그 자리에서 단 한 발짝도 움직이지 않았다고 해."

미카는 그날 밤 세상을 떠났다. 의식불명 상태가 이어졌지만, 숨이 멎기 직전에 희미하게 눈을 뜨고 미카, 미카 하며 정신을 잃을 정도로 딸을 부르던 마리코 씨를 향해 속삭였다.

…엄마. …아빠, 어디?….

이것이 미카의 마지막 말이었다.

"그럼, 사장님은…."

주체할 수 없을 만큼 목소리가 떨렸다.

"미카의 마지막 모습을… 보지 못하셨단 거예요?"

핸드폰 너머로 괴롭게 신음하는 듯한 이치카와 씨의 대답이 들렸다.

그 뒤로 사장님과 마리코 씨에게 지옥과도 같은 날이 시작되었다.

당신은 딸의 임종보다 일을 우선시했다며 마리코 씨는 사장님을 원망했다.

미카가 당신을 얼마나 보고 싶어 했는지 알아요? 그 애는 마지막 순간까지 내가 아니라 당신을 찾았다고요. 아빠 어디? 하면서요.

그런데도 당신은 와주지 않았어요. 헬리콥터든 뭐든 타고 날아왔어야죠.

사장님은 어떤 대답도 할 수 없었다.

거기에 엎친 데 덮친 격으로 마리코 씨 아버지마저 갑작스럽게 돌아가셨다. 어린 손녀를 잃고 슬픔에 빠진 나머지 원래 좋지 않던 심장이 발작을 일으킨 것이다. 고향에서 치러진 장례식에 찾아간 사장님을 마리코 씨는 발도 들이지 못하게 했다.

당신은 여기 올 자격이 없어요. 아버지와의 약속을 어겼으니까.

우리 전혀 행복해지지 않았잖아요. 그 누구도.

미카의 49재를 치른 후 사장님은 마리코 씨가 보내온 이혼합의서에 도장을 찍었다.

마리코 씨는 미카의 유골을 품에 안고 고향으로 돌아갔다. 혼자서.

뎅, 뎅, 뎅. 축 늘어진 맥없는 소리로 벽시계가 시간을 알렸다.

눈물이 글썽거리는 눈으로 시계를 쳐다봤다. 딱 9시. 아래층 커피숍이 문을 열 시간이었다.

이치카와 씨와 오랜 통화를 마치고 2층에 올라와 돌아갈 채비를 하며 마리코 씨가 오기를 기다렸다.

가슴이 저릴 만큼 이해할 수 있었다. 현장을 떠날 수 없었던 사장님의 마음. 회사에 소속된 연예인을 최선을 다해 지원해야 하니만큼 바로 돌아갈 수 없는 노릇이었을 것이다. 20년도 더 된 일이니 이동수단도 통신수단도 지금 같지 않았을 것이다. 애끓는 마음을 부여잡고 어쩔 수 없이 그 자리에 머무를 수밖에 없었을 게 분명했다.

마리코 씨 심정도 이해가 간다. 딸이 숨을 거두는 순간까지 애타게 찾았는데도 아버지는 오지 않았다. 그건 돌이킬 수 없는 사실이다. 이미 그 전부터 사장님이 일에만 열중하는 모습을 보며 어머니와 딸은 마음 한편에서 서운함을 느꼈는지도 모른다. 사장님이 두 사람을 위해 열심히 일하면 일할수록 옆에 있어줬으면 하고 바랐는지도 모른다.

아무도 잘못하지 않았다. 모두 다 같이 행복해질 수 있었는데.

23년 동안이나 마음속에 증오를 품고 살아오다니. 그건 마리코 씨에게도 사장님에게도 너무나 불행한 일이 아닐 수 없었다.

그때 퍼뜩 깨달았다.

23년 전, 나도 열 살이었다. 그럼, 나와 미카는 동갑이구나.

갑자기 텟페키 사장님과 처음 만나던 날의 일이 머릿속에 떠올랐다.

하나레이고등학교 2학년일 때 수학여행으로 도쿄에 왔던 날. 레분섬 메신저로 프레젠테이션을 했던 고등학교에서 네모난 대머리 아저씨가 말을 걸었다.

그 아저씨는 이 학교 학생의 부모님이세요?라고 물었더니 나? 나는 말이지, 아주 옛날에 딸이 여기 초등학교에….

분명히 이렇게 말끝을 흐렸던 기억이 났다. 그때 사장님은 뭐라고 말하려 했을까.

옛날에 우리 딸이 여기 초등학교에 다녔단다.

살아 있다면 너와 같은 나이일 거다.

살아 있다면 너처럼 웃기도 하고 울기도 했겠지. 너처럼 울고 난 뒤에 웃는 모습이 꼭 무지개 같은 여자아이가 되어 있었겠지.

너처럼 수학여행도 가고 공부도 하고 친구들과 놀기도 하고 연애도 하고. 눈부시게 아름다웠을 거야.

지금은 없다. 천국으로 떠나버렸거든.

나만 혼자 남겨두고서.

들은 적도 없는 사장님의 말이 귓가에 울렸다. 눈물이 차올라서 더는 참을 수 없었다. 앉아 있는 무릎 위로 눈물이 뚝뚝 떨어졌다.

사장님과 나는 마음속에서 서로를 부르고 있었다.

아, 이제야 알았다.

틀림없이 사장님은 나를 보며 미카를 떠올렸을 것이다. 그리고 나도 사장님에게서 아빠의 모습을 찾고 있었다.

우락부락한 얼굴 가운데서 다정하게 바라보는 눈. 그 눈은 어떤 순간에도 나를 지켜주는 아빠의 눈이었다. 귓가에서 아빠의 마지막 말이 메아리쳤다.

알고 있었단다. 너는 언젠가 이 섬에서 나가 바다 너머로 날아갈 거라는 걸.

에리코, 크게 되어서 돌아오거라.

그때 도로에서 요란한 경적이 울렸다. 정신이 번쩍 들어 2층 창문을 열었다. 아래를 내려다보니 하늘색 소형차가 가게 앞에 서 있었다.

나는 눈을 의심했다. 운전석 창문이 열리고 쑥 얼굴을 내민 사람은 다름 아닌 마리코 씨였다.

마리코 씨는 카랑카랑한 목소리로 2층을 향해 소리쳤다.

"벌써 10시예요! 빨리 내려와요~ 오카에리 씨!"

활짝 웃는 얼굴이었다. 냉랭한 눈빛은 온데간데없었다. 나는 창문 밖으로 몸을 내밀고 외쳤다.

"지금 가요! 금방 내려갈게요!"

보스턴백과 코트를 둘러메고 구르듯이 계단을 내려갔다. 허둥지둥 밖으로 나왔다. 운전석에 앉은 마리코 씨를 향해 숨을 헐떡이며 말했다.

"죄송해요, 제가 깜빡… 체크아웃 시간을 넘겨버려서."

내 얼굴을 마주한 마리코 씨가 폭소를 터뜨렸다.

"뭐예요, 그 얼굴. 마스카라가 전부 번졌잖아요. 꼭 판다 같아요."

흘깃 백미러를 쳐다보았다. 정말로 눈 밑이 새까맸다.

"설마 돌아가고 싶어서 울고 있었던 거예요?"

"아니에요! 그냥 하품한 거예요. 늦잠을 자서."

놀리는 듯한 말투에 당황해서 변명을 늘어놓았다. 이렇게 마리코 씨의 웃는 얼굴을 다시 볼 수 있어서 눈물이 날 정도로 기뻤다.

"자, 그럼 출발할 테니까 빨리 타요."

마리코 씨의 재촉에 서둘러 조수석에 올라탔다. 역까지 데려다주시려는 건가. 조금 더 이야기를 나누고 싶은데.

"저기, 역에서… 잠시 얘기 좀 할 수 있으세요? 기차가 오기 전까지만이라도 좋은데."

머뭇거리며 말을 꺼내자 얼빠진 목소리가 돌아왔다.

"응? 역에는 안 갈 건데요."

네? 이번에는 내가 얼빠진 목소리를 냈다.

"역에 안 간다뇨…. 그럼, 어디로?"

"유스하라요."

당연하다는 듯 마리코 씨가 말했다. 나는 입을 떡 벌리고 마리코 씨를 쳐다보았다.

"어젯밤에 갑자기 제게 전통 종이를 알려주신 선생님… 얀 씨한테서 전화가 왔어요. 단풍이 한창이니까 오랜만에 단풍잎을 넣은 전통 종이를 만들어보지 않겠냐고요. 그 말을 들으니 가고 싶어져서요."

당신도 데리고 가야겠다는 생각이 들었어요.

마리코 씨는 쑥스러운 듯 말하고 살짝 미소 지었다.

"괜찮죠?"

"그럼요! 물론이죠!"

마리코 씨의 물음에 내가 답했다. 판다가 된 눈을 훔치면서.

"그럼, 출발!"

천천히 차가 출발했다. 나는 다녀오겠습니다 하고 마음 속으로 중얼거리며 야마모모를 돌아보았다.

문 앞에는 분홍빛 전통 종이가 붙어 있었다. '금일 휴업'이라는 네 글자가 순식간에 바람 속으로 사라졌다.

no. 11

맑게 갠 파란 하늘을 그대로 옮겨놓은 듯한 하늘색 소형차가 마리코 씨와 나를 태우고 산길을 굽이굽이 달렸다.

"더 가까운 길도 있긴 한데… 모처럼 단풍을 보러 가는 거니까 조금 돌아서 갈게요."

이렇게 말하고 마리코 씨는 일부러 산길을 골랐다. 그래도 2시간 정도면 도착한다고 했다. 마리코 씨에게 전통 종이 제작 방법을 알려준 스승인 네덜란드인 장인 얀 얀센 씨, 치에코 씨 부부와 점심을 먹기로 했다는 것 같았다. 12시까지 도착하려고 자동차는 에히메현과 고치현의 경계에 있는 산길을 쉬지 않고 내달렸다.

가는 동안 우리는 약속이라도 한 것처럼 무난한 이야기

만 늘어놓았다. 나는 아침밥이 정말 맛있었다든가, 널찍한 방을 혼자 차지하고 잘 수 있어서 기뻤다든가, 목욕탕에서 보이는 달이 아름다웠다든가 하는 이야기를. 마리코 씨는 얀 씨를 만나러 가는 길이라 그런지 줄곧 전통 종이 이야기만 늘어놓았다. 오즈 전통 종이의 역사, 전통 종이를 만드는 일이 얼마나 마음을 편안하게 하는지, 얀 씨가 만드는 전통 종이가 얼마나 아름다운지 등. 그러더니 이렇게 물었다.

"얀 씨의 공방에서 전통 종이 만들기 체험도 가능한데, 한번 해볼래요?"

"네! 해보고 싶어요!"

나는 기뻐하며 큰 소리로 대답했다.

어제 마리코 씨가 퍼부었던 모진 말은 마치 전부 잊어버린 것처럼. 오늘 아침 혼자서 눈물을 흘렸던 일도 없었던 것처럼.

마리코 씨와 나는 사이 좋은 엄마와 딸처럼 수다를 떨고, 웃고, 가끔은 환호성을 터트리며 단풍으로 물들기 시작한 숲길을 지나갔다.

텟페키 사장님과 마리코 씨에게 있었던 미카의 불행한 사고. 절대 덮거나 잊을 수 없는 두 사람의 과거를 나는 알아버렸다.

돌이킬 수 없는 너무나 치명적인 일이었다. 그 이후 마리코 씨가 텟페키 사장님을 용서하지 못하는 것도 어쩔 수 없는 일일지도 모른다.

하지만 나는 마리코 씨가 증오의 굴레에 자신을 가둔 채 절대 그곳에서 벗어나지 않으려 안간힘을 쓰는 것처럼 느껴졌다.

그 굴레에서 빠져나오면 딸을 배신하는 것이라 여기는 것 같았다. 마지막 순간까지 아버지를 애타게 찾았던 미카의 심정을 기억하고 계속 사장님을 원망하는 것이 딸을 위해 마리코 씨가 선택한 처절한 저항처럼 느껴져 마음이 아팠다.

아무렇지 않게 담소를 나누다 보니 사실은 마리코 씨도 그 굴레에서 빠져나오려고 하는 건 아닐까 싶었다.

지금 나와 이렇게 드라이브하는 것이 바로 그 증거였다. 그 사람과 관련된 당신을 무덤에 데려갈 수 없다며 매몰차게 거절했으면서도, 지금은 나를 데리고 직접 운전까지 해서 묘가 있는 유스하라로 향하고 있다.

요로즈 텟페키라는 사람이 어떤 사람인지, 어떤 아버지였는지를 누구보다 잘 알고 있을 마리코 씨. 딸을 나 몰라라 내버려둘 사람이 절대 아니다. 마리코 씨는 그렇게 믿고 싶지만 차마 인정할 수 없어서 괴로워하는 게 아닐까. 그런 생각이 들었다.

내가 할 수 있는 일이 없을까.

증오라는 굴레의 문을 열고 의심의 갑옷을 벗을 수 있도록 도와줄 수는 없을까.

마리코 씨와 함께 있을 수 있는 시간은 그리 길지 않다. 나는 예정대로 내일은 도쿄로 돌아가야만 한다. 혼자 멋대로 결정하고 떠나왔으니, 이치카와 씨와 논노 씨, 반츠와 아케보노TV에도 이번 일을 제대로 설명해야만 한다. 그리고 에츠코 회장에게 결과물을 전달하는 날도 사흘 후로 닥쳐왔다.

무엇보다 실종된 사장님이 마음에 걸렸다.

하네다로 돌아가는 비행기는 내일 마쓰야마 공항에서 19시 40분에 출발하는 마지막 편이다. 그때까지 마리코 씨를 증오의 굴레에서 해방시키고 미에코 씨와 미카의 묘에 비단보를 바쳐야 했다. 과연 이런 기적 같은 일이 가능할까?

자동차는 계속 구불구불한 산길을 달렸다. 도로 폭이 깜짝 놀랄 정도로 좁았다. 포장도 되지 않은 산길이라 차체가 격렬하게 요동쳤다. 게다가 마리코 씨의 차에는 내비게이션이 설치되어 있지 않았다. 근처에만 다니니까 필요가 없었단다.

"혹시 거의 다 온 건가요?"

"아니, 아니. 아직 도착하려면 한참 남았어요. 그래도 방향은 여기가 맞긴 할걸요?"

곧 도착인가 싶어 기대하며 물어봤는데 미심쩍은 대답이 돌아왔다.

"반대편에서 차가 오면 어떡해요? 도저히 못 지나갈 것 같은데."

"오지 않길 바라야죠…. 아앗!"

이 순간을 노렸던 것처럼 소형 트럭이 커브 길의 맞은편에서 갑자기 나타났다. 마리코 씨는 황급히 핸들을 왼쪽으로 꺾었고 산턱에 백미러를 긁으며 급정지했다. 소형 트럭은 그대로 쌩하니 지나가 버렸다. 마리코 씨는 어깨를 들썩이며 숨을 내뱉었다.

"후, 위험했다. 반대편이었으면 저쪽 낭떠러지로 굴러떨어졌을지도 몰라요."

나도 참고 있던 숨을 내쉬었다. 온몸이 바짝 굳어 있었다. 그리고 눈앞을 바라보았다.

앞유리창에 팔랑팔랑 새빨간 단풍잎이 떨어지더니 눈앞에서 딱 멈추었다. 주변 숲의 나무들은 색이 변하기 시작하기는 했지만, 이렇게 새빨간 단풍잎은 없었다. 조수석 창문을 열고 위를 쳐다보자 길 바로 위를 덮을 듯한 커다란 단풍나무가 서 있었다. 나뭇가지 가득히 루비처럼 빛나는 빨간 잎을 휘날리면서.

"우아, 마리코 씨. 이거 보세요. 엄청난 단풍이에요."

"와, 진짜 굉장하네요!"

마리코 씨도 창문을 열어 몸을 내밀고 탄성을 질렀다.

신기하게도 온전히 빨갛게 물든 나무는 이것 하나뿐이었다. 우리는 차에서 내려 나란히 서서 커다란 나무를 올려다보았다. 길거리나 정원에 얌전히 서 있는 관상용 단풍나무와는 비교할 수 없을 정도였다. 태양 빛을 가득 쐬고 가을 하늘에 닿을 것처럼 쑥쑥 자란 야생의 단풍나무는 봐주는 사람이 없어도 보석처럼 눈부신 광채를 뿜어내고 있었다.

여유로우면서도 강인함이 느껴지는 단풍나무를 한참 바라보던 마리코 씨가 혼잣말처럼 중얼거렸다.

"보여주고 싶었는데 이런 단풍나무. 미카에게도."

나는 마리코 씨를 쳐다보았다. 옆모습에서 엷은 미소가 느껴졌다.

"어젯밤에 얀 씨가 전화로 갑자기 단풍이 예쁘니까 오랜만에 단풍잎이 들어간 전통 종이를 만들러 오라길래 처음에는 안 간다고 했어요. 바빠서 당분간 못 갈 것 같다고. 그런데 새벽녘에 꿈을 꾼 거예요. …미카가 꿈에 나왔어요."

붉은빛으로 빛나는 단풍나무 아래에서 미카가 빨간 단풍잎을 주우며 놀고 있었다. 그리고 마리코 씨에게 단풍잎을 건넸다. 오른손에 하나, 왼손에 또 하나. 미카는 무척이나 행복해 보이는 얼굴로 활짝 웃었다. 그런 꿈을 꿨다고 마리코 씨는 이야기했다.

"잠에서 깨고 나서 가야겠다고 생각했어요. 미카를 만나러 가야겠다고. 천국에서 미카를 지켜주는 아버지와 어머니를 보러 가야겠다고. 유스하라에 있는 묘에 당신을 데리고."

마리코 씨는 하늘색 소형차의 범퍼에 떨어진 단풍잎 하나를 손에 들고 생각에 잠긴 말투로 말했다.

"아마 꿈속에서 미카는… 단풍잎 하나는 내게 주고, 또 하나는 당신에게 줬던 게 아닐까 싶어요."

앞유리창에 붙은 단풍잎을 나도 하나 손에 들었다. 그리고 마리코 씨의 눈을 보며 말했다.

"아니에요. 미카가 단풍잎을 주고 싶었던 건… 미카의 아빠가 아니었을까요?"

마리코 씨의 눈동자가 흔들렸다. 가만히 나를 바라보다가 아무 말도 없이 다시 한번 단풍나무를 올려다보았다.

"자, 빨리 가요. 점심시간에 늦겠어요."

마리코 씨의 말에 나는 고개를 끄덕였다. 단풍잎을 재킷 주머니에 몰래 숨기고.

유스하라의 울창한 숲속, 언덕 위에 덩그러니 서 있는 오래된 집이 얀 씨의 전통 종이 공방이었다. 우리가 탄 하늘색 소형차가 그 언덕을 향해 힘차게 올라갔다.

"아, 저기 보여요! 얀 씨와 치에코 씨가 손을 흔들고 있어요."

재밌는 영화가 시작되는 걸 기대하는 것처럼 마리코 씨가 들뜬 목소리로 말했다.

언덕 위에 사람 그림자 두 개가 보였다. 이쪽을 향해 크게 힘껏 손을 흔들었다. 대체 언제부터 그곳에 서 있었는지 얀 씨와 치에코 씨는 경치 좋은 언덕 위에서 우리가 탄 자동차를 향해 손을 흔들어 알려주고 있었다.

"내가 핸드폰이 없으니까 곧 도착한다고 연락할 수 없잖아요. 그런데도 슬슬 올 때가 됐는데 하는 시간에 맞춰서 항상 저렇게 두 사람이 나와서 기다려요. 저렇게 손을 흔들면서."

핸들을 잡은 마리코 씨는 무척 행복해 보였다.

"자, 오카에리 씨도 어서 손을 흔들어줘요."

"안녕하세요!"

나는 조수석 창문을 끝까지 내리고 손을 흔들며 인사했다.

"마리코! 어서 와."

얀 씨는 운전석에서 내린 마리코 씨를 커다란 몸으로 덥석 끌어안았다. 오랫동안 만나지 못했던 여동생을 맞이하는 것처럼. 치에코 씨도 인사하며 마리코 씨와 포옹했다. 피가 이어져 있지 않아도 세 사람은 틀림없는 가족이었다.

두 사람은 나와 악수했다. 잘 오셨어요, 기다리고 있었어요 하는 말을 듣자 처음 만났는데도 오랜 친구와 다시 만난 것 같은 기분이 들었다.

"자, 그럼 일단은 나뭇잎을 주우러 가볼까?"

얀 씨가 힘차게 말했다. 도착하자마자 나온 말에 나는 당황했다.

"저, 저기… 그 나뭇잎이 오늘 점심에 들어가는 재료인가요?"

아까부터 계속 배에서 꼬르륵 소리가 났기에 물어보았는데, 얀 씨는 내 말을 듣고 아하하하 하고 호쾌하게 웃었다.

"아니에요. 점심 먹고 나서 전통 종이를 만들 거잖아요? 거기에 물든 나뭇잎을 같이 넣으면 정말 멋지거든요. 만드는 사람이 어떤 나뭇잎을 넣을지 직접 골라야 자기가 만든 종이에 더 애정을 갖게 되니까 일종의 리프 헌팅이죠."

입체적인 얼굴에 파란 눈, 외국인 탈을 쓴 일본인이 아닌가 싶을 정도로 유창한 일본어로 얀 씨가 말했다.

"스튜가 완성되려면 15분 정도 더 있어야 해요."

치에코 씨도 윙크하며 말했다. 오히려 치에코 씨가 훨씬 더 외국인 같았다.

얀 씨는 마리코 씨와 나를 데리고 언덕 기슭의 숲속으로 들어갔다. 울창한 나무들 사이로 햇살이 내리쬐고, 양지바른 곳에는 빨갛고 노란 나뭇잎들이 하늘하늘 춤추고 있었다.

"특이한 모양이나 색깔의 나뭇잎을 골라 봐요. 그래야 더 멋진 종이가 될 테니까요."

마리코 씨의 조언을 듣고 배고픔도 까맣게 잊은 채 나는 낙엽 줍기에 열중했다.

이 느낌은 뭘까. 왠지 모르게 그리운 느낌이 들었다. 땅바닥에 쭈그려 앉아 손끝으로 자연 속에 살아 숨 쉬는 것들을 그러모으는 감각.

고향 섬에서 친구들과 꽃을 따고, 남동생과 조약돌과 조개껍데기를 주우러 다니던 바로 그 느낌과 똑 닮았다.

"이상하다. 나뭇잎을 줍고 있을 뿐인데 왜 이렇게 안심이 되지."

"그렇죠?"

나도 모르게 중얼거렸는데 마리코 씨가 용케 듣고 맞장구를 쳤다.

"나도 그래요. 이 느낌 덕분에 도움을 정말 많이 받았어요."

숲속에서 주워 모은 형형색색의 낙엽을 소중하게 양손에 들고 얀 씨의 공방으로 돌아왔다.

주방으로 발을 내딛는 순간부터 맛있는 냄새에 휩싸였다. 보글보글 끓는 크림스튜의 향기. 앞치마를 두른 치에코 씨가 웃는 얼굴로 맞아주었다.

"어서 와요. 배고프죠?"

"배고파 죽는 줄 알았어요!"

꼭 어린아이처럼 대답하자 얀 씨와 치에코 씨, 마리코 씨가 큰 소리로 웃었다.

오래된 다다미방을 개조해서 만든 주방에 놓인 식탁 위로 찐 채소와 샐러드, 소시지, 머스터드소스, 잼, 갓 구운 빵 그리고 스튜가 한가득 차려졌다. 우리는 맛있게 또 배불리 먹으면서 이야기하고 웃었다. 이제부터 전통 종이를 만들어야 하니까 맥주는 딱 한 잔만 마셨지만, 그 한 잔 덕분에 식욕도 수다도 배가되었다.

얀 씨는 암스테르담에서 대학교에 다니던 시절 일본인 유학생에게 생일선물을 받았다고 했다. 선물이 뭐였는지는 잊어버렸지만, 선물상자를 포장한 전통 종이를 보고 세상에 이렇게 아름다운 것이 있다니 하며 감동했다고. 그때의 일이 얀 씨의 인생을 바꾸었다.

"내가 또 한 번 빠지면 목숨을 걸 정도로 열심히 하거든요."

얀 씨는 능숙한 일본어로 이야기했다.

"네덜란드에서 전통 종이를 만들 수는 없잖아요? 그래서 대학을 졸업하자마자 바로 이 나라로 왔어요. 교토, 기후, 후쿠이까지 전통 종이 생산지로 유명한 곳은 전부 다 돌았죠. 그러다가 결국 우치코의 오즈 전통 종이를 알게 된 거예요."

오즈 전통 종이의 제조 공장에서 기술을 배운 후에 꼭 무언가에 이끌린 것처럼 고치로 왔어요. 그리고 토사 전통 종이의 산지인 이노초의 전통 종이 공방 근처 식당의 딸인 치에코 씨와 만났죠. 치에코 씨 부모님은 딸이 외국인과 결혼하는 것을 무척 반대했지만, 전통 종이를 진심으로 사랑하고 일본의 문화와 전통에 경의를 표하는 얀 씨의 인품과 반드시 치에코 씨를 행복하게 해주겠다는 정열에 못 이겨 끝내는 결혼을 허락할 수밖에 없었다.

"굉장하네요! 그래서 약속대로 행복해지신 거군요."

"글쎄요."

내가 말하자 얀 씨는 쑥스러운 듯 백발이 성성한 머리를 긁적였다.

"보다시피 저는 전통 종이밖에 모르는 사람이라서요."

"어머? 행복하지 않은 거야?"

치에코 씨가 불만스러운 목소리로 물었다.

"당신은 행복해?"

"그럼, 행복하지. 무척."

얀 씨가 되묻자 후후 하고 웃으며 치에코 씨가 대답했다.

어휴 하며 마리코 씨와 나는 질색했다.

"후, 이제 진짜 더는 못 먹겠어요. 배가 터질 것 같아요. 잘 먹었습니다."

여자 셋이 식사를 마치고 수다 꽃을 피우는 동안 얀 씨는 척척 그릇을 정리해서 싱크대로 옮겼다. 설거지 소리가 들려오길래 나도 자리에서 일어나 싱크대 앞에 서 있는 얀 씨 옆으로 다가갔다.

"좀 도와드릴까요?"

"오, 고마워요. 그럼, 여기 그릇 좀 닦아줄래요?"

나는 행주를 손에 들고 차례차례 그릇에 남아 있는 물기를 닦았다. 얀 씨는 쉴 새 없이 손을 움직이며 말했다.

"그런데 좀 놀랐어요. 오늘 아침에 마리코가 갑자기 전화해서는 거기 데려가고 싶은 사람이 있는데 오늘 가도 되냐고 묻더라고요. 여기 올 땐 항상 늦어도 일주일 전에는 연락을 줬었거든요. 마침 오늘 저도 치에코도 다른 약속이 없어서 다행이었지만요."

나는 그릇을 닦던 손을 멈추었다.

"단풍이 예쁘니까 전통 종이 만들러 오라고 얀 씨가 전화하신 게 아니고요?"

"네? 오늘 토요일이잖아요. 마리코는 커피숍도 열어야 하는데 내가 먼저 오라고 할 수는 없죠."

수도꼭지를 잠그며 얀 씨는 의아한 얼굴로 답했다. 문득 마리코 씨가 했던 말이 귓가에 되살아났다.

꿈을 꿨어요. …미카가 나오는 꿈.

나와 얀 씨는 부엌 입구에 나란히 섰다.

치에코 씨와 마리코 씨. 창문에서 쏟아지는 햇살이 두 사람의 웃는 얼굴을 따뜻하게 비추고 있었다.

"얀 씨, 부탁이 있는데요."

나는 얀 씨에게 귓속말로 속삭였다. 네? 하며 얀 씨가 귀를 기울였다.

"오늘 저희가 여기 온 건 얀 씨가 불러서 온 걸로 해주실래요?"

얀 씨는 나를 보더니 빙그레 웃으며 고개를 위아래로 흔들었다.

마리코 씨의 웃는 얼굴을 보면서 나는 마음속으로 조용히 말을 걸었다. 보이지는 않지만 지금 여기에 있을 여자아이를 향해서.

이제야 알겠어.

우리를 여기로 부른 건 너구나? 미카.

일요일 아침. 유스하라의 하늘은 날아오르고 싶을 정도로 높고 푸르게 개어 있었다.

어젯밤, 마리코 씨와 얀 씨, 치에코 씨에 더해 근처에 사는 사람들까지 몰려들어 떠들썩한 파티가 열렸다. 치에코 씨는 다금바리와 이곳에서 재배한 채소로 고치의 명물 '다금바리 찌개'를 만들어주었다. 이 지역에서 만든 맛있는 술과 즐거운 이야기 덕분에 시간이 어떻게 가는 줄도 모를 만큼 재밌는 밤이었다.

나로 말할 것 같으면, 이때만큼은 까다로운 임무는 잠시 치워두고 마리코 씨와 유스하라의 사람들과 함께하는 시간을 즐기자고 마음먹었다. 그래서 마음껏 웃고 마음껏 먹고 마음껏 마셔버렸다.

알딸딸한 머릿속에 이따금 텟페키 사장님의 얼굴이 떠올랐다. 하여튼 못 말린다니까 하며 찌푸리는 얼굴과 할 수 없지 뭐 하며 쓴웃음을 짓는 얼굴. 시시각각 변하는 풍부한 표정, 그 한가운데 항상 변함없는 다정한 눈.

죄송해요, 사장님. 저 여기까지 오고 말았어요. 사장님의 마음을 짓밟고 논노 씨와 이치카와 씨의 반대를 무릅쓰고.

하지만 오늘 밤만큼은 용서해주세요. 금방 돌아갈게요. 내일 밤에는 도쿄로 가요.

그러니까 사장님도 어서 돌아오세요.

다녀오셨어요 하고 제가 맞아드릴 테니까요.

이런저런 변명이 머릿속을 뱅글뱅글 맴도는 사이 나도 모르게 잠이 들고 말았다.

커튼 틈으로 새어 들어오는 햇살 때문에 겨우 잠에서 깼다. 옆에서 자고 있었을 마리코 씨의 이불은 어느새 방구석에 깔끔하게 개어져 있었다. 커튼을 여니 창문 가득 가을 하늘이 펼쳐졌다.

"오카에리 씨, 어제 많이 취했죠? 마지막에는 혼자서 중얼중얼하더니 잠들어버렸어요."

아침 식사 자리에서 커피를 타면서 치에코 씨가 킥킥대며 말했다. 나는 죄송해요 하며 몸을 움츠렸다.

"설마 남자친구 이름을 부르면서 쓰러질 줄은 정말 몰랐다니까."

"네?"

마리코 씨도 키득키득 웃었다. 나는 화들짝 놀라 소리를 질렀다. 설마 겐짱 한 건 아니겠지.

몹시 당황한 티가 났는지 마리코 씨가 내 얼굴을 보면

서 웃음을 터트렸다.

"거짓말이에요, 거짓말. 그런데 누구를 불렀던 건 진짜예요. 돌아와주세요 하고 중얼거리더라고. 누구한테 돌아오라고 하는 거냐고 묻기도 전에 잠들어버렸지만."

그래도 다행히 사장님이라고 하지는 않은 모양이었다.

"자, 슬슬 나가봐야 하는 거 아니야? 도시락 만들어뒀으니까 가져가."

"역시 치에코 언니! 센스가 있다니까."

치에코 씨가 내민 작은 쇼핑백을 마리코 씨가 받아들었다.

"이러니까 꼭 소풍 가는 것 같네요. 두근두근해요."

"그럼, 소풍이나 다름없죠."

내가 말하자 마리코 씨가 웃으며 답했다.

우리는 지금부터 유스하라 외곽으로 성묘를 하러 간다. 몇 년 전, 마리코 씨는 본가를 팔고 신변을 정리한 뒤 고향에는 묘만 남겨두고 우치코로 이주했다. 지금도 한 달에 한 번은 성묘하러 돌아오는데 그때마다 얀 씨 부부 집에 들른다고 했다. 이제 여기가 마리코 씨의 친정이나 마찬가지인 셈이다.

자동차에 짐을 싣는데 공방에서 얀 씨가 나왔다. 아침부터 급한 일을 끝내고 나오는 길이라고 했다. 아침은 공기가 수축해서 전통 종이 만들기에 좋다는 것 같았다. 나는 얀 씨와 마주 보고 머리를 숙여 인사했다.

"제가 만든 종이도 잘 부탁드려요."

어제 점심을 먹은 다음 얀 씨와 마리코 씨, 두 선생님의 가르침을 받으며 태어나서 처음으로 전통 종이를 만들었다.

정원에서 재배한 삼지닥나무가 원료인 백피를 찬물에 담가 먼지를 제거한다. 깨끗해진 원료를 곤봉으로 두드리면서 얇고 넓게 편다. 이것을 네모난 지통에 넣은 후 풀을 넣고 잘 섞이도록 젓는다. 섬유가 균일해지면 대나무 발로 종이를 뜬다. 마지막으로 물기를 빼고 건조하면 완성되는데, 마지막 공정은 시간이 걸리기 때문에 얀 씨가 책임지고 완성해서 나중에 우편으로 부쳐주기로 했다.

종이뜨기는 무척 마음이 편안해지는 작업이었다. 아무것도 섞이지 않은 자연에서 온 재료를 통통통 두드린 다음 대나무 발로 담갔다 빼내기를 계속 반복한다. 딱딱하게 굳어 있던 마음이 흐물흐물 부드럽게 풀어지고 부드러운 손길에 이끌려 온전한 원래 모습으로 돌아가는 그런 기분이었다.

나, 이거에 정말 큰 도움을 받았거든요.

마리코 씨가 했던 말의 의미를 직접 전통 종이를 만드는 작업을 하면서 겨우 이해할 수 있었다.

나무들 사이로 햇빛이 쏟아지는 숲속에서 주운 낙엽을 한 장, 한 장, 전통 종이 틀 위에 살포시 늘어놓으면서 나는 마리코 씨가 전통 종이와 마주하며 보냈을 수천 시간을 생각하지 않을 수 없었다.

미카를 잃고, 아버지를 잃고, 텟페키 사장님과 헤어져 홀로 고향으로 돌아왔던 마리코 씨.

가슴속에 몰아치는 비바람을 이렇게 하나하나, 차근차근 작업하면서 잠재웠던 것이다.

전통 종이를 만드는 일. 그건 마리코 씨에게는 '마음의 여행'이었음이 틀림없다. 전통 종이와 마주하면서 자신의 마음속 깊은 곳까지 천천히 여행을 다녀온 것이다. 그리고 사랑하는 사람들과 추억들을 향해 손을 흔들고 다시 돌아왔다. 혼자 살아가야만 하는 현실 속으로.

종이 섬유는 말이죠. 이렇게 맞고 또 맞으면서 강해지고 아름다워져요.

종이를 만들며 얀 씨가 말하자 마리코 씨가 엷은 미소를 지으며 덧붙였다.

꼭 사람 같죠?

무심결에 나온 꾸밈없는 그 말이 가슴속에서 울렸다.

맞고 또 맞으면서 강해지고 아름다워진다.

그 말은 마리코 씨의 인생 자체였다. 그리고 나는 나를 응원해주던 사람들, 텟페키 사장님, 논노 씨, 이치카와 씨를 떠올렸다. 카메라맨 안도 씨, 조감독 오쿠무라 씨, 밋짱, 미미짱도.

또 수많은 여행의 의뢰인, 여행지에서 만난 사람들. 우노 씨 가족, 다마하다 온천의 타이시 씨와 그 가족, 에츠코 회장, 그 외에 각자 사정 속에서도 열심히 살아가는 사랑스러운 사람들을 생각했다.

분명 모두 좋은 일보다 힘들고 괴로운 일이 더 많았을 것이다. 하지만 모두 자신의 인생에 최선을 다했다. 맞고 또 맞으면서 강해진 아름다운 사람들.

이 말을 앞으로도 계속 소중하게 간직해야지. 그렇게 다짐했다.

"종이는 일주일 정도 지난 뒤 완성될 거니까 기대해주세요."

얀 씨의 말을 듣고 나는 고개를 끄덕였다.

"와줘서 고마워요. 만나서 정말 좋았어요. 함께 전통 종이를 만들 수 있어서 더 기뻤고요."

얀 씨는 몇만 장이나 되는 전통 종이를 만들어온 커다란 오른손을 내밀었다. 나는 그 손을 잡았다. 몇 번이나 찬물을 들락거렸는데도 햇살을 담뿍 받은 양지처럼 따뜻한 온기가 느껴지는 손이었다.

"또 와야 해요. 약속했대이."

고치 사투리를 섞어가며 치에코 씨가 말했다. 그리고 나를 다정하게 안아주었다. 그 어떤 말보다도 치에코 씨 마음이 잘 느껴지는 포옹이었다.

"그럼, 다녀오겠습니다."

어제 도착했을 때와 마찬가지로 나는 조수석 창문을 활짝 열고 힘차게 손을 흔들었다. 얀 씨와 치에코 씨도 어깨를 맞대고 손을 흔들어주었다.

언덕을 넘고 숲을 넘어 이윽고 작은 집이 보이지 않을 때까지 멀어져가는 친구가 볼 수 있도록 힘껏 계속 손을 흔들었다.

마리코 씨가 운전하는 하늘색 소형차가 마을 외곽의 조용한 공동묘지에 도착했다.

구니사와 가문의 묘소는 가장 안쪽에 있었다. 담 너머에 있는 사찰의 마당에서 물들기 시작한 단풍나무가 이쪽까지 가지를 뻗어 봉분 위로 붉은 그림자를 환하게 드리우고 있었다. 나는 그 모습을 보고 어제 산길에서 봤던 단풍나무가 생각나 마리코 씨를 돌아보았다. 마리코 씨도 같은 걸 떠올렸는지 빙그레 웃었다.

오늘 아침 얀 씨의 공방 앞 정원에서 야생 국화를 꺾어왔다. 싱싱한 꽃을 바치고 향을 피우고 비석에 물을 끼얹었다.

마리코 씨가 묘 앞에 꿇어앉아 두 손을 모았다. 기도하는 것처럼 눈을 감고 머리를 숙이더니 그대로 한참을 움직이지 않았다. 가냘픈 뒷모습을 가만히 보려니 마리코 씨가 아버지와 어머니에게 그리고 미카에게 마음속으로 건넬 수많은 말이 내 마음속까지 와닿는 것만 같았다. 그 말들에는 분노도 슬픔도 없었다. 오랜 시간을 들여 분노와 슬픔을 극복한 사람만이 가지는 따스함과 다정함이 느껴졌다.

이윽고 마리코 씨가 자리에서 일어나 내 쪽으로 몸을 돌렸다. 그리고 미소 지으며 말했다.

"엄마가 '어서 와요, 환영합니다'라고 말하네요."

그 말에 가슴에 뜨거운 무언가가 차올랐다. 나는 묵묵히 고개를 끄덕이고 가방에서 에츠코 회장에게 받은 보랏빛 비단보를 꺼냈다.

여동생의 묘에 가게 되면 그때 풀어보세요.

그전까지는 절대 풀어봐서는 안 됩니다.

여행 의뢰를 받을 때 에츠코 회장이 말했던 전래동화의 한 구절 같은 말.

나는 마리코 씨에게 비단보를 내밀며 부탁했다.

"저와 함께 올려주시겠어요?"

마리코 씨는 작게 고개를 까딱하고 다시 한번 나와 나란히 무덤 앞에 꿇어앉았다.

나는 비석 앞에 비단보를 놓고 두 손을 모았다. 그리고 옆에 있는 마리코 씨의 귓가에 속삭였다.

"풀어보세요."

마리코 씨는 비단보를 뚫어져라 쳐다보다가 손에 들어 깨지기 쉬운 물건이라도 다루는 것처럼 조심스레 풀기 시작했다. 나는 숨을 죽이고 그 모습을 바라보았다.

"아…."

마리코 씨의 입술 사이로 탄성이 새어 나왔다.

비단보 안에서 나타난 것은 작은 천 조각 하나였다.

남색 바탕에 하얀 잔무늬가 있는 낡은 기모노의 천 조각처럼 보였다.

그 순간 불현듯 생각이 났다. 에츠코 회장이 이야기했던 아주 오래전 막내 여동생, 그러니까 마리코 씨의 어머니 미에코 씨와 헤어지던 장면이.

먼 친척 집에 양녀로 들어가게 된 여동생에게 에츠코 회장은 말했다.

미에코! 빨리 돌아와야 해!

획 돌아본 여동생은 응! 하고 활짝 웃으며 고개를 끄덕였다. 그리고 어머니가 자신의 기모노를 잘라 만들어준 원피스의 치맛자락을 휘날리며 빙그르르 돌아 보였다.

남색 바탕에 하얀 잔무늬가 있는 원피스.

그것이 에츠코 회장과 미에코 씨의 영원한 이별이었다.

"마리코 씨, 이건…."

나는 바로 설명하려고 마리코 씨를 쳐다보았다. 마리코 씨는 손바닥 위에 올려둔 천 조각에 시선을 떨어트린 채였다. 해진 남색 천에 동그란 물방울무늬가 번졌다. 눈물방울이 뚝뚝 떨어졌다.

엄마 하고 속삭인 마리코 씨는 작디작은 천 조각을 가슴에 끌어안았다. 사랑스러운 듯이.

마리코 씨는 넘쳐흐르는 눈물을 몇 번이나 훔치며 가르쳐주었다.

이 천 조각은 틀림없이 마리코 씨의 어머니가 소중하게 여기던 원피스의 천 조각이라고. 어머니는 어린 시절 가장 좋아했던 그 원피스를 평생 소중하게 간직했고, 어린 마리코 씨에게도 입혀주었다. 엄마가 가장 좋아하는 옷을 마리코에게 물려주겠다고 하면서. 그리고 얼마 지나지 않아 천국으로 여행을 떠났다.

장례식 날, 마리코 씨는 검은색 상복을 입지 않았다. 어머니가 가장 좋아하던 옷을 입겠다고 고집을 피워 그 원피스를 입었다. 키가 자라 더는 입지 못하게 된 후에도 줄곧 소중히 간직했다. 언젠가 결혼해서 딸이 태어나면 이 옷을 꼭 입히고 싶었다. 할머니가 가장 좋아하던 옷이라고 가르쳐주고 싶었다.

그리고 미카가 세상을 떠났을 때, 그 원피스를 작은 관에 함께 넣었다. 천국에서 할머니에게 입혀달라고 하려 하는 말과 함께.

그리고 지금, 그 천이 마리코 씨에게 되돌아왔다.

이 보잘것없는 작은 천 조각이 모든 것을 말해주었다.

미에코 씨를 양녀로 보낼 수밖에 없었던 어머니의 마음이 어땠는지. 마지막으로 집을 떠날 때 입혀보냈던 원피스의 천 조각을 줄곧 소중하게 보관하고 죽는 순간까지도 잊지 않았던 애달픈 마음을.

어린 여동생과 생이별을 해야만 했던 에츠코 회장의 마음도. 어머니 유품에서 이 천 조각을 발견한 순간 회장은 선명하게 떠올렸을 것이다. 어머니가 만든 원피스를 입고 빙그르르 돌아 보이던 순진무구한 여동생의 모습을.

그리고 만난 적도 없는 여동생의 딸 마리코 씨를 향한 마음과 미카를 향한 마리코 씨의 마음까지 모두 담겨 있었다.

4대에 걸친 어머니와 딸의 운명. 맞고 또 맞으며 강하고 아름답게 살아간 그들의 마음이 이 작은 천 조각 한 장에 고스란히 담겨 있었다.

"아마 에츠코 이모님은… 이미 모든 걸 알고 당신을 제게 보내신 걸지도 몰라요. 이 천 조각을 보면 전부 알게 될 거라는 사실을. 무덤에 계신 엄마도 미카도. …저도."

빨개진 눈으로 나를 바라보며 마리코 씨가 말했다. 나는 애써 눈물을 참고 미소 지었다.

기뻤다. 마리코 씨가 에츠코 회장의 마음을 온전히 알아준 것도, 너무나 자연스럽게 에츠코 회장을 이모님이라고 불러준 것도.

마리코 씨의 마음속에서 굳게 닫혀 있던 문이 활짝 열린 순간이었다.

딱딱한 갑옷을 단단히 두르고 있던 마리코 씨의 마음이 갑옷에서 벗어나 가을 하늘 위로 높이 날아오르는 모습이 똑똑히 보이는 것만 같았다.

그 뒤로 우리는 단풍나무 그늘 밑에 돗자리를 펴고 치에코 씨가 만들어준 도시락을 꺼냈다.

셀 수 없을 정도로 많은 이야기를 나누었다. 마리코 씨는 유스하라의 훌륭함과 고향의 따뜻함, 얀 씨와 치에코 씨의 다정함에 대해. 시코쿠의 아름다운 자연과 맛있는 음식, 마음이 깨끗해지는 풍경들에 대해.

나는 처음부터 끝까지 여행 이야기만 했다. 지금까지 만났던 의뢰인들, 여행지에서 만난 사람들. 소소 여행의 추억,

소소 여행 가족이 얼마나 멋진지에 대해. 마리코 씨는 흥미진진한 얼굴로 때로는 크게 웃고, 때로는 눈물을 글썽이며 내 이야기에 귀를 기울였다.

"정말 오카에리 씨는 좋은 사람들을 많이 만났네요. 도쿄에서도 여행지에서도."

마리코 씨의 말에 나는 고개를 끄덕였다.

"유감스럽지만 전 연예인으로서는 재능도 운도 없었던 것 같아요. 하지만 다행히 그보다 훨씬 좋은 걸 타고났다고 생각해요."

"그보다 훨씬 좋은 거요?"

마리코 씨의 물음에 나는 웃으며 대답했다.

"저를 응원해주는 사람들. 그리고 여행이요. 이 두 가지를 타고난 덕분에 저는 진심으로 행복해요."

강한 바람이 마리코 씨의 머리를 흩날리며 스쳐 지나갔다. 빨간 단풍잎 하나가 마리코 씨 무릎 위에 떨어졌다. 그 단풍잎을 손에 잡고 돌려보던 마리코 씨가 말했다.

"그 사람… 텟짱도 당신을 행복하게 해주는 사람 중 한 명인가요?"

쑥스러운 듯한 목소리였다. 수줍은 미소가 마리코 씨 얼굴에 떠올랐다.

나는 기쁜 마음에 다시 한번 크게 끄덕였다.

"하지만 텟짱이 대리 여행의 매니저인 거죠? 당신한테 이래라저래라 지시만 하면서 잘난 척하는 거 아니에요?"

마리코 씨의 짓궂은 농담에 나는 "아니요"라고 바로 대답했다.

"저는 항상 사장님과 함께 여행한다고 생각해요. …지금도요."

웃음과 눈물이 동시에 차올랐다. 나는 눈물이 안 떨어지게 하려고 위를 올려다보았다. 마리코 씨도 내게 이끌려 하늘을 쳐다보았다.

우리는 머리 위로 드리운 단풍을 바라보았다. 붉게 빛나는 단풍지붕과 그 위에 드넓게 펼쳐진 상쾌한 가을 하늘. 마리코 씨는 천천히 깊게 숨을 쉬었다. 나도 따라서 깊이 숨을 들이마셨다.

"예쁘다."

"정말 아름답네요."

"날이 너무 좋아요."

"…여행하기 딱 좋은 날이네요."

우리는 서로 얼굴을 보며 환하게 웃었다. 눈물은 어느새 말라 있었다.

그렇게 마리코 씨와 나는 나란히 앉아 서서히 깊어가는 가을을 느꼈다. 언제까지고.

하늘색 자동차가 고치현과 에히메현 사이 산길을 열심히 달렸다.

마쓰야마 공항에서 19시 40분에 출발하는 하네다행 마지막 비행기를 놓치지 않으려고 마리코 씨는 엄청난 속도로 산길을 달렸다. 우치코에서 유스하라로 갈 때 달렸던 산길에 비하면 도로 사정은 좋은 편이지만, 그걸 감안해도 엄청난 질주였다. 제발 경찰차가 쫓아오지 않기만을 바랄 뿐이었다.

오랜 시간을 머물렀던 묘지를 떠나 우리는 시코쿠 카르스트를 보러 갔다가 마리코 씨의 단골 카페에 가서 커피를 마시며 쉴 새 없이 수다를 떨면서 긴 시간을 함께 보냈다. 퍼뜩 정신을 차렸을 땐 이미 해가 저물고 있었다.

"으악, 이러다 비행기 놓치겠어요!"

내 비명에 깜짝 놀란 마리코 씨가 공항까지 차로 태워다 주기로 했다. 유스하라 근처에서 출발한 게 오후 5시를 넘긴 시간이었다. 마쓰야마 공항까지 자동차로 2시간 정도 걸린다고 했으니 체크인 시간까지 아슬아슬하게 도착할 타이밍이었다.

내비게이션도 없이 산길을 어떻게 지날지 걱정하는 내게 마리코 씨는 말했다.

"고치 여자를 만만하게 보지 말라고요!"

이 말은 진짜였다.

비행기 출발까지 앞으로 30분, 드디어 눈앞에 공항 불빛이 보이기 시작했다. 안도의 한숨을 내쉬며 조수석에서 가슴을 쓸어내리는 나를 보며 마리코 씨는 뾰로통하게 말했다.

"뭐야, 날 못 믿었던 거예요? 마리코 내비게이션을?"

공항이 점점 가까워지자 마리코 씨는 속도를 늦추며 물었다.

"오카에리 씨, 또 와줄 거죠?"

"반드시 또 올게요."

나는 고개를 위아래로 크게 흔들었다.

자동차가 공항 입구에 멈춰섰다. 나는 서둘러 차에서 내려 뒷좌석에서 짐을 내렸다.

"정말 감사했습니다."

운전석의 마리코 씨를 향해 머리 숙여 인사했다. 마리코 씨는 조수석 창문을 열고 나를 향해 몸을 내밀더니 뜬금없는 말을 꺼냈다.

"손을 흔들어도 될까요? 언젠가 이렇게 추억들에 손을 흔들어 인사할 때가 올 거라 생각했어요. 그게 바로 오늘인 것 같아요."

지금까지 고독한 마음을 위로해주었던 추억들.

어린 시절의 엄마에 대한 추억. 인자하신 아버지에 대한 추억. 언제나 밝게 웃던 딸에 대한 추억.

나를 따뜻하게 해주었던 다정한 추억들. 하지만 언젠가 손을 흔들어 이별하고 앞으로 나아가야 한다고 생각해왔다. 새로운 인생을 시작하기 위해서.

"이런 용기를 낼 수 있게 만들어준 건 당신이에요. 그리고 에츠코 이모님도. 정말 감사해요."

마리코 씨의 말을 듣자 가슴이 벅차올랐다. 나는 대답할 말을 찾으며 운전석의 마리코 씨를 바라보았다. 마리코 씨는 중대한 결심을 한 것처럼 눈을 반짝이며 말했다.

"그리고 다음에 여기로 여행 올 때는 혼자서 말고… 둘이 와요."

…그 사람이랑 같이.

작은 목소리였다. 하지만 그 말 한마디가 또렷하게 귀에 들렸다.

나는 고개를 끄덕이는 것이 고작이었다. 또다시 눈물이 가득 차올라서.

마리코 씨는 천천히 손을 흔들었다. 눈앞을 스쳐 지나가는 추억들에 안녕을 고하듯이. 나도 손을 흔들었다. 마리코 씨의 미소가 눈물에 번져 흐릿하게 보였다.

하늘색 자동차의 후미등이 어둠 속으로 사라질 때까지 나는 계속 손을 흔들고 있었다. 언제까지고 이렇게 있고 싶었다.

크게 한 번 하얀 숨을 내뱉었다. 올려다본 칠흑 같은 밤하늘에 별들이 빛나고 있었다.

자, 이제 돌아가자.

아무도 기다리지 않더라도 돌아가야지. 요로즈야 엔터테인먼트 사무실로.

그곳이 내 고향이니까.

공항으로 들어가 항공사의 카운터로 향했다. 아슬아슬하게 체크인 시간 전에 도착했다.

"곧 출발하니 서둘러 탑승구로 이동해주세요."

직원의 재촉에 얼른 탑승구로 발을 옮겼다. 그런데 바로 그때.

탑승구 근처의 벤치에 오도카니 앉아 있는 사람이 눈에 들어왔다.

도저히 못 봐줄 정도로 화려한 체크무늬 재킷에 빨간 넥타이.

어디서 많이 봤던 네모난 대머리.

따분하다는 듯이 한숨을 쉬고 있었다. 좀처럼 돌아오지 않는 딸을 걱정하는 아버지처럼.

나는 말문이 막힌 채 그 자리에 얼어붙었다. 문득 네모난 대머리 아저씨가 얼굴을 들고 이쪽을 쳐다보았다. 부리

부리한 눈이 지그시 나를 바라보았다.

사장님. 왜 여기에.

텟페키 사장님은 영차 소리를 내며 자리에서 일어나더니 대머리를 긁적이며 말했다.

"…데리러 왔다."

오늘 온종일 어떻게든 흘리지 않으려고 참았던 눈물이 순식간에 흘러넘쳤다.

생각할 겨를도 없이 나는 뛰어갔다. 있는 힘껏 사장님의 목에 매달렸다. 그리고 울었다. 길을 잃은 아이가 한참 동안 헤매다 겨우 아버지를 만나기라도 한 것처럼.

"어, 왜 이래. 볼썽사납게. 다 큰 녀석이 울기는 왜 울어."

쓴웃음을 지으면서도 말과 달리 울먹이는 목소리로 사장님은 어린아이를 달래주듯 내 등을 토닥였다. 그 손길에 눈물이 더 멈추지 않았다.

후련하고 기분 좋은 눈물.

다녀왔습니다, 사장님. 저 돌아왔어요.

울면서 이렇게 말을 했는지 안 했는지 모르겠지만 사장님의 대답만큼은 분명하게 들렸다.

어서 와라라는 한마디가.

no. 12

요로즈야 엔터테인먼트 사무실이 위치한 빌딩 앞에 번쩍이는 검은색 대형 고급 세단이 서 있었다. 에도 소스가 보낸 차였다.

허름한 빌딩 입구로 제일 먼저 나타난 사람은 텟페키 사장님. 이러다가 교복이 되는 게 아닌가 싶어 조금 무서워지는 엄청 화려한 체크무늬 재킷에 까만 바지, 새빨간 넥타이 차림이었다. 같이 다니기 싫어요!라고까지 말했지만, 사장님은 '내가 단벌 신사인 걸 어쩌겠냐?'라며 오히려 정색했다. 그리고 정중하게 뒷좌석 문을 열어주는 운전기사에게 꾸벅 고개를 숙여 인사했다.

텟페키 사장님에 이어 뒷좌석에 올라탄 사람은 논노 씨.

보라색 새틴 원피스에 옷보다 풍만한 몸을 억지로 욱여넣은 탓에 원피스가 금방이라도 찢어질 것처럼 빵빵하게 부풀어 있었다.

"그 꼴이 뭐냐. 완전히 살코기 햄 같잖냐."

"무슨 소리예요. 이게 바로 어른 섹시라는 거라고요."

사장님의 무례한 말에도 논노 씨는 신경 쓰지 않고 의욕이 넘쳤다. 그럴 만도 한 것이 몇십 년 만에 고급 프렌치 레스토랑에서 하는 식사에 초대받았으니 들뜨는 마음도 충분히 이해가 갔다.

마지막으로 황급히 조수석에 올라탄 건 나. 역시나 한 벌뿐인 검은색 원피스. 면접 보러 가는 취업 준비생 같네 하며 논노 씨에게 놀림을 받았지만, 나야말로 격식 있는 옷이라고는 이 옷 한 벌뿐이라 어쩔 수 없었다.

그저께 마쓰야마 공항에서 출발한 하네다행 마지막 비행기로 돌아왔다. 대리 여행 사상 최초로 텟페키 사장님의 마중을 받으면서.

에츠코 회장과의 첫 식사 자리 이후 모습을 감추었던 텟페키 사장님은 사실 여행을 다녀왔다고 했다.

아무에게도 이유를 말하지 않은 채 에츠코 회장의 의뢰를 내팽개치고 처음에는 집에 틀어박혀 괴로워했다. 어떻게 하면 좋을지 도무지 알 수 없어서 그저 머리를 감싸고 집 안을 서성이다가 불현듯 그래, 이럴 때일수록 여행을 다녀와야지! 하는 생각이 들었단다.

생각해보니 지금까지 수많은 의뢰인의 여행 요청이나 희망 사항을 들으며 오카에리를 계속 여행 보냈던 것에 비하면 자기는 사장실 의자에 가만히 앉아서 스포츠 신문이나 펼쳐 놓고 읽기만 하지 않았나.

그래, 지금이다. 여행을 떠나자.

쇠뿔도 단김에 빼랬다고 언제 사용했는지도 기억나지 않는 여행 가방을 꺼내 수건과 칫솔, 옷가지를 쑤셔 넣고 제일 좋아하는 작가인 시바 료타로의 문고본 한 권을 웃옷 주머니에 넣은 다음 여행길에 나섰다.

무작정 출발한 건 좋았지만 마땅히 갈 곳도 떠오르지 않아서 일단은 도카이도선 완행열차를 타고 갈 수 있는 곳까지 가보기로 했다. 오다와라, 아타미, 하마마쓰를 지나며 창문 너머로 흘러가는 풍경을 질리지도 않고 바라보다 보니 어느샌가 마음이 가벼워진 것만 같았다.

뭐야, 난 왜 쓸데없이 골머리를 앓은 거야.

그 녀석은, 오카에리는 이렇게 벌써 몇백 일도 넘게 여행하고 있잖아. 힘들고 괴로운 일도 전부 여행하면서 스스로 잘만 정리하고 오는데.

역시 녀석은 강하다니까. 머뭇거리지도 않고 시원시원하니 얼마나 대단해.

그에 비하면 지금 내 꼴은 이게 뭐람.

오래전에 딸을 잃고 사랑하는 부인에게 버림받고 나서 영 쓸모없는 사람이 되어버렸다. 일도 시원찮고 인생도 시원찮고. 전부 별 볼 일 없다고 자포자기해버렸다.

바로 그때 레분섬에서 온 녀석을 만났다.

울고 난 다음의 미소가 꼭 무지개 같았다. 미카가 살아 있었다면 아마도 이 여자아이처럼 되었겠구나 하는 생각이 들면서 어떻게 해서든 이 아이를 키워보고 싶다는 의욕이 생겼다.

하지만 결국 실패했다. 그 녀석 잘못이 아니다. 내가 못나서 실패한 거다. 또 자포자기하는 심정으로 얼른 고향으로 돌아가서 시집이나 가버렸으면 좋겠다고 생각했다. 그런데 그 녀석은 돌아가지 않았다.

여기가 제 고향이에요. 텟페키 사장님과 논노 씨. 두 사람이 있는 이곳이.

그렇게 말하면서 당당하게 진짜 여행자가 되었다.

정말 기특한 녀석.

나도 녀석의 아버지로서 좀 더 멋있어질 순 없을까.

가슴속까지 개운해지는 여행을 할 수는 없을까.

마음속에 아주 오랫동안 담아두었던 응어리라는 이름의 돌. 그 돌이 달그락 소리를 내며 움직이려 했다.

사실 사장님의 고향은 유스하라에서 그리 멀지 않은 고치현 도사시미즈시였다.

부모님이 돌아가시고 마리코 씨와도 헤어진 지금은 고향에 돌아갈 이유도 없었고, 딱히 가고 싶은 생각도 들지 않았다. 그런데 오카에리가 지금 시코쿠에 있을 거라 생각하니 나도 시코쿠로, 고향으로 돌아가고 싶다는 마음이 들었다.

나고야까지 온 사장님은 대리 여행을 갈 때 항공권이나 기차표 예매를 부탁하는 여행 대리점에 연락했다. 그리고 예상대로 오카에리가 직접 하네다-마쓰야마 왕복 항공권을 예매했다는 걸 알았다.

에다 회장의 의뢰대로 녀석은 우치코를 여행하고 있었다. 나는 아직 고향으로 돌아갈 처지가 못 되지만 마중이라도 가자. 그렇게 마음을 먹고 일요일 아침 일찍 고마키 공항에서 마쓰야마행 비행기를 탔다.

그렇게 그날 하루 종일 공항에서 기다린 것이다. 내가 하네다행 마지막 비행기를 타러 올 때까지.

사장님의 실종이 사실은 사장님에게 본격적인 첫 여행이 된 경위를 마쓰야마에서 하네다로 향하는 비행기 안에서 듣고 왠지 우습기도 하고 기쁘기도 하고 고맙기도 해서 또 눈물이 났다.

나는 마리코 씨의 일, 우치코와 유스하라에서 있었던 일, 미에코 씨와 미카의 묘 앞에 보랏빛 비단보를 바친 일, 비단보 안에 들어 있던 물건이 무엇이었는지 등 고작 3일 동안 일어난 기적과도 같은 일들을 사장님께 보고했다.

사장님은 시종일관 눈물이 그렁그렁하게 맺힌 눈으로 잠자코 듣기만 했다. 마리코 씨가 마지막으로 '추억에 손을 흔들어 이별한' 것과 '다음에는 그 사람과 둘이 와요'라고 말했다고 전하자 부리부리한 눈에 표면장력으로 간신히 들러붙어 있던 눈물이 둑이 터진 것처럼 거세게 흘러내렸다.

개그맨이 입을 법한 재킷을 입고 엉엉 우는 네모난 대머리 아저씨의 모습에 스튜어디스들은 안절부절못했고, 주위 사람들은 호기심 어린 시선으로 쳐다보기 바빴다. 나는 그저 울고 웃느라 정신이 없었다.

역시 나는 꼴불견이라니까.

눈도 코도 빨개진 얼굴을 물수건으로 문질러 닦으며 사장님이 말했다. 나는 아무 말 없이 고개를 옆으로 저었다.

사장님이 얼마나 멋있는데요.

여행지 공항까지 딸을 데리러 나온 아버지. 최고예요.

소리 내어 말하고 싶었지만 쑥스러웠다. 그래서 마음속으로만 이렇게 말했다.

더 놀라운 일이 하네다에서 기다리고 있었다. 공항 도착장 앞에서 논노 씨가 기다리고 있었던 것이다.

"이 사람들이!"

우리 얼굴을 보자마자 논노 씨는 무서운 목소리로 외쳤다. 역시 여행 대리점에 연락해서 우리가 같은 비행기를 타고 마쓰야마에서 돌아온다는 걸 알고 기다린 것 같았다. 도깨비처럼 무서운 얼굴로 논노 씨는 불같이 화를 냈다.

"대체 뭐예요! 내가 얼마나 걱정했는데. 맨날 나만 쏙 빼놓고! 나는 매일매일 돌아오기만 기다렸는데…."

그렇게 말하는 논노 씨 눈에 그렁그렁 눈물이 차오르는 것이 보였다.

"죄송해요!"

나는 참을 수 없어서 논노 씨를 끌어안았다. 이번에는 논노 씨와 내가 서로 부둥켜안고 함께 우는 모양새가 되었다.

사장님은 모습을 감추었던 것에 대해 필사적으로 사과했지만 논노 씨는 좀처럼 용서해주지 않았다. 결국, 결과물을 에츠코 회장에게 전달하러 갈 때 같이 데려가고, 약속이 잡혀 있는 프렌치 레스토랑 식사에도 동석하는 조건으로 겨우 기분을 풀었다.

그렇게 '개그맨'과 '살코기 햄'과 '취업 준비생', 요로즈야 엔터테인먼트의 멤버 전원이 함께 에츠코 회장을 만나러 가는 것이다.

에도 소스가 직접 운영하는 레스토랑 '트루아 에투왈'의 세련된 건물 앞에서 지난번과 마찬가지로 에도 소스의 혼다 비서실장, 야마시로 홍보실장이 딱딱한 차렷 자세로 기다렸다. 도착한 자동차의 뒷좌석에서 보라색 살코기 햄이 불쑥 등장하자 두 사람은 흠칫 놀랐다.

"우리 회사의 스미카와 논노입니다."

"전 섹시 아이돌, 지금은 부사장이랍니다."

사장님의 소개에 이어 논노 씨가 이렇게 자신을 소개하자 아저씨 둘은 또 한 번 경악했다.

레스토랑의 룸에서는 지난주와 똑같이 에츠코 회장을 중심으로 아케보노TV의 후지사와 프로듀서, 반츠의 도쿠다 과장 그리고 이치카와 감독이 우리가 도착하기를 기다렸다. 후지시마 씨와 도쿠다 씨는 텟페키 사장님이 소소 여행 특집 방송 회의를 펑크낸 걸 두고 못마땅하게 여길 것이 분명했다. 여기에 오기 전에 사장님은 제대로 사과하겠다며 호언장담했다.

"너를 다른 회사에 보내는 한이 있더라도 소소 여행만큼은 부활할 수 있게 부탁할 거다."

이렇게까지 대단한 각오를 한 것치고는 긴장을 많이 했는지 눈썹 끝이 묘하게 움찔거렸다. 애써 강한 척하는 모습이 왠지 웃겨서 웃음이 터질 뻔했지만, 간신히 참고 사장님의 말을 들었다.

우리가 룸에 들어서자 에츠코 회장은 조용히 일어섰다. 그리고 똑바로 나를 응시했다. 나는 에츠코 회장의 눈을 마주 보고 딱 한마디로 인사했다.

"다녀왔습니다."

"잘 다녀오셨어요."

에츠코 회장은 입가에 미소를 띠며 대답했다.

에츠코 회장 오른쪽에 있던 후지시마 프로듀서가 '에다 회장이 부탁한 대로 잘하고 왔겠지? 오카에리?'라고 확인하는 듯한 눈빛을 보냈다. 소소 여행 부활은 이제 에츠코 회장의 손에 달린 셈이었다. 내가 결과물을 제대로 가져왔는지 궁금해서 미칠 것 같은 심정이겠지. 왼쪽에 앉은 도쿠다 과장은 여전히 가면을 쓴 것 같은 얼굴로 목각인형처럼 있었다. 이치카와 씨는 유달리 낯빛이 어두웠다. 사정을 모두 알고 있는 만큼 불안해서 어쩔 줄 몰라 하는 것 같았다. 최후의 심판을 기다리는 얼굴로 잔뜩 긴장한 게 느껴졌다.

텟페키 사장님은 에츠코 회장을 향해 깊이 허리를 숙여

인사하고 이번에는 도망치지도 숨지도 않겠다는 듯 큰 소리로 또박또박 말했다.

"많이 기다리셨습니다. 결과물을 가지고 왔습니다."

에츠코 회장은 텟페키 사장님을 쳐다보고 고개를 끄덕였다. 그리고 모두 자리에 앉았다. 지난번처럼 샴페인으로 건배할 분위기가 아니었다. 모든 것은 여행 결과물을 보고 난 다음이었다.

나는 무릎 위에 올려둔 가방에서 보랏빛 비단보를 꺼내서 하얀 테이블보 위에 놓았다. 그리고 에츠코 회장을 정면으로 바라보며 말했다.

"죄송하지만, 요청하셨던 결과물은 가지고 오지 못했습니다."

순간 공기가 얼어붙었다.

"…실패한 건가요?"

손녀딸의 입시 결과를 물어보는 것처럼 근심 어린 얼굴로 에츠코 회장이 물었다. 그 모습이 왠지 모르게 귀여워 나는 나도 모르게 옅은 미소를 지었다.

"내용물이 사라진 비단보를 결과물로 받겠다는 의뢰를 하셨죠. …그 말씀대로는 하지 못했습니다."

그렇게 말하고 에츠코 회장 쪽으로 비단보를 밀었다. 회장은 새하얀 테이블보 위에 놓인 보랏빛 비단보에 시선을 떨어트렸다. 양손으로 보자기를 들어 유리 공예품을 만지기라도 하듯 조심스럽게 보자기를 풀었다.

"아…."

짧은 탄성이 에츠코 회장 입에서 새어 나왔다. 그 모습은 묘 앞에서 비단보를 풀어보던 마리코 씨와 신기할 정도로 닮아 있었다.

비단보 속은 비어 있지 않았다.

안에 있는 것은 전통 종이 한 장과 단풍잎 하나.

전통 종이에 쓰여 있는 하나뿐인 조카의 메시지.

에츠코 이모님께.

여행하지 않으실래요? 제 어머니와 딸이 잠들어 있는 장소로.

새로운 인생을 걷기 시작한 저와 함께.

마리코 드림

에츠코 회장은 한동안 마리코 씨가 직접 만든 따스한 색감과 부드러운 감촉의 전통 종이 편지지에서 눈을 떼지 못했다. 그리고 손끝으로 살짝 단풍잎을 건드렸다. 떨리는 눈꺼풀이 닫힌 순간, 한 줄기 눈물이 뺨을 타고 흘러내렸다.

회장을 둘러싼 사람들은 무슨 일이 일어난 건가 싶어 웅

성거리며 눈을 동그랗게 떴지만 비단보 안에 있던 손편지와 단풍잎을 보고 나서는 이제야 알았다는 듯이 조용해졌다.

이건 아마도 분명 에츠코 회장이 오랜 시간 기다려 마지않았던 순간이다.

어머니가, 자신이, 언젠가 꼭 다시 한번 만나길 원했던 어린 여동생. 그 여동생의 유품. 애달픈 추억이 드디어 이어진 순간이었다.

손수건으로 눈물을 닦아내며 에츠코 회장이 말했다.

"당신은 정말이지 놀라운 일을 해주셨네요. 여행자 오카에리는 늘 이런가요?"

물기를 머금은 목소리로 대답하려는 순간 옆에서 사장님이 끼어들었다.

"이 녀석은 항상 이렇습니다. 기다리는 사람들은 생각도 안 한다니까요. 늘 걱정이나 끼치고 말이죠."

울음기 가득한 목소리였다. 그러자 논노 씨도 재빨리 거들었다.

"요청하신 대로 결과물을 가져올지 어떨지 정말 매번 조마조마하고 가슴이 두근거린다니까요. 주위 사람들을 이렇게 걱정시키는 여행자가 세상에 어딨어요. 하지만 말이죠, 오카에리는 항상 여행에서 돌아올 때마다 언제나 저희를…."

울린다고요… 하는 순간 논노 씨 눈에도 눈물이 차올랐다. 그리고 이제 더는 못 참겠다는 듯이 이치카와 씨가 입을 열었다.

"맞습니다. 오카에리는 전국에서 제일가는 여행자입니다. 최고의 여행 대리인이죠!"

그러자 에츠코 회장을 둘러싼 아저씨들의 얼굴에 웃음이 번졌다.

혼다 씨와 야마시로 씨는 참지 못하고 웃음을 터트렸다. 후지시마 씨는 곤란하다는 듯이 쓴웃음을 지었다. 도쿠다 씨까지 가면을 쓴 듯한 얼굴은 사라지고 처음으로 보는 웃는 얼굴이었다. 모두의 웃음에 이끌려 에츠코 회장도 웃었다. 텟페키 사장님도 논노 씨도 이치카와 씨도 웃었다. 어느새 테이블 주위는 미소로 가득했다.

내가 여행에서 돌아오길 기다렸던 사람들의 빛나는 미소.

그래, 나는 이 미소가 보고 싶어서 여행하는 거야. 이 미소가 기다리니까 여행을 떠날 수 있는 거야.

여행을 해서 참 다행이다. 돌아와서 이 미소를 볼 수 있어서 참 행복하다.

에츠코 회장은 웃는 얼굴로 사장님과 나를 번갈아 바라보며 말했다.

"상상한 것보다 훨씬 멋진 결과물을 가져다준 것에 대한 보답으로… 아케보노TV와 반츠의 담당자가 있는 이 자리에서 제가 선언하지요."

후지시마 씨와 도쿠다 씨 그리고 이치카와 씨는 자세를 바로잡고 에츠코 회장을 바라보았다. 에츠코 회장은 일류 상장 기업의 회장다운 얼굴로 돌아와 엄숙하게 말했다.

"우리 회사는 앞으로 소소 여행의 부활을 전폭적으로 지원하고 스폰서 기업이 될 것을 약속합니다."

텟페키 사장님, 논노 씨, 이치카와 씨가 동시에 뛸 듯이 기뻐했다. 하지만 나는 바로 단호하게 대답했다.

"감사합니다. 하지만 말씀만 감사히 받겠습니다."

내 말에 모두 순식간에 굳어버렸다. 무슨 말인지 영문을 몰라 모두 할 말을 잃었다. 그 모습을 보고 나도 모르게 키득대고 웃어버렸다.

"저는 이제 연예인 오카에리가 아니라 여행 대리인 오카에리잖아요. 제게 여행을 부탁하고 싶은 누군가가 존재하는 한 이 일을 계속하고 싶습니다. 죄송합니다."

나는 고개를 숙였다. 그래도 모두 아직 아무 말이 없었다. 처음으로 입을 연 사람은 에츠코 회장이었다.

"그럼, 앞으로도 대리 여행을 계속하실 건가요?"

오랫동안 기다려온 모험을 앞둔 것처럼 들뜬 목소리였

다. 나는 힘차게 대답했다.

"네! 계속할 겁니다. 대리 여행!"

이후의 후폭풍은 대단했다.

후지시마 씨와 도쿠다 씨는 모처럼 회장님이 제안해주셨는데 제정신이냐며 거세게 비난했다. 이치카와 씨는 연신 손뼉을 치면서 굉장하다, 굉장해!라고만 되풀이했다. 모두 회장이 앞에 있다는 사실을 잊어버린 것 같았다.

혼다 씨와 야마시로 씨는 이미 예산은 준비해두었다며 언제든 마음이 바뀌면 말하라고 너그러운 태도를 보였다. 이 말을 들은 후지시마 씨와 도쿠다 씨는 또다시 엄청난 비난을 퍼부었다.

논노 씨는 "너, 정말 바보구나"라며 특대 사이즈로 한숨을 쉬더니 살짝 귓속말했다.

"괜찮아, 어차피 방송이 부활해도 출연료는 얼마 안 줄 테니까."

그러더니 대뜸 가슴을 펴고 자랑스럽게 말했다.

"전 세계에서 대리 여행을 하는 데는 우리밖에 없잖아."

에츠코 회장이 유쾌하게 말했다.

"그럼, 다시 한번 여행을 의뢰해도 될까요? 이번에는 내가 오카에리 씨와 같이 몰래 우치코와 유스하라에 가고 싶네요.”

그리고 사장님을 바라보며 덧붙였다.

“당신도 함께 가면 어때요?”

사장님은 내내 기가 막힌다는 표정이었다.

정말 너는 못 말리겠다. 그렇게 여행이 좋으냐?

뭐, 이렇게 됐으니 할 수 없지. 내가 도와줘야지.

그 대신 가끔은 나도 데려가라.

가슴이 후련해지는 여행, 마음이 뜨거워지는 여행에.

상쾌한 바람이 스쳐 지나가는 그리운 풍경 너머로.

너와 함께라면 얼마든지 갈 테니. 어디로든지.

정신을 차려보니, 나는 오늘도 또 여행 중이다.

여행지에서는 분명 누군가가 기다리고 있다. 그리고 여행에서 돌아오면 잘 다녀왔어? 한마디가 날 맞이한다. 그 말이 무엇보다 기쁘다.

그래서 오늘도 또 여행을 하고 있다.

내일도 그다음 날도 분명 여행을 하고 있을 것이다.

정말 못 말린다니까 하며 사장님이 웃는다. 경비 아껴 써 하며 논노 씨가 투덜거린다.

다음에는 또 어디로 떠나요? 모두가 묻는다.

어디를 갈지는 알 수 없다. 하지만 괜찮다. 반드시 돌아올 테니까. 누군가의 '잘 다녀오셨어요'를 듣기 위해서.

여보세요. 엄마? 나야.

응, 난 잘 지내. 건강하게 여행하고 있어. 사실 지금도 여행 중이야. 갑자기 엄마 목소리가 듣고 싶어져서 전화했어.

그쪽은 슬슬 눈이 녹을 때지? 봄이 되고 여름이 오면 섬에 꽃이 잔뜩 피겠다. 항상 생각나. 이름 없는 언덕을 가득 메우던 패랭이꽃.

있잖아, 엄마. 나 연예인으로 꽃을 피우진 못했지만, 성공해서 돌아오라고 말했던 아빠와의 약속을 지키지는 못했지만.

여행할 때마다 한 걸음씩, 한 걸음씩 가까워지는 기분이 들어. 그리운 고향에.

엄마, 이번에 패랭이꽃이 필 때는 나, 돌아가도 될까?

여행을 대신해 드립니다

초판인쇄 2024년 9월 20일
초판발행 2024년 10월 10일

지은이
하라다 마하

옮긴이
송현정

기획
조성근, 권진희
최미진, 명선효

편집
최미진

디자인
권진희

표지그림
남정예

마케팅
조성근, 이승욱, 왕성석, 노원준
조성민, 이선민

온라인 마케팅
권진희, 명선효

ISBN
979-11-93873-02-1 03830

펴낸이
엄태상

펴낸곳
(주)시사북스

등록번호
제2022-000159호

등록일자
2022년 11월 30일

주소
서울시 종로구 자하문로 300
시사빌딩

전화
1588-1582

이메일
emptypage01@sisadream.com

여행을
대신해
드립니다
BIG
OCEAN ENM